梦想继承人
Inheritance

[英] 尼古拉斯·莎士比亚 著
陈南 译

英国 伦敦

著作权合同登记号　图字 01-2010-6993
INHERITANCE by NICHOLAS SHAKESPEARE
Copyright：© 2010 BY NICHOLAS SHAKESPEARE
This edition arranged with AITKEN ALEXANDER ASSOCIATES through
BIG APPLE AGENCY, INC., LABUAN, MALAYSIA.
Simplified Chinese edition copyright：
2013 PEOPLE'S LITERATURE PUBLISHING HOUSE
All rights reserved.
根据 Harvill Secker 2010 年版译出

图书在版编目(CIP)数据

梦想继承人/(英)莎士比亚著;陈南译. —北京:人民文学出版社,2013
ISBN 978-7-02-009782-1

Ⅰ.①梦… Ⅱ.①莎…②陈… Ⅲ.①长篇小说—英国—现代 Ⅳ.①I561.45

中国版本图书馆 CIP 数据核字(2013)第 057801 号

责任编辑　翟　灿
装帧设计　李思安
责任校对　韩志慧
责任印制　王景林

出版发行　人民文学出版社
社　　址　北京市朝内大街 166 号
邮政编码　100705
网　　址　http://www.rw-cn.com

印　　刷　北京新魏印刷厂
经　　销　全国新华书店等

字　　数　241 千字
开　　本　880 毫米×1230 毫米　1/32
印　　张　10.5　插页 3
印　　数　1—8000
版　　次　2013 年 5 月北京第 1 版
印　　次　2013 年 5 月第 1 次印刷

书　　号　978-7-02-009782-1
定　　价　29.00 元

如有印装质量问题，请与本社图书销售中心调换。电话：01065233595

献给乔恩

凡始于诙谐之事,终将成为虚空中的挽歌。

——罗伯托·博拉诺 《荒野侦探》

西澳 1960年

大地在他的脚下龟裂，空气黏稠，飞虫密密麻麻。他在焦涸的平原上跋涉，寻找地图上的地标。

马波巴横亘在他身后，西方是海洋，南方是珀斯——谢丽尔此刻就在珀斯；一想到她，他心痛不已。假如他估算得没错，前方应该就是那片山脉。他只见过它一次，从半空中，况且那天还下着滂沱大雨，而飞机更是一下就掠了过去。所以山脉从地面看是个什么样子，他一无所知。

炎炎日光穿透他的眼罩。他看到高空中有鸟群，宛若一把种子。

他在炙热的台地上继续向南挺进，偶尔停步拍照或查看方位，越过一道道干河床和一片片滨藜①，在割人的草丛间穿梭，进入无人之地。他在一块黏土层的底部发现了轮胎痕迹，四十多米后消失踪迹，应该是之前在雨天留下的印记吧。蒸腾的热气中，他不得不自己探路；他可不想留下任何印记供后人追探——这不符合他的做事风格。

几乎淹没了马波巴的大雷雨显然没有影响这里。空气中细小的红色尘埃将万物淡淡染成独特的颜色。这里的地貌可能是地球上最古老的。早已干涸的海床曾令最远古的人类祖先苦苦挣扎、陷入困境，而后来的所有生灵同样无计可施。他继续前行，被烈日

---

① 一种生长在沙漠和盐碱地区的有毒植物。

和背包的重量压驼了背,整个人好似风湿病人弯曲的手指。他低头看看自己漆黑的影子,仿佛一部分的自己分离出来,粘到了干焦的红色土壤之上。

没有风。他可以嗅得到自己的呼吸:一股啤酒味儿;他用厚肿的舌头舔了舔牙齿上干掉的唾液。眼前一团模糊。大地闪烁着粼粼光芒,宛如大海依然存在。平原上出现了海市蜃楼,他清清楚楚看见了湖泊。湖上浮现种种幻象:在珀斯的谢丽尔挽着一位英国男士,正踏上教堂的走道;他的祖母身处同样的沙漠当中,从驴子撒过尿的水坑里舀水饮下;而在视野的边缘,唐·弗莱克斯莫的身影总是徘徊不去。

一只苍蝇飞进他的耳朵。它嗡嗡地在耳膜上横冲直撞,自从早前抛下路虎越野车徒步行走之后,他没听到过这么刺耳的声音。他轻轻弹出苍蝇,继续拖着沉重的脚步前进,一边咒骂自己竟然没料到要走这么远。

地势愈见崎岖。他双腿淌着血,鞋底磨得细薄,被锐利的石块割破。他正置身于岩石的世界。他捡起一块石头,拳头大小,中空;细细检视了一番之后,将它扔到一旁。

一步又一步,脚磨出水泡,眼罩也擦破了脸上的皮肉。每每当他爬出被洪水冲蚀的河床、满心企盼着山脉即将映入眼帘时,视线却循着极目之处的红色岩石,望进呆滞的天空。

空气极度干燥;一旦遇到岩石露头,他便扔下背包,躲进阴影处,靠着岩石等待。一只楔尾鹰在头顶上方掠过。投下的黑影划过大地,随后它拍打着羽翼降落,于是影子融入它落脚的巨石中。它看看他,和谢丽尔的母亲一样歪着脑袋,计算着还要多久才可以啄出他的眼球。他动了动,准备上路,它懒洋洋地飞走。

隔天午后,他来到另一片台地的粉状地貌边缘。下方是东一块西一块的粉红色土地和蓝色石块的弯曲轮廓；前方，在远处有一座山峰。然而，当他走到下一片陡坡的顶端时却再也寻不着那座山，让他大为沮丧。太阳落山时，他正从一片洼地进入深谷，准备扎营过夜。

他用干燥的漂流木生火，煮了一锅茶。峡谷高耸的岩壁令篝火燃烧的声音和他拍脸颊打蚊子的声音显得格外响亮。他从水中捞出一只蚊子，用在河床里捡到的一根细小的石化骨头搅了搅茶叶。他想着一身法国香烟味道的祖母：她一边摩搓着手腕上的银镯子，一边和他说着话。

天光消退，他扯下靴子，抽出脚跟时疼得脸都皱了起来。就像把靴子放在床底下一般，他轻轻将它们移到篝火边。史前海洋在山峦上留下了涟漪般的白色盐渍；山峦已断裂分离，直瞪瞪地注视着他。他剥下袜子。趾甲缝是暗红色，汗湿的水泡上有结成块的铁锈色泥糊。他用茶水残渣浸洗伤痕累累的双脚——好一阵舒缓的感觉，似乎茶水果真有类似硝兽皮的功用。之后他将衬衫袖子撕成长条，包扎双足。

在酷热后陡然降临的寒意令他打寒颤。他在臀部的位置挖出一个小坑，铺上防水布准备睡觉。但依旧有成群白蚁在他脊背上爬来爬去，于是他折来几根尚存寥寥树叶的无脉相思树枝桠，将它们铺在身下充当扎人的床垫，躺倒睡下。

第二天，一轮红日升起，分不清天地之间的交界，唯有隐约可见的新足印。他蹲下检视。

他被跟踪了。他的搪瓷小锅打翻了，铁罐被拖向灌木丛，旁边还有新鲜的粪便。

他双唇不再发干："有人吗？"

没有回应。

他卷起行囊，拎起背包，顺着干河滩继续走。昨天吃了肉罐头、喝了水，帆布背包因此变轻了一些。清晨的暖意宜人，但为时短暂;他不久就发现必定又是一个如烤炉般的炎日。身上凝干的汗开始溶解;很快,他的脸和脖子都被汗水再度浸湿,背上趴满苍蝇。一棵圆叶桉树上饱受摧残的树枝为他指着方向。

他深入峡谷;岩坑中的积水泛着油光,上面漂着巨蜥的粪便;他的深色眉毛映在水中,显得更加金黄。土地松软,靴子嘎吱嘎吱地陷在土里。偶尔可以看见绿草,东一丛西一簇地乱长一气;陡峭的岸边涌现神奇的粉红与黄色:鲜艳的驴兰丛中,有雀鸟唧唧啾啾。在这里,近日的大雨捎来了勃勃生机。

峡谷的尽头是一道峭壁;在那里,他俯瞰着自己一路跋涉过来的平原地带。他查看地图,忽然感觉到一股奇怪的气流。声响将他的目光拉向长在岩石裂缝南面的一棵扭曲小树;同时,他听到一声咳嗽。他站在原地,纹丝不动。又一声咳嗽,仿佛是内疚——难道抑或是窃笑?接着,他在自己长长影子的尖端,瞥到一只狼耳的轮廓,随后看到第二只狼耳。

他正要朝野狼扔石头,却看到那山就在远处:隐隐约约耸立在参差不齐的三齿稃上方——所有揣测都在转瞬消逝于尘土间。他见到它的第一个念头是:我正在看着亚拉拉特山。一大一小的两座山峰从沙漠中拔地而起,地点和他在地图上圈出的位置一模一样。

他向前移动,全然忘却磨烂的双脚和刺痛的双耳,只知道追随自己戴着帽子的身影——因为那影子此刻正笔直地指着山的方向。口渴得像针在刺,飞蝇嗡嗡作响。前面的山峰渐渐增大;他感觉头顶的苍穹仿佛也长了眼睛,一同注视着那山峰。

薄雾之间,他看到被风吹起的红色铁砂覆盖在略显紫色的山脊斜坡上;它们历尽风雨的雕琢,终成壮丽山峦的一部分。为了方便下次归来不迷失方向,他拍下照片存证。他已在心中将这座岩石嶙峋的大山取名为亚拉拉特山;那山峰看上去像座堡垒,壁垒、炮塔、烟囱一应俱全。亚拉拉特山在阳光的照耀下熠熠生辉,被大风与飞沙走石磨蚀得发亮。

他又足足走了一天。

他在山脚下的低谷扎营。天空不复先前的湛蓝与清澈,而是布满了浓密黑暗的积雨云。夜色来得匆匆,躺在地上看不到星辰。他听到山峦间震动的雷鸣,等着铜板大小的雨水洒落大地。

黎明前卷起一阵凉风,吹向峡谷。他侧耳倾听风儿与滨藜攀谈,但雨迟迟没有落下。

破晓后,他费尽周折地攀上一块古老砾岩粗糙的凸突处,沿着干涸血色的石板摸索前进。潮湿使这片大地重拾生机,地面微微泛着光泽,但在灰暗的光线下,山面并不如记忆中的那么闪亮。唯一可以佐证自己距离目的地已经不远的,是他随身携带的指南针:指针不停乱动,从一个方向的峭壁摇摇摆摆又转向另一个方向。

风儿迎面吹来,拂过他的皮肤。这里的风没有味道,不像在珀斯或阿勒坡的那样。不夹杂尘土,清新又甘美。也没有历史。从前,他听不懂风之语;现在,他觉得风声在诉说着一个崭新的篇章。

二十分钟后,他到达了目的地。

他站在那儿,膝盖打颤,就像有什么东西将他粘在了岩面上。他放声大笑。环顾左右,放眼尽是铁锈色;他的心脏在胸膛里狂野地跳动。

这位年轻人后来计算,在他朝着自己影子的方向一路前进的那天,他找到了十亿吨的高级铁矿——在两个方向各自延伸六十四公里和四十八公里。全是他的。

伦敦 2005年

1

二月一个又湿又冷的下午,"及时行乐"出版社的一间办公室里,安迪·拉克汉姆正蜷缩在他的书桌前。一位女士出现在门口。

安迪过了好一会儿才发现她。他抬起头,舔了下铅笔的笔尖。

"你不是有个葬礼要去么?"她说。

"哦,上帝……"他推开椅子,一跃而起。手表指针此时指向两点三十分。他摘下挂在门背后的那套父亲留给他的蓝色西装,来不及顾什么礼节就速速换上。一边把胳膊往衣袖里塞,一边问道:"去里奇满得多长时间?"

"就现在这天气?半个小时吧——不过你得坐出租车才行。"

半只脚已经出了门,他忽而想起忘在桌上的那张讣告卡片,遂转身回去。再度出来时,他说:"借我二十英镑好不好?"

"星期五不是刚刚借过了吗?"

"拜托,安吉拉。今天好歹是情人节啊。你知道我又不会赖着不还。"

"这可难说呦!"

"明天的头等大事就是去银行。我保证。"他边说边抄起梳子,随便拢了拢乱糟糟的浓密金发。

当然,她最后还是没能拗过他——每次都是这样。她把钱递给他,同时不忘投去愠怒的一瞥。他装作没看见,径自三步并作两步地飞奔下楼,经过了坐在前台的埃罗尔,来到大门外的人行道上。

安迪掏出卡片,再次确认一遍时间和地点。雨点滴落在那张镶黑边的卡片上。葬礼在下午三点开始,8号礼拜堂。

他没带伞,才站了一小会儿就被浇成了落汤鸡。一辆开往肯星顿主街方向的巴士驶过,水花四溅。一群小学生将书包举在头顶,往地铁口跑去。

终于有辆出租车过来了。安迪守在车旁,一位女士刚下车,他就立刻钻了进去。

"里奇满火葬场。"他说。

坐在出租车里,安迪感觉此时此刻天空中所有的雨水都汇聚于此,一股脑洒在这块小小的车顶上。还有谁会出席这场葬礼呢?

一年级老师凯伦女士? 相当迷人——和蔼可亲而且举止文雅。第二年换作了莱特福特女士:年轻、漂亮,他相当喜欢她。接下来是一个凶神恶煞的老兄,前曲棍球选手,不过谢天谢地,这位外号叫"斯大林"的伯德霍瑞茨先生只教了一个学期就卷铺盖走人了。随后来了一名新老师:人高马大,身材魁梧,年纪最长,一头卷曲的银发,眼神犀利,涉猎多方,见多识广。从维米尔①到阿根廷探戈舞蹈,再到弗兰纳里·奥康纳②的故事集……皆无所不知无所不晓。

此人便是斯图尔特·弗尼瓦尔。他在欧洲各地游历教书已有三十余载,法国妻子过世之后,他也就此退休,定居在沙弗茨波瑞,想要专心著书。就在他正准备一门心思埋首大作的时候,校方找上门来,恳请他再度出山。

---

① 维米尔(1632—1675),被称为荷兰黄金时代最伟大的画家,其作品只流传下来三十五幅,其中《戴珍珠耳环的少女》最为著名。
② 弗兰纳里·奥康纳(1925—1964),美国著名的短篇小说作家,主要描写二十世纪四、五十年代美国南方的农村生活。小说集《好人难寻》中的一些作品被誉为本世纪美国最优秀的短篇小说作品。

弗尼瓦尔可不像其他那些只知道照本宣科的老古板——他深谙对于学生来说，什么才最有趣，什么才最玄迷。更何况此人还身怀绝技：可以让自己化身"磁石"，将学生们牢牢吸引。弗尼瓦尔热衷飞蝇式①钓鱼，也曾是个橄榄球好手；他后来担任学校的板球队教练，只用了短短一年的时间就打造出一队完整阵容。要说起来，安迪当年还是队员之一哩。不过，纵然弗尼瓦尔对于世间万物几乎样样精通，却在自己的寻梦之路上始终郁郁不得志。他的志向是成为一位专门研究法国文化的学者。

在父亲突发心脏病之后，安迪如受重创，日子过得死气沉沉，有如行尸走肉。是弗尼瓦尔让他重新拾回自己的人生。

弗尼瓦尔所教授的，远不止如何投出旋转球或是该读什么书之类的。安迪最欣赏他的，是从不说教或站在一旁指手画脚；相反，他总是身体力行，用自己的热忱和全情投入去点燃学生心中的激情。他的每个观点都像是抛出去的渔线，不动声色，刚好落在你头顶的水面上，让你不由自主地"上钩"，想要一探究竟。

后来，即便安迪毕业有段日子了，弗尼瓦尔仍像藏在他脑中的一面鼓，时时敲响，似乎在警示自己：弗尼瓦尔会怎么看待此事？弗尼瓦尔遇到这样的状况会如何处理？弗尼瓦尔会赞同我这么做吗？尽管有好几个月没联系了，但他的死讯还是让安迪震惊万分，一时难以接受。

火葬场到了，雨势丝毫没有减小。安迪把安吉拉借给他的那二十块钱塞给司机，顾不上找零就下了车，躲开大大小小的水坑，疾步而去。

---

① 在北美和欧洲很流行的一种钓鱼方法。具体钓法大致为：使用特殊的钓线、钓竿和假鱼饵，利用独特的挥舞技术和线本身的重量，将线和饵打出去，然后慢慢回收线，利用不同手法和水流状况表现假饵的活动，从而吸引鱼攻击上钩。

他放眼寻觅,在一排看上去一模一样的礼拜堂当中,有个门上贴着一块印有"8"的白色瓷砖。他赶忙走过去,猛地推开门。葬礼早就开始了。

又迟到了。他再度感到懊恼不已。

安迪杵在原地,浑身上下滴着水,眼睛适应着屋内的昏暗。远处的台子上放着一口棺材,米灰色织布窗帘上方悬挂着一个耶稣受难像。整个礼拜堂内空空如也——只除了坐在左侧第一排长椅上的两个人。其中的一位男士发色深灰,从背后看去宛若与他身上的同色西装融为一体,五十岁上下,戴着一副圆形近视、老花两用眼镜。他扭过头,给了安迪一个"搞什么鬼"的不悦眼神。坐在旁边的是一位身穿棕色皮草大衣的女士,她正直勾勾地盯着棺材,听到响动后也转过头来,倒吸了一口气,瞪着安迪。那是张饱经风霜的脸。可以确定的是,她既非凯伦女士也非莱特福特女士。

礼拜堂里的另一个人是身材矮壮的牧师。他面色红润,下巴有些尖,正站在棺材旁边念着悼词。这就是参加葬礼的所有人了。

"……此时此刻,我们应停下脚步,深深反省,扪心自问那个渊远古老的问题:'何为生命的意义?'"

安迪脱下湿漉漉的外套,在后排坐下。他看看表:三点二十分了。还有十分钟,弗尼瓦尔的葬礼即将结束,下一场会紧接着开始。大家都跑到哪里去了?不可能是天气的原因啊——人们没理由单单因为下雨就不来参加葬礼的。

"……对于这个问题,我能做出的唯一回答是:生命的意义存在于我们和他人的关系当中:我和家人是如何相处的?我和同事是如何相处的?我和人类同胞是如何相处的?如果我有信仰,那么我对我的上帝是否虔诚?"

牧师的目光越过空荡荡的一排排座位,远远地向安迪投去感激的目光。安迪则有些坐立难安,抬手抹去额头上的雨水。脏兮兮的伦敦的雨水。这时,他凄凄然地意识到,自己的上帝早已面目模糊。此时此地,唯一隐隐约约浮现在脑海中的上帝形象,既不是高悬在西斯廷教堂中的圣像,也不是那家他经常光顾的印度餐厅墙上画着的千手观音。相反,安迪不由自主地追忆起那个久远的冬日午后,一位站在球场边线的白发男人指着自己严厉地说道:"看看你的短裤,拉克汉姆。裤腿都掉到膝盖了,这样你怎么能跑得快呢?"

"……如果一个人对于这些问题都能给予正面的回答,那么他的生命便充满了意义,因为慈爱、情感和关怀是人与人之间所有关系的根基。"

这段悼词用来形容斯图尔特·弗尼瓦尔再贴切不过了。但那对坐在第一排的一男一女究竟是何许人也呢?安迪又定睛看了看。老师从前倒是提起过他有一个颇为专横的老姐。二战期间,在德军对伦敦进行"闪电轰炸"时,他俩人在温布尔登,因此幸存下来,自此相依为命。那位老妇人或许就是他姐姐吧。至于那位戴眼镜、穿西装的男士,就不大清楚了。他可没表露出什么悲恸。

神父的目光停留在安迪身上。

"……今天,我们聚集在此,皆因这位友爱而特别的人曾经打动甚至感化过我们。"

上大学之后,安迪就与斯图尔特断了音讯。学校被卖掉了。那片球场、那座面目可憎的维多利亚风格的钟楼,还有那个莱特福特女士分发超级难喝止咳药水的卫生所,一切都不复存在,成为了工业园区的一部分。巴顿学校唯一留存在世间的一丝痕迹,就只剩下莱特福特女士为校友们编辑制作的不定期邮件。安迪就是从其中的一封邮件中得知了弗尼瓦尔在康沃尔[①]的新地址,并在两年半以前给他写信,因为出版社的安吉拉需要安迪提供一份导师

---

① 英国西南部城镇。

的推荐信。弗尼瓦尔很快帮他写好,并再度邀请安迪前来探望。自打得知弗尼瓦尔的死讯,安迪时为自己没能抽出一天去圣伯彦见见老师而追悔不已。他欠弗尼瓦尔太多了——当然不仅仅是一份工作而已。毕竟当初是弗尼瓦尔在他心中埋下了投身出版业的种子。

牧师继续着他的致辞,安迪的思绪则回到十年前沙弗茨波瑞的老人公寓。那是一幢灰泥外墙的爱德华风格建筑,外面有棵南美杉树。那天,安迪是去向弗尼瓦尔告别的。进门时,一股尿骚味扑面而来,让他很不自在。公寓的一楼住着几位老太太,正在看电视,可能味道就是从她们那里散发出来的吧。好在弗尼瓦尔不用担心,他住二楼的单间。屋里摆着一张金属质地的床,一张大理石台面的桌子,上面摊着一本书,隐约可见书下有只鱼钩。唱片和艺术书籍塞满了一只书架,各式钓具挂在墙上的一排挂钩上,墙上还有一幅他妻子克莉丝汀的照片,旁边则是一张临摹荷兰画家雷纳德·布拉姆的炭笔素描画——当初上辅导课时,安迪总会不知不觉走神,任由思绪随着素描画上那对躺在小木筏上的男女飘荡开去,仿佛自己正和他们一起徜徉在无垠海面上。那段时间他总是端详那幅画。

牧师的长袍在柔和的光线下泛着微光。

安迪想起他的老师曾经说起过,司汤达①在罗马去世时,只有三个人出席了葬礼。

"现在,让我们祈祷,表达我们的感恩之情……"

牧师摸索出一只垫子,跪了下来。帘子拉开,滑轮载着棺材缓缓滑动,隆隆作响。录音机里播放的赞美歌一直没有停歇,安迪好想冲上去按下停止键。

"……为我们的兄弟……"牧师低下头,在葬礼名单中搜

---

① 司汤达(1783—1842),法国小说家,著有《红与黑》等。

寻着。

安迪闭上双眼。从此以后,只有在闭上双眼时,他才可以再度与弗尼瓦尔相见。他给胳膊肘找了个舒服的位置,和弗尼瓦尔第一次见面的情形再度闪现,那是在萨顿米尔镇下面的河岸——

"……克里斯托夫·马蒂根。"

克里斯托夫·马蒂根?安迪陡然睁开双眼,坐直身体。

他抓起外套,准备开溜。但随即意识到即便能顺利找到正确的礼拜堂,恐怕也赶不上老师的葬礼了。

于是他继续坐着,左右为难。他可不想引起其他人的注意,更何况在葬礼即将结束时偷偷溜走,无论如何也太过无礼了,甚至有些亵渎神灵的嫌疑。再者说来,不管这位克里斯托夫·马蒂根究竟是何方神圣,既来之则安之吧,逝者理应得到该有的尊重。

幕布合起。剩下最后一段祷文了。"我们皆来无牵,去无挂。"

就在牧师祈祷"阿门"时,那个灰发男人站起身来,疾步径直走向安迪身后的大门。门口靠墙有张桌子,他在桌上放了一本看起来像是吊唁册的本子,将它翻开。

安迪正打算离开,不料那位身着棕色皮草大衣的女士也起身,缓步走来。她的身材比安迪之前猜的还要矮小一些,眼睛突出,满面皱纹,脸色苍白,瘦弱纤细。在经过安迪身边时,她狠狠地瞪了他一眼。

灰发男人在门口拦住她,说了些什么,后者摇摇头,安迪感觉她在回话时有意把声音压得很低。她的大衣长至脚踝,整个人在衣服里晃荡晃荡的。"他身上穿的不是那件黄色毛衣。"她说道,有外国口音,充满悲伤。

灰发男人一边安慰她,一边拿出支钢笔,摘掉笔帽,示意她在本子上签名。

她迟疑了一下,但还是签上了姓名,把钢笔递回给灰发男人,推开门,临走前再度瞪了安迪一眼,蹒跚离去。

安迪紧随其后,不过灰发男人同样也挡住了他的去路。

"可否留下您的姓名和联络地址?"

"为什么?"

"我受托记录下今天所有参加葬礼的人。"

安迪本想解释自己并不认识这位逝者,话到嘴边又咽了回去——心想如果照实说实在尴尬。况且,在一本吊唁册上签个名又能如何呢?虽然安迪与这位马蒂根先生素未谋面,但好歹自己也算参加了他的大半个葬礼,怎么说这也算是两人之间的某种交情吧。

这么想着,他拿起笔,在本子上草草写下姓名。

灰发男人面无表情地看着他。

"还有您的联络地址。"

他照办。写完后不知是出于什么原因,还补上一句:"我感到十分遗憾。"

安迪正要迈步出门,大门再度打开,一股冷气扑面而来。一个年轻女人边收雨伞边走进来,她身穿一件色泽柔和的黄褐色雨衣,领子竖起,环顾着四周。她脸色白皙,黑发及肩,有一双安迪所见过的最像蜜糖的棕色眼睛。

她抬手拂了一下头上的雨水,腕间的银色手链在瞬间反射出一道细小的光线。两人目光交错时,她焦虑的深色双眸如同钳子般夹过来,安迪猛地一惊。她看上去和他姐姐年纪相仿,比他大上一两岁。

"葬礼结束了?"

"恐怕是的。"灰发男人应声道。

她闭上双眼,咬着双唇,像是要忍住眼泪。她摇了摇头,向桌子走过去,想要在吊唁册上签名。

灰发男人见势一个箭步冲上前去,挡在年轻女人与桌子中间,在她还没能碰到任何东西之前,大力合上吊唁册。"很抱歉,女士。葬礼已经结束了。"

没有回答,一片沉寂。

她看着他,表情模糊不清,如同有人用橡皮在她脸上擦过一般。随即,她那原本柔和的下巴线条变得紧张起来。"我得签上名字。"

灰发男人纹丝不动,把册子紧紧抱在胸前,用相当严厉的口气说:"很抱歉,已经太迟了。"

她定了定神,将目光再度转向安迪,然后扭过身,踩着高跟鞋阔步走出大门。

等到安迪出来时,雨势有所收敛。礼拜堂外又聚集了一群人等待着下一场葬礼;他可以听到人群中的低声细语。黑压压一片,隐藏在伞下的面孔没有一个是安迪认识的。

一位身穿黑色波斯羊毛披肩的大块头女士,用小小的眼睛不耐烦地盯着安迪头顶上方。"就是这儿没错,8号堂。"

安迪手中依然捏着那张卡片,雨滴正好落在礼拜堂号码上——他早先看花了眼:应该是3号,而不是8号。

礼拜堂的大门再度打开,录音机的弥撒曲隐约传出,一张面色土灰却被冻得发红的脸探了出来。"好了,"牧师说,嘴唇因为寒冷而紧紧抿起,"你们可以进来了。"

吊唁的人们从安迪两侧鱼贯而入,最后只剩两个人站在房檐下,怔怔地看着从云层中滴落的雨水。

身披皮草大衣的那位女士此刻看起来不再像刚才那么咄咄逼人。她裹紧大衣的动作让安迪猜测她应该认识那位年轻女人,而后者愈发显得郁郁寡欢,似乎在生自己的气,而不是因为天气或刚刚在礼拜堂里发生的不悦插曲。他们三人继续一动不动地仰望着天空:那是一片如同灰烬般死气沉沉的颜色。这时,年长的女士清了清喉咙,用试探性的口气对年轻女人和善地说道:"我得告诉你一些事情。"

"我什么也不想听。"

如此尖锐的回答让安迪不由自主转过身。

年长的女士毫无招架之力,她布满皱纹的脸上流露出一种无法言喻的悲伤。此时此刻,安迪发现自己对她不加遮掩的率真产生了几分好感。

就在她试图再度张口之际,灰发男人走过来,在他们身后停住,手中依旧牢牢攥着那本册子。年轻女人一看到他,立刻迈步向前,高跟鞋随着她的步伐在又湿又凉的大理石地面嘎嘎作响。

一辆绿色的大众甲壳虫轿车停在草坪上。她抖开雨伞,向车子的方向走去。

安迪看看表,三点五十五分。他迟疑着要不要去找3号礼拜堂,但一模一样的仪式堂在他面前一字排开。就算他找到了3号,恐怕下一场葬礼也早开始了。

雪上加霜的是,他都不知道自己怎样才能回到伦敦市区——身上所有的钱都用来交出租车费了。

她已走到车边,正在打开车门。

想也没想,安迪脱口向她喊道:"你去哪里啊?"

她回过头来,两只深色的眼眸在雨伞下回视着他。雨滴纷纷落在伞上,宛若打磨银器时四处飞溅的零星碎末。

"荷兰公园。顺路么?"

她没有介绍自己,他亦如是。

经过谢普伯德布什转盘后,安迪觉得自己应该说点儿什么。

"这是我第二次参加葬礼。"

"我真没想到他还会劳神为自己办葬礼。"

"一些仪式还是很重要的。"

"他最喜欢的仪式就是折磨别人。"

"听上去你不怎么喜欢他。"安迪猜不出她和这位克里斯托夫·马蒂根是什么关系。

"喜欢他?"她一脸不屑,"没人喜欢他——可能唯独除了你以外。"她的眼睛闪烁了一下,两人之间的空气似乎不再那么紧张。

"我?算是吧。哦,好了,你可以在这里把我放下。"他们正驶向拉德布洛克街的尽头。

他能感觉出她很想直接把车停下,就在里德盖特肉店门口那里。但良好的修养还是让她开口。

"你住哪儿?"她没有看他,目光落在副驾驶座位车窗外的人行道上。

从这个角度看,她的脸庞愈发显得美丽动人。不像苏菲那么漂亮,但有种吸引人的独特魅力。

"霍顿斯大街。"

"我送你过去。"

"说真的,不用这么麻烦。"安迪感到她此时正盯着自己身上那件褪色的西装看。

"我知道。"

她失去了交谈的兴致,在之后的车程中始终保持沉默。当他下了车,从车窗外望向她时,她正在打哈欠。

"谢谢。"

"不客气。"

就此无话。他挥手向她道别,她的目光则直直穿过他——有如他是空气,压根不存在。

"那就再见了。"

她开着车绝尘而去。直到那辆车渐渐变成一个小点,融进二月伦敦一个阴雨下午的高峰车海当中。雨又下起来了。

2

安迪打开公寓大门时,发现雨已停歇。七点刚过,他正准备去接苏菲,带她去波多贝罗街上一家葡萄牙餐馆共进晚餐——他们相识之后第一次约会就在那儿。

他们都参加了在伊沃家举行的圣诞派对,是他最好的朋友大卫为两人牵的红线。

"安迪,这位是苏菲·索布克。"

她站在那儿,有些含羞,像个天使。她让那天同在波兰俱乐部聚会的其他姑娘都黯然无光。

他嘴唇发干。

她成为了所有人视线的焦点。一双绿眼,浅色波浪长发,举手投足都像是在宣称:我大概是你所见过的头号美女了吧。

苏菲当时穿着一件蓝黑相间的紧身裙。安迪起先想要搭讪,但她不予理睬。他再接再厉,这回她的双眸间光芒一闪。

"大福克斯①。"带有很浓的北美口音,"你不可能知道那地方的。"

"大福克斯?"他重复道,一阵悲伤涌上心头。眼前于是浮现出多年前和父亲在机场的一幕:父亲的脸抵着厚厚的玻璃,在玻璃上留下一片油渍印迹,他对着一位漂亮女人呼喊,而她起初并没有听见,于是他跑着绕过护栏去拥抱她,丢下安迪一人孤零零地等待

---

① 加拿大不列颠哥伦比亚省境内的一个小镇,有四千多人口。

托运行李。如果说安迪之前从未对父亲起过疑心,那么在那一刻,他终于接受了事实。

"我记得我去过大福克斯呀。小时候有次度假时去的。"他的声音些许不稳,呼吸急促,就像父亲当年那样。

她的双眼顿时熠熠生辉,紧张和傲慢一扫而空。

"不可能啦!你骗人。"她立刻将其他所有人抛到脑后,仿佛屋里只剩安迪一个人——尽管只是暂时地。

大卫招呼道:"来认识一下伊沃呀。"

但苏菲充耳不闻。

"那你有没有在韦斯特沃德·何吃过复活节早午餐?"

"韦斯特沃德·何?"安迪记忆中唯一一个"韦斯特沃德·何"是查尔斯·金斯利①一本小说的名字。

"哎呀,就是那家旅馆啊,游泳池的形状像只牛仔靴。"安迪能从她的语气里听出一丝愁苦,有如空气般飘渺,轻轻淡淡的。那是他乡遇故知时流露的思乡之情。

"牛仔靴形状的游泳池……"

"哦!别说你忘了。你肯定记得的!"

他所记得的只有像豆腐块般一模一样的房子,街道整齐得像人用剪刀冲着夕阳割开似的,男孩们个个胖得圆滚滚,下巴突出,经常取笑他的声音,还嘲讽他溜旱冰的姿势。

"我跟你说喔,"她咬着柔软的下唇,"他们把那地方给拆啦。"

"不是吧!这帮混蛋!"他情绪激动地说道。

他的此番反应必定是引起了她的好感。她双唇微张,进而展露微笑,那双绿色的大眼睛深深凝视着他。

自打她来到伦敦这四个月里,苏菲·索布克没遇到一个曾经

---

① 查尔斯·金斯利(1819—1875),英国牧师、大学教授、历史学家、作家,文中提到的冒险小说《韦斯特沃德·何!》发表于 1855 年。

去过大福克斯的人，更别提听说过韦斯特沃德·何旅馆的了。然而，安迪后来才发现自己其实压根儿就没有去过大福克斯。"不，你去的那地方叫做'大福斯'①。"他母亲叹息道。等到真相大白时，安迪和苏菲已经算是订婚了。事已至此，再去澄清为时已晚，安迪不得不央求母亲不要对苏菲说出真相——毕竟把她的故乡和一个纽芬兰的偏僻小镇搞混，实在太过荒唐。安迪记得那趟纽芬兰之旅是父亲最后一次带他出游。

安迪选的这个未婚妻并不招家人待见，他的母亲和姐姐都对她心怀不满。然而，碰巧与害父亲抛妻弃子的私奔对象同为加拿大老乡，也不是苏菲的错啊。

苏菲住在切斯特顿大街一幢两层公寓楼里，安迪则在霍顿斯街上租下一个位于二楼的小房间，两地之间步行只需大约十分钟。他按下顶层房间的门铃，等着她打开门禁让他进屋，可她却直接下了楼，出来时还随手带上大门。

"嗨。"

苏菲的脸庞迅速迎向他，亲了他一下。"嗨。"

她身穿一件棒针羊毛大衣，腰间系着皮带，里面是件他从没见过的橘色开司米连衣裙。

"真漂亮。"他称赞道，"对不起，我来晚了。"

安迪实在搞不懂为何自己的"迟到能力"总是格外强大。这可不是什么值得骄傲的事儿。"迟到"就像在他体内共生的一部分，从十岁起便深深扎根，无论如何也摆脱不掉。

"我可不是当王子的料。"他自嘲道。

苏菲没有答话。

他们朝着卡莫斯餐厅走去。一阵冷风掠过拉德布洛克街，苏

---

① 加拿大纽芬兰-拉布拉多省的城市。

菲的双颊被吹得通红。

餐厅空空荡荡,比下午的里奇满礼拜堂还要冷清。这样一个情人节之夜,估计平时在这里吃饭的人们都跑到普拉亚达洛查①度假去了。除了他们以外,屋里只有一个年轻的褐发男子坐在四张桌以外的地方,一本书挡着脸。他们进来后,那人抬眼看了看,随即又埋首继续看书。

比起外面的呼啸狂风,屋里舒服多了。

"哦,我一天都盼着这顿晚餐呢。"安迪搓着双手说。侍者瑞慢吞吞地跛着脚走过来,递过两份菜单。

安迪搜寻着苏菲的眼睛,欣喜不已。他早将下午的那团糟糕事抛到脑后。安迪准备一会儿和她讨论他们的辛特拉②蜜月计划,在这一刻,万物都如被施了魔法般闪闪发亮,再没有什么比他们两人之间的爱意和安迪的雀跃心境更热烈的了。四张餐桌以外的那个男人有手中的书,而安迪有苏菲。

点完餐,苏菲开口问道:"你涨薪水的事情怎么样了?"

"没呢,"安迪回答,"还没。"他在一家很小的出版社上班,社里尽是出版一些励志自助类型的书籍:如何走出亲友逝世的悲恸、如何度过孕期等等。当然还有众多安迪早就厌烦的类似主题。"古德曼说他会考虑,明天就答复我——我觉得很有戏。他今天下午还准了我的假呢。"

"我肯定你这次能成。"她点点头,目光却在闪躲。

"即便这次没给我涨,"他笑道,"我们好歹也能活下去的。"

一想到他们即将在同一屋檐下同床共枕,安迪便不禁胯下紧绷。他用膝盖碰了碰她的;她没有将腿移开,却也没有给予任何回应。他隐约有种不祥的预感,似乎自己会像辜负弗尼瓦尔那样,最

---

① 位于葡萄牙北部的度假胜地。
② 葡萄牙的知名旅游城市,是联合国文化遗产地。

终也会对不起苏菲。他想告诉她,她可以依赖他。她目前自己有收入,但总有一天,她将再也接不到为杂志担任模特的工作,或是拍摄免费派发的广告的活儿——但这不要紧。到那时,他会成长为一个资深出版人,出版他自己的书籍。他会养活她。在他眼中,她永不会褪去光彩。

"康拉德把前门修好了吗?"她换了个话题。安迪隐约感觉她问是问,其实却丝毫不在乎他的房东有没有修好门锁。更何况,她似乎也压根儿没有注意到他今晚特意穿了杰尼亚①的外套——那是他们相恋一周年纪念日时,她送给他的礼物。

"还没,"他回答,"杰罗姆正在催房东。"此人是住在一楼的毒贩子。

"那冰箱呢?"

"修理工星期三就会来。"

她皱了皱鼻子,直视前方。她有时会像 T 台上的模特那般:面无表情,眼神空洞。

"安德鲁?"

"嗯?"

她的双颊不再红润,反而变得苍白,表情也有些古怪。

"你知道我是爱你的。"

语气有异。

"我只是想让你知道这一点。"她飞快地说道。

但他当时太过于自我陶醉在爱意当中,以至于丝毫没有发现她的欲言又止。

瑞一瘸一拐地从厨房走出来,端出他们的主菜:安迪点的烤鳕鱼和苏菲点的烤鸡肉。

---

① 世界闻名的意大利男装品牌。

"用餐愉快①。"瑞郁郁地说,随后离去。餐厅里一直播放着的吉卜赛国王乐队②的音乐戛然而止,法朵③从喇叭里悠悠传出。

苏菲打量着他盘子里的鳕鱼,张开双唇想说些什么,却又合上。

"我不知道你喜欢不喜欢,"安迪笑着说,"一听法朵,我脚指头就会像玫瑰叶子一样卷起来呐。"

她把刀叉摆得整整齐齐,快速扫了一眼周围,说:"亲爱的,我今晚不去你家。"

他感到脸色一热:"为什么?有事?"

她望向自己盘里的西兰花,楚楚可怜。但一下子内心又起了变化,脸上露出一个寻求宽恕的笑容——她心里肯定藏着件大事。"安德鲁,你对我太好了。"

听闻这话,安迪整个人僵住。"噢,如果你喜欢,我也可以使使坏什么的。你想要我有多坏?"嘴上虽故作轻松,但安迪浑身上下感觉到一阵羞愧袭来,冷飕飕的,膝上仿佛压了块大石头。

"我不想要你变坏。"

"我太穷了,配不上你。"

"没有的事。"

她翻开菜单,图画中的一根渔线自上而下穿过,让他想起母亲老花眼镜的挂绳。苏菲心不在焉地胡乱翻着,像是想要与艾美利亚④嘶哑的苦情歌一唱一和似的。

"安德鲁,我认识了一个人。"

这感觉和雀跃截然相反。他内心的某些东西正在崩塌——他的骨架他的支撑,正在全盘粉碎得七零八落。

---

① 原文为葡萄牙语。
② 一支西班牙吉卜赛乐队。
③ 葡萄牙民谣,多表露忧伤、怀旧的情愫。
④ 著名的葡萄牙法朵歌手。

他坐得更加僵直。说服自己他能想出一个恰当的回应——他只要再多等几个心跳,那些辞藻和句子便会自然而然地跃入脑海。然而到底还是一片空白。这是他最为恐惧的。他感觉自己在急剧坠落。魂不附体。直至消失。

"哦。"他答道。接着又说了一声:"哦。"然后,为了不让自己太过难堪,他挑了句能想到的最合适的箴言警句:"是啊,如果你真爱谁,就要放手给他自由。"

"这话说得可真是凄惨,"后来跟大卫说这件事时,他坦诚道,"也难怪她会变心。两性之间的吸引力究竟从何而来?总不至于是源自像《海鸥乔纳森》①那样索然无味的小说吧?奇怪的是,我当时一点都不生气。我说不上来那一刻我的感受,但肯定没有愤怒。"他只顾得上注意到整个餐厅都变了样:辛特拉的照片变得窘然无措;一枝薰衣草沮丧得扭过头去;就连隐形的吉他手也不再专心地弹奏法朵,而是伸长耳朵想听清下文。

那位独坐一桌的年轻男人亦如是。

不知为何,安迪忽然强烈意识到那人的存在。他觉得自己正困在一根管道里,一点一点地往下滑去,光线逐渐黯淡;到最后,他目之所及,只剩那人的脸。这时,安迪想起了儿时就学会的小伎俩——每当他郁郁寡欢时,就会幻想自己"爬出"原本的身躯,变身成为一个旁观者。他暗自思量:如果我此刻是他,强迫自己相信这一切不过只是个玩笑,苏菲刚才是逗我玩的,那么也许她所说的一切都会自动烟消云散。于是,他照做,把所有注意力都集中在餐厅里除了他们两人之外唯一的客人身上。

年轻人穿着一件紫红色 V 领毛衫,里面是蓝色条纹衬衫,最上面的纽扣没有系,身型结实,胡须浓密,好像没有心思去打理。

他微微向前倾着,然而,他那只顾看书的样子似乎有些故作姿

---

① 美国作家 Richard Bach 所著小说。

态的嫌疑。

苏菲低声说着:"我不是不爱你。但我也很喜欢理查德。自从遇到他,我整天六神无主,什么事也做不好。"

安迪涨红了脸。他拿起餐巾抹了一下。"他是谁?"他听到自己在问。

"他在雷曼兄弟①上班。我也不知道这一切是怎么发生的。暂且算是命中注定吧。"她的声调升高了些许,带出几个不服气的假音,不过随即又低了下去。"你恨我吗?我没跟他上过床。你倒是说点什么啊。"她的红唇在颤抖。

他把盘子推开。"我来结账。你还想不想要份布丁?"

"别这样,我来付钱。"

他打开皮夹。

"安德鲁,把钱包收起来。"她一脸痛苦,顿了顿;音乐仿佛丝丝缕缕地缠进了她的发丝。"我可以报销的。"

他举着信用卡招呼瑞。"不用。是我邀请你来的。"

瑞递过账单,安迪却头晕目眩,甚至难以看清上面的数字。他努力计算着小费的金额,瑞稳稳地站在一旁等待,一副置身事外的样子。

瑞的面部线条繁复,堪比法朵复杂的和弦。他一脸同情地看了看安迪,刷了下万事达卡。"您还有别的卡么,先生?这张刷不出来。"

"这张是带金属芯片的,可能被消磁了……麻烦你再试一下。"

看也没看安迪,苏菲说:"用我的卡吧。"

片刻后,她接过瑞递来的笔,熟练地签上名字。就像所有的信

---

① 雷曼兄弟控股公司,一家国际性的金融机构和投资银行。2008年申请了破产。

用卡签名一样,字迹凌乱,旁人无法辨认。

安迪推开座椅,站起身来,等着苏菲一起离开。他还很难接受他们将不会"永远相亲相爱直至死亡来临"这一现实。而这个夜晚的伤痛还未完结。

"你去哪儿?"

她从椅子上起身,径直走向餐厅里仅剩的另外那位顾客。她俯身的姿势充满了挂念之情,而当男子抬头看向她时,显得比刚才更加年轻一些。他那布满胡茬的脸从原本的紧张化作喜悦、爱慕和希冀——与当年走入卡莫斯餐厅的安迪如出一辙。

"你有没有吃东西?你肯定饿坏了。"她甜蜜地一笑,继而转向安迪。性感的声线从未如此充满诱惑力,让人不禁想入非非。"这就是理查德,"温柔的刀锋一下插入他心底,"我怕今晚难以收场,所以叫了他过来。我真不该怀疑你的:你一向是位绅士。"

"嗨。"安迪打招呼。

"嗨。"理查德回道。即便在安迪看来,他都帅得要命。

苏菲紧紧贴着理查德,两人相依相偎,容不得任何空隙,安迪明了自己已无任何机会挽回。他想求情,让她觉得愧疚。他想打出怜悯牌,把她赢回来。但他也知道这张牌无法让苏菲彻底回心转意。在他面前是一道深渊,光靠抱住她双腿、在她脚边苦苦央求是跨不过去的。

"好吧,那我先走一步。"他迟疑了一下,然后说道。忍住泪水,强颜欢笑。留下那两人相互对视,他们的眼中没有丝毫羞愧。一点点蛛丝马迹都没有。有的只是徜徉在爱河之中慵懒、痴痴的表情,以及安迪竟如此好打发的宽慰。

"晚安,先生①。"瑞说着为安迪打开门。

---

① 原文为葡萄牙语。

3

"及时行乐"出版社的办公室在四层,整栋建筑是一座经过改建的仓库,位于汉默史密斯转盘的西边,旁边就是地铁口。隔天清晨,从街上推开旋转门的那个年轻人萎靡不振,郁郁寡欢。

安迪经过肉墩墩的貌似加勒比人的埃罗尔时,活像一头待宰的小牛,脚步无比沉重地爬上楼梯。刚到门口,正碰上安吉拉从古德曼的办公室出来。

"你迟到了。"她说,坐回自己的座位。

里屋传来闷声闷气的声音:"谁呀?"

"安德鲁啦。"而当事人却没有像往常那样跟她打招呼:"嗨,安吉拉,你的占卜课上得如何啦?"

安吉拉压低声音说:"他已经等了你足足一个小时了。"说完才顾上抬头看,映入眼帘的是安迪红通通的双眼和杂草般的一头乱发。她不禁惊呼:

"天啊,你这是怎么啦?"

安迪猜此刻自己的表情一定像个烈士。"我被未婚妻甩了。"

"哦,安德鲁……"她看了看他,感觉有些局促,再度低头看向手中的稿件,"可怜的孩子。"

"我会熬过来的。"他故作坚强地嘀咕着,内心却不相信自己所言。

以往,他完全不能理解人们怎么会为爱而死。现在他算是顿悟了。

"喂,安德鲁?"老板不悦的声音从办公室传出,"有时间么?"

"我这就去给你倒杯咖啡。"安吉拉说。

穿着绿色吊带裤、面色红润的魁梧男人猛地出现。他手里拿着一张纸,像叼雪茄烟那样将马克笔叼在嘴角。老板的肚子极为可观,一头深色短发,吊裤带的带扣像金牙般惹眼。

"进来,进来。"他的声音带有南非草原的味道,随手关上了门。

"请坐。"

安迪把公文包扔在地上,坐下,过了一会儿才抬起头。棕色油漆的墙上挂满古德曼这家出版社的办社箴言,比如:假如怀疑,先请微笑;追随你的幸福,幸福总会实现。

其中最大的一幅就挂在古德曼办公桌的正后方。两年半前的那个早晨,当安迪来面试时,就盯着它猛看了半天。

察觉到安迪的视线所至,古德曼甚是高兴。他坐在人造革高背转椅上,转过身,和安迪一起打量着那句话。安迪猜古德曼十分想让自己领悟"及时行乐"为何选用这几句话作为出版社的信条。

须知你只是沧海一粟,上帝在良辰吉日将你幻化为人形。有此认知,你便会拥有一个充满喜悦、关爱和快乐的人生。

转过身来,古德曼一脸友善地注视着安迪。"一个充满喜悦、关爱和快乐的人生……"

古德曼的老家在南非干旱高原地带的纽贝塞斯达[①]。第一次面试时,他就发现安迪有如当年的自己:来自乡下的乖巧小伙儿。古德曼对那些牛津、剑桥的毕业生们疑心重重,说他们"一上来就张口闭口贺拉斯[②]的诗句,和这里不相称";那些人不久之后就会发现"及时行乐"并不是个可以让他们长吁短叹、一展宏图的好地

---

① 位于南非东开普省。
② 古罗马诗人。

方。因此,当古德曼看到安吉拉放在桌上的安迪简历时,反复看了许多遍,不禁像淘到宝贝一般欣喜:他不仅对安迪在西南部一所大学的现代语言学本科学历相当满意,更是看中他在亚伯格芬尼①一家二手书店里三年的打工经历。面试时,他圆滚滚的肚皮贴在办公桌上,拇指揪着吊裤带,颇为赞许地端详着安迪。

"根据多年经验,我找到了一条办社的明智之举,那就是将所有在'及时行乐'工作的员工看作是上帝手里的沧海一粟——包括安吉拉在内。"他笑了笑。"对于我们的读者亦是如此。不过,我得强调一下,成为上帝的沧海一粟和成为基督徒是两码事。风马牛不相及。"他倾身向前,再度看了看安迪的简历。"这上面说你的目标是能出版'种类广泛'的图书系列。'种类广泛'是何意思?"

"哦,你知道——小说、诗歌、传记、历史、钓鱼……甚至可能还有宗教题材的书籍。"安迪兴致勃勃地回答。

"可能还有宗教题材……"古德曼重复道,顾虑重重。他从桌上拣起一个曲别针,将它放回小盒里。"我能问一句么?安迪,你是基督教信徒吗?"

"是,但很少做礼拜。"

古德曼听了这回答,似乎松了口气。他靠向椅背,将大拇指塞进松垮垮的绿色吊裤带下,转了转。"你知道,安迪,在我看来,励志自助文化跟基督教刚好是相互对立的两面。"

古德曼认为,存在于二十一世纪的励志自助类文化,就如同存在于十九世纪的地理学,抑或存在于十七世纪的天文学——都是古老信条与新兴观念相互博弈厮杀的战场。对于任何一个有可能在书店拿起书脊上印有"及时行乐"出版社商标的潜在读者来说(那商标的设计是一只蜷成心形正在熟睡的小猫),古德曼的作战

---

① 威尔士西北部的城镇。

指导方针是:"及时行乐"必将为你内心的恐惧和憎恶带来暂时的救赎和解脱。

"如果基督教倡导的是为了他人无私奉献,那么自助文化的核心所在便是以自我为最先。这么说吧,在'及时行乐',我们允许我们的读者做一回自私的混蛋!"

安迪听了足足两年半古德曼的布道演说,从而也渐渐发现老板的这套说辞可绝对不适用于自己的员工。有次安迪无意中对安吉拉提起他想要求涨工资,不然女朋友就要跟自己闹分手,安吉拉冷冰冰的蓝眼睛流露出厄运当头的神色:"所有的前任都是这么走人的——只要一提涨工资,你就完蛋了。"钱在"及时行乐"是个不可提及的隐晦话题。

在第一次面试快要结束时,安迪询问薪水事宜,古德曼凑上前来,打量着他。"告诉我,安德鲁——你是叫安德鲁没错吧?——你是不是还有外快?"

"当然没有!"他笑道。安迪认识的人当中,没一个赚过外快,但当时他压根没意识到这个端坐对面的男人其实是个非要榨干你每个子儿的大骗子。有次,安迪原本只是想跟他讨论一下作者的预付款,古德曼便在嘴前摆摆手,宛若神父在瓦解诅咒一般。"对于记者来说,最关键的是最上边的标题。而作为出版人,安德鲁,我们所关心的是最下面的……底线。"安迪后来才恍然,原来古德曼恨不能一分钱稿费都不付给作者。在他看来,作者就该为图书行业义务劳动,而那些指望着挣钱的人都动机不纯。

得知安迪并无任何外快,古德曼那张布满斑点的脸上掠过一抹愁思。他叹了口气,怕是明了之前憧憬的"义务劳动"底线就此破灭,然后说这样吧,因为安迪没有任何相关从业经验,所以还不能胜任助理编辑,但编辑助理这个职位听着如何?六个月试用期。尽管他无法给予安迪某些以俗物衡量的回报(用他自己的话说,这俗物即"薪水"),但他所提供的是宝贵的出版业经验,在当前这个大环境下十分难得的敲门砖——出版人,在某种程度上有如农夫一般,永远在苦海中挣扎,不知前方更加恶象丛生。

"还有什么比这更好的事么?"

安迪接受了古德曼的条件。年薪一万五千英镑。这在二十一世纪初的年头里,实在是个小数目,但这终究是他的第一份正式工作。好歹算是入了行。况且自己怎么说都是个新手。

尽管"及时行乐"出版社与安迪之前所希冀的种种并不符合,但毕竟空气中弥漫着樱花的芬芳,汉默史密斯大街上沿途耸立着高大茂盛的橡树——古德曼的办公室就在这里,为绝望中的人们充当着贩售梦想的角色。

编辑助理的主要职责就是把公司出版的新书塞进棕色的邮袋里,按照古德曼给出的记者名单一一寄出。有次,安迪犯了个大错:他把《如何在三十岁前成为百万富翁》寄给了一位文学编辑,那人是安迪在一次派对上认识的,当时他多多少少给了安迪些许鼓励。古德曼半路截下那只邮袋,用安迪从未见过的愉悦表情轻描淡写地说:"绝对的浪费时间。没人会读我们的书。他会直接把书送到欧比里斯克。"欧比里斯克,安迪后来才从自己在"及时行乐"唯一的一名同事安吉拉口中得知,是个在沃克斯霍的小书店,书评人都把收到的样书拿到那里卖掉,换成钞票。"另外,"古德曼边说边小心翼翼地把信封上的邮票撕下来,"下次记得,不用寄特快。"

上了五个月班之后,安迪升职了。古德曼设法说服了他,成为"万能大师系列"的初级编辑对于安迪自身的事业发展前景来说,将是一个多么具有划时代意义的台阶。当然,古德曼自己将依旧担任资深编辑。当然了,他同时也决定把安迪的薪水涨到一万八千英镑。

"让我告诉你关于这些'大师'的秘密,安德鲁。总有一天,你会发现其间的规则也适用于小说家、诗人、传记作者,甚至钓鱼爱好者。他们最非凡的特质就是他们从自己智慧中的获益寥寥无几。"

一向热爱列清单的古德曼递给安迪一张表。其内容发人深省:

——卡拉尔·纪伯伦,著有《大预言》,死于肝硬化。"一个吃软饭的好色之徒,不撒谎连嘴都不会张了。就连问他爱不爱吃龙虾这点屁事,他都要撒谎。"龙虾,安迪暗自记住。安迪曾和古德曼在威勒斯餐厅共进过一次午餐,大致得知此乃老板必点之菜。

——吉姆·菲克斯,著有《跑步大全》,死于慢跑时突发的心脏病。

——罗伯特·阿特肯斯博士,著有《阿特肯斯节食食谱》,死时体重将近120公斤,属医学界定的肥胖症。

——摩根·斯科特·派克,著有《少走弯路》,沉迷女色、酗酒,还是个大烟枪,自己的老婆孩子都众叛亲离。

"你所看到的,"古德曼下结论道,"是我从事出版业25年来认识的最值得信赖的一群倒霉鬼。如果你认识类似的,请务必介绍给我。你上手以后就会知道了,"他豪爽地说,"人类所有的问题都是何其相似"。

事后证明,这也是古德曼的问题。

虽然在励志自助类图书市场被誉为是先锋人物,但成功并未给古德曼带来满足感——就像安迪和苏菲谈恋爱时所感受到的浓情蜜意。据安吉拉说,古德曼的未尽之事,是想要有个孩子。"想知道什么让他耿耿于怀?这就是了。"尽管有过几段婚姻,但两任聒噪的老婆都没能给他留下子嗣,而且她们最后也都远走温哥华——"我认识的所有走投无路之人都跑去那里了。"于是乎,在与异性相处方面,家庭关系的屡屡失败为他留下了阴影。每当有女人对他暗送秋波,他便用忽而加重了的南非口音大谈自己那痛不欲生的后背和永远不够花的钱,之后目送她们绝尘而去。然而,在古德曼黯然接受自己不育的悲哀事实之后,这变成他不可提及的灰色地带。整日向别人叫卖各式信条,他自己却不相信任何东西。"我一直遵循这条原则,"有次在威勒斯餐厅吃午饭时,他对安迪说道,"如果说一个人有什么不对劲,那问题绝对出在脑袋这儿。"

古德曼的不对劲,在于他的脑袋比他的书难懂多了。

五分钟后,古德曼抬起红通通的脸,问道:"昨天下午怎么样?是场葬礼,对吧?希望不是什么亲近的人。"他眯起眼,双眼的颜色一暗。

"只是原来的一位老师。"话虽这么说,但安迪此刻却感觉自己的生命也已随之结束,整个世界只剩下二月伦敦清晨的萧瑟寂寥和凄风冷雨。如此这般,日复一日。

古德曼揉揉鼻子。"有的老师甚至比家长更亲。"他一脸严肃,像是在考虑是不是应该就此主题开发出一个全新的励志自助类书籍领域。

他拿起那张安吉拉早前放在桌上的 A4 纸,挠了挠脸。"至于你提出的另一项要求,"他继续道,"没有谁比我更喜欢论功行赏了。但咱们先看看数据吧,怎么样?"

他紧紧盯着手里的报表,仿佛是一个被陪审团推选的发言人,即将宣读毫无异议的判决结果。

"你负责的上一本书是格拉迪斯·匹克写的?"

安迪点点头。

"找到了。《1001 种通向极乐世界的良方》,"古德曼口气阴沉,"只卖了二百八十四本。"

这位格拉迪斯·匹克压根不是安迪选中的作者,此人住在弗丁桥区（古德曼的周末度假屋就在那附近），是个寡妇，前夫是地产拍卖商。还没等安迪来得及辩解，古德曼就深吸一口气，抬起头来："我就不多做评论了，安德鲁。因为你我损失了大笔盈利，你能解释一下在这种情况下，我有什么理由还要给你涨工资吗？"

他靠回椅背："要是你出了像《如何在三十岁之前成为百万富翁》这种畅销书也就罢了。但二百八十四本……"他放下报表，把它连同安迪被粉碎的美梦一起折了折塞进文件篮。"这样可不行，安德鲁。我第一天就跟你说清楚了，你在我们'及时行乐'工作，为的是获得经验——还有什么比这更宝贵的？就像我们经常劝诫读者的那样：'生命的意义不在于索取，而在于一切随缘。'对不对？"

古德曼即是如此之人：你一问他涨工资，他就搬出对付读者的那一套。

在对待读者的问题上，古德曼一贯秉承"以鄙视为基础，在需要的时候也可灵活处理（比如将他们比作上帝之沧海一粟）"的方针，他绝不允许任何反驳之声。在"及时行乐"自然没人敢反驳他。安吉拉没进公司时，他的读者们就已存在，但安吉拉比古德曼还要忙，才没空去管他们的死活。安迪依旧忘不了，有次他正忙着把样书塞进棕色信封，顺口问安吉拉她是否会向他的姐姐推荐那本书时，她唇间发出了低沉嘶哑的不屑之声。安吉拉的表情活脱脱像个来自贝宁①的黑人巫女，思索着假如巫毒的力量真的如此之大，为何她的家人逃脱不了四百年来作为奴隶的命运。"哼！如果自助书都管用，世界上就不会有那么多悲惨的人了。"

古德曼打开门，搭着安迪的肩膀，给了他一个傻呵呵的微笑："如果你的下本书大卖，或许我们可以重新谈谈。说到这儿，你眼下在忙什么？"

---

① 非洲西部的国家，前法国殖民地，1960年独立。

安迪目光空洞地回视着他,脑子里却在想下班后不会再有人迎接他,那将是什么滋味?

"露丝·查理斯的书。"他嘟囔着回答。

"啊,她呀。今天下班前能给我校对好的书稿么?"

"可以吧……我觉得。"

"那好。就谈到这儿。你手头的工作可不少。我其实不该再给你加活儿的。我刚刚交代安吉拉把依妮德·坦斯利的新稿子交给你看。哦,对了,还有一件事——"

安迪等待着。

"你以后是不是该早点上班呢……"

安迪前脚走出办公室,古德曼后脚就伸手去拿挂在门背后的领带,又回身从沙发上抄起外套和大衣——毫无疑问,他这是准备去威勒斯餐厅慢慢享用美味午餐了。

安迪的父亲是位飞行员,他曾经说过当一件物体或情况向你逼近,你未必会即刻有所察觉。"这和视觉神经位于脑后的生理特征有关。你要不停放眼巡视天空。如果前方有什么东西静止不动,你可能会在片刻间看不到它——直到和它迎头相撞。"每当面对苏菲和古德曼时,安迪的边界视力(也就是我们所说的眼角余光)总会陷入失灵。

他回到自己的办公室,被没有关上的抽屉绊了一下,打翻了安吉拉放在他桌上的杯子。他四处寻找有什么东西可以擦拭倒在露丝·查理斯书稿上的咖啡。但胸口的重量让他难以集中精神。

咖啡滴在了地板上。他看见自己的未来。所有的事情都百般不如意,他把一切归咎于苏菲的离去。

他去洗手间拿了一卷卫生纸,蹲下擦地。

被打湿的书稿是"及时行乐"出版社头号狂躁绝望大师的最新杰作。古德曼称赞她的文笔如同"高纯度铀"——因为他从不用费心读那些稿件。为露丝·查理斯的书稿润色、检查拼写、语法和引述的典故，都是安迪的工作。实际上，他在"及时行乐"的职责远远不止这些。"选题兼涉外版权兼合同部"——安吉拉每次给安迪端咖啡时都会瞟一眼他门上的这块牌子。安吉拉冲的拿铁咖啡总是滚烫，没什么新鲜的咖啡味，似乎咖啡豆们是群血统不正的冒牌货。又一例古德曼小气寒酸的明证。

露丝·查理斯湿漉漉的稿子让安迪想起母亲用来培育花苞的报纸。被咖啡浸湿的纸变得近乎透明，下一页的字字句句隐约可见。正面和反面交叠在一起，再加上条条咖啡渍和棕色泡泡，看这样的稿子简直是种折磨。

安迪试着掀起一页，但湿漉漉的纸一下就被撕烂了。他把上半沓书稿放在暖气上烘烤，转而从第五章开始读:《忘记你的过去》。

第一句就似曾相识，典型的查理斯风格:"勿让你的过去束博住你。"

郁郁地，安迪将书稿和原稿对照了一番，随后用铅笔将"束博"一词圈出来，改成了"束缚"。

或许他的母亲和姐姐是对的。他和苏菲本不可能有未来。或许他爱上她只是因为她让他想起了另一个人。

十岁那年的夏天，安迪从加拿大度假归来，他告诉姐姐他看到父亲在机场拥抱一个陌生的女人。

"她叫什么？"

"琳。"

"她是做什么的？"

"在穆斯乔①当飞行员。"

---

① 加拿大西南部城市，曾有"草原上小芝加哥"的外号，目前是加拿大西部重要工业城市。

他姐姐看着他:"你骗人。"

他当时能看得出那个女人的笑容让父亲欣喜。

"她长什么样?"一年之后,他姐姐问他。那时,父亲已经移居到加拿大了。

"我告诉过你。"

"再说一遍。"

安迪当时并没有看仔细。只有背影。她琥珀色的头发在脑后紧紧扎成一只马尾。椭圆脸。还有那笑声。

"她没穿制服。蓝色高领衫,胳膊上搭着一方黑色披巾。"

但他记得自己当时站的位置,就像记得某句话在某张书页中的位置。他站在行李传送带旁,注视着母亲在索尔兹伯里①给他买的那只淡紫色背包颤颤巍巍地转向自己。在他对面,父亲和陌生女人默然相对,安迪当时甚是不解——直到多年以后在波兰俱乐部,他才恍然明了其间的滋味。他们终于开口。

"我的包来了。"两人将紧锁的目光分开。

"我得走了。"父亲呢喃着。

她抚了抚他的嘴角,又将手移开。

那个女人一度搂住父亲的脖子,使得他无比渴望地回视着她;当安迪问起父亲她是谁时,父亲抓住他的手臂,将他搂近,他妻子的礼物被挤在两人中间——那是几朵自家院子里种的雪花莲,母亲将花朵做成压花,包在蓝色纸巾中,塞在了安迪的衬衫口袋里。父亲搂着他,第一次把安迪当做成年人般说道:"原来和我一起开飞机的人。"他当时穿着深绿色马球衫,条纹袜,呼吸急促。

原来和他一起开飞机的人!

他抓起安迪的背包,走向汽车。前座上有一管奶油和梨干,他把东西塞给安迪吃,自己则在嘴边擦着什么东西。他的脸色阴沉

---

① 英格兰南部城市。

灰暗,但眼睛却是异乎寻常的清澄。

五点刚过,安迪拿着《学会让你的笨狗变成向导狗》穿过走廊,走向古德曼的办公室。

对员工进行完再教育后,古德曼急需去威勒斯大吃一顿弥补精神;而豪华午餐总会让人犯困。此时此刻,"及时行乐"的老板正在横躺在沙发上,酣睡如斯。

"有什么要紧事么?"安吉拉走过来问道,挡住了安迪的视线——他看不到被龙虾塞得滚圆的大肚皮了。

"他说尽快要这个。"

古德曼酣畅淋漓的鼾声让安吉拉有些不耐烦,但又同时心安。她接过书稿。"我会交给他的。"而后不解地看着安迪,"还有事?"

直到此刻安迪才反应过来:接下来的几个月他要如何撑下去呢?他原本指望着用涨工资的钱去缴那些堆成山的账单,更不用说光是房租就已经欠了好几个星期。

"我真不知道该如何开口——"

她反应奇快:"你还想借点钱。"

4

安迪几乎想不起那个星期接下来的几天是如何挨过来的了。自从错过了弗尼瓦尔的葬礼之后,他的生活整个乱了套,而古德曼不给他涨工资更是雪上加霜。

他不吃不喝,不眠不休。下巴开始长出痘痘。

所有的一切都变成煎熬:办公室的工作、安吉拉带着同情端给他的速溶咖啡、公寓大门坏掉的锁——他可以想象得出房东会说"你一天不交房租,我一天不会给你修那个烂锁";等他好不容易进了家门,等待他的必定又是堆成小山的信件——又一封出版社的谢绝函、伦敦电力公司暗红色信封的催缴单,还有拒绝延迟还款的银行通知单;冰箱需要修;玛丽莲·曼森①的音乐从楼上传来,隆隆作响;卧室的屋顶有大块大块的墙皮剥落。

还有词汇表里新出现的黑洞。入睡前,他历数着那些被苏菲毁掉而不能再使用的词语:苏菲,模特,鸡排,辛特拉,爱,婚姻,美国,理查德,永恒……自此往后,每每听到或看到它们,他都有如刀割。

弗尼瓦尔葬礼后的星期三,办公室里的电话响起,安迪抓起听筒。

苏菲通常会在这个时间打电话给他,说一说今天的安排什么

---

① 美国著名哥特工业摇滚乐团的主唱。

的。他想象着她坐在康兰①大沙发的扶手上,肩带拉下,双腿间的金黄色毛发……他再也无法触碰到她了。

是莱特福特女士。她想知道为什么他没有出席弗尼瓦尔的葬礼。"大家都到了。"

孤寂翻江倒海。"手头刚好有急事,走不开。"他低声解释道。

帕特里夏·莱特福特安慰他:斯图尔特会理解的。在他弥留之际,她曾经到巴恩斯②去探望在临终救济院的弗尼瓦尔。他当时热切地聊起安迪和安迪的工作。"他还在等着你的回音。他对你充满了信任。虽然他过于谦逊没有说出口,但我想他满怀希望地期盼着你能出版他的著作。"她还描述了和弗尼瓦尔最后一次出门的情景:他们相伴去洛兹③观看板球比赛。她挽着他从球场走到出租车跟前——除此之外,她不知还能为他做些什么。"我必须承认,得知他去世,我大哭了一场。"

她挂上电话,安迪呆呆地注视着书桌,不知如何是好。模糊的目光转向早先被自己扔到一边的一摞书稿上。

许久之后,他才认清第一页的字迹:《遗失的蒙田④》。

这份绑着一条黄色橡皮筋的书稿,在圣诞节前一个星期被寄送到"及时行乐"出版社,随书还有一封写给安迪的信。安迪把那封信拿起,重新读来。当他一看到那整洁工整的手写字体,一阵剧烈的刺痛涌上心头。

亲爱的安迪:

---

① The Conran Shop 的简称,一个英国设计师家具品牌。
② 伦敦西北方向的城镇。
③ 伦敦近郊。
④ 蒙田(1533—1592),文艺复兴时期的法国著名作家,著有《随笔集》,被誉为西方文学最重要作品之一。《随笔集》共百万余字,据说耗时十余年之久,内容涉猎广泛,日常生活、传统习俗、人生哲理等等皆无所不谈。

我还是直入主题好了。过去的三年来,我一直饱受着绝症的折磨,也早就明白与痛苦抗争的最好方式就是分散注意力、找办法消遣。

别紧张。我——终于!——将这个从二十多岁就开始的工作完成了。这次联系你就是为了这本书(实则是一部自传体随笔)。深知此要求十分冒昧,但可否请你帮我看看这份书稿?本人无从判断自己的作品,因此我相信借由一双公正、犀利的眼睛来进行审视,于我而言无比珍贵——更不用说这双眼睛是如此非凡出众。然而,我亦明了或许这本书根本就是糟糕透顶、让人难以卒读,更何况你的工作也忙碌万分。所以,如果我的请求不合时宜,请尽管告知。我完全理解。

下面是几段弗尼瓦尔所写的内容简介。安迪略过前文,直接跳到结尾处。

倘若,如我所料,本书并不迎合今日卖弄情色之风气,也无需因此而沮丧气馁——这位伟人曾经说过:"我之时代最糟糕的著作,总会赢得最热烈的掌声。"我已听多否定与怀疑。衷心期待得到你的回音,告诉我《遗失的蒙田》或许对于研究蒙田的学者们略有意义,但对其他人来说无甚用处——即便有也不过如阳物般大小(小号的)。

此致,

斯图尔特

又及,康沃尔离伦敦不算太远——五小时车程而已。

古德曼只瞥了一眼,就断定《遗失的蒙田》"太冷门",不符合"及时行乐"一贯的出版风格。安迪自己也勉强只读完了第一页便宣告放弃,书中充斥着引经据典和说教口气——和弗尼瓦尔平时的语言风格截然不同。安迪把书稿放到一边,想着以后再慢慢看。但这就像一个不情之请:他有时希望这件事会像变戏法般自行消失。从莱特福特女士那里得知弗尼瓦尔的噩耗时,安迪还没给他任何回音。全少,弗尼瓦尔并不晓得自己的书将永远无法出版。他是带着一丝希望离开这个世界的。

走廊另一端,一扇门打开。安迪翻了一页稿子。

古德曼进来的时候,安迪正埋首于弗尼瓦尔的书稿,已经读到了第一章的结尾处。

"对于你女朋友的事,我深表同情。"

"安吉拉告诉你的?"

"别难过了。"古德曼说道,"托马斯·摩尔①说得好:'往前看,你终会找到另一个人。'对了,依妮德·坦斯利的稿子怎么样了?"

"谁?"

古德曼投来责备的目光。"坦斯利啊,"他弹弹手指,"安吉拉没给你书稿么?"

"哦,给了……"

"那么,你看完没?"

"差不多了。"

古德曼终于按捺不住。"'差不多了'怎么可以,安德鲁?你必须把它校对完。立刻。"说完怒气冲冲地看向他的办公桌,"这是书稿么?"

"不算是吧。"

"什么叫做'不算是'?"疑心告诉他安迪这些天一直在消极怠工。

"只是一本我正在考虑的书稿。"他的语气显得有些自以为

---

① 美国畅销书作家,著有多部《心灵鸡汤》类型的文集。本句摘自《灵魂伴侣》一书。

是——也可能只是自我感觉而已。

古德曼俯身向前,抓起安迪刚才一直在读的书稿,不耐烦地飞快翻看着,直到封面那页出现。

"《遗失的蒙田》……"他大脑飞速搜索着,"写什么的?"

"关于一位法国哲学家。"

古德曼陷入思索:"现代的?"

"十六世纪的。"

"他有什么奇思妙语?"

"他认为在我们每个人身上,都存在着人类所有的本性特征。"

"这样啊?"

"他还相信正是我们每一个人的个体行为将这个世界变成了现在这个样子。"

古德曼的表情有些古怪。灰熊准备把你的脑袋撕碎前也是这副嘴脸。出奇缓慢地,古德曼放下那沓书稿。他的不满气焰如同大风暴,扫过非洲高原,一举横过桌子向安迪扑来:"我说这书没戏,安德鲁。我们可不能再有一次惨败了,万分感谢①。星期五下午之前,我要看到坦斯利的书稿,不得拖延。"说完他走出办公室。

依妮德·坦斯利的《情人户外性爱宝典》是"及时行乐"出版社"情人系列"中最新的一本。这些图书内容不一,但都具有一个共性:过去的三十个月里每天生活在这些书籍中的安迪,从未被书中所写内容挑拨起一丝性的冲动。由于古德曼一向奉行成本紧缩政策,出版社请不起专业人士,于是插图摄影师的工作就落到了安吉拉的一位外甥头上。乍看上去,多米尼克所拍摄的年轻男女(模特自然也是由多米尼克艺术班上的同学客串)像是给园艺产

---

① 原文为法语。

品做广告。细细端详,才恍然大悟他们其实在以"大胆户外"为主题摆出种种性爱造型。每张图片中都搭配有来自坦斯利的"佳句"。比如"小鸟浴台①很适合站立式性爱,但要确定其稳固程度",抑或"用新鲜水果代替按摩棒不再危险,但最好避免太过辛辣的植物(如红辣椒、胡椒、姜等)",又或"发明两人之间所用的暗语,比方说'贝辛斯托克②'代表'停下'"。

刚开始,安迪还会跟老友大卫拿这些书稿开玩笑,但现在他早已变得麻木。坦斯利和"及时行乐"旗下的所有作者一样:她给出的所谓建议都愚蠢了得,但还不至于蠢到没人会相信的程度。他拿起一支铅笔,打算从第一页改起,却因一句话而停下动作。

从自己百般艰辛所掌获的经验中,安迪悟出几乎所有的励志自助类书籍至少都会包含一条像点样子的真理。而依妮德·坦斯利这本书的真理是从露丝·查理斯那里照搬过来的,其最早出处应该是蒙田:"最重要的是做你自己。"

但他自己又是谁人呢?

曾经的自己已经于那个夜晚在卡莫斯餐厅消失殆尽。取而代之的是一个穿着酒红色V领衫的男人。他黝黑的手抚在苏菲胸前……

走廊门开了。

他的脑海中只有她。

大雨滂沱。可以听见有人重重倒在沙发上。

他的脑海中只有她。

安迪听到鼾声传来。看来又是一顿饱餐。

但他的脑海中只有苏菲。

让贝辛斯托克去死,他想。手伸向电话。

---

① 专门为鸟儿饮水、洗澡所用的高台水盆,多放置在院子中。

② 英国南部小镇。

苏菲不在公司。手机也不接。他打到她家。

"喂?"他以为自己认得那声音。

"是你吗,亲爱的?"

"不是,是亲爱的母亲。"

安迪从未见过索布克太太,不过他们俩在电话里聊得倒是还算合得来。苏菲没提过她妈妈到伦敦来了。

"希望那些大学生还算规矩。"他故作开心地说。他早已努力让自己成为对大福克斯无所不知的大拿。

"我让她来接电话。"语气转而有些苦涩。

"她还好吧?"

"肯定是一团糟啦,但这种事就是这样……等下,她来了。是他。"

"嗨。"

"苏菲?"

"哦,嗨。"

听到她的声音,他的心宛若坠入漩涡。他想拥她入怀,不过能抱着听筒从电话里听到她的声音,他已满足。

"你怎么样?"她问。

他终于忍不住问了出来。

"和我在一起,你是不是很不开心?"

"不是的。"听上去凄凄惨惨。她开始饮泣,似乎直到此刻才恍然原来自己一直都没有开心过。

"再见,安德鲁。"

她挂上了电话。

苏菲说再见的声音,让他感觉自己仿佛是一个土里土气的地产商,把对她而言最神圣的地方推倒,改建成一个形状搞笑的游泳池。安迪知道分手已成定局,无可挽回。

除了继续集中精神修改依妮德·坦斯利的书稿,他似乎无事可做。他对窗外的繁华城市置若罔闻,改了一个下午的稿子。雨势丝毫未减,忧郁地不停落下。他能看到书桌上方的墙上掠过车灯折射过来的黄澄澄光亮,那些光划过玻璃窗,照亮书稿上的一行字迹:"别再委屈自己而迁就他人。"

快下班时,他总算活过来片刻,甚至有几分满足感。但更强烈的绝望瞬间再度袭来。

他加班到深夜,错过了末班车。低着头走在漆黑的午夜中,踏过湿滑的街道,回到家中。在伦敦生活,雨伞是不可或缺的东西,他想。黑暗向他逼近。又黑暗又苦涩又潮湿。他好像钻进了鸟腹中。

身在加拿大的父亲迟迟未归,一个月后,安迪的母亲收到一封寄自穆斯乔的信。她呆站在那里喃喃自语,随后飞奔回楼上自己的房间。一个星期过去了,那封信依旧原封未拆。它一直躺在她的手提包当中,活像一只手榴弹。

看完信后,她独自呆坐。灯彻夜亮着。

信件所传递的信息飘至她膝间,爆炸的动静还不敌一片落叶。

"但他和你不是夫妻么?"当她向安迪解释父亲的想法时,他问道。

"如果他不想,他们就不是了。"他姐姐插话。

"你们两个,闭嘴!"

他母亲记不得小孩子最乖巧的年龄了。不论那是何时,却总在不停变化——就像是在一条时间长廊上,那个"孩子们最为乖巧、好带"的地方不是在前面不远处,就是在遥遥后方。

懦夫。连看着她的眼睛当面告诉她的勇气都没有。

但她不愿在孩子们面前诋毁他们的父亲。她于是说道:"这种事很常见的。你遇到一个人。你又遇到一个人,然后不想再回头。"

纯属狡辩。出奇忠诚的母亲。她还在继续惦念那个写信的人。他那一头棕发结实的脑袋。他的乐观向上。如果什么都听别人的,结果就是你发现自己在森林里抓鱼——这句话是他们初次见面时他说的,当时把她逗得开怀大笑。很多女人都梦想着跟他一起逍遥上青天。

总有流言蜚语传来传去。街坊邻居都已经知道乔治·拉克汉姆抛妻弃子的事情。也知道他的新欢是个加拿大女人。确是如此。唯一的出入就是还没等他办好离婚,便被那新欢一脚踢开。

终于到了离婚那天,安迪听见母亲在楼上辗转反侧,彻夜未眠。后来那成为了安迪童年的主旋律:母亲无休无止的哀伤。

琳因为爱上另外一个年纪相仿的飞行员而抛弃了父亲,父亲只得背负着百般不幸返回故里。在那之后的秋天,安迪的母亲偶然间被一棵日本榉木深深迷住。

每个人的生命都分为第一章节第二章节。他母亲新章节的开启,是在罗姆锡附近的植物园中,与一棵红金相间的榉木①惊鸿一瞥的那个瞬间。"就像有人把它点着了——它的颜色如若一团篝火。"母亲像是发现了一颗新星,而这星星之所以存在,只是为了将她一人带入幸福的天堂。父亲总是在天空中飞行,母亲的生活因此一直按照直升机的运转节奏行进着。当那棵榉木映入眼帘——无与伦比的形态和颜色——她即刻明了自己是多么渴望能够降回地面。它拴住了她。那棵榉木。

在丈夫杳无音信的时间里,她在花园中忙碌,在大自然和泥土中找到了久违的快乐。现在,爱好变成了职业,她在吉令汉姆②附近的苗圃工作,整日都把大盆小盆搬来搬去,不辞劳顿:晚上搬回花房,下雨搬出室外。一旦天气转凉,她会火速奔出,查看她的心

---

① 榆科榉属类植物,分布于日本、韩国、中国,多生于河谷和溪流边。
② 伦敦东部城镇。

肝宝贝们是否需要裹塑料膜保暖。她决不让自己的植物受到伤害或遭到毁坏。那些花花草草宛若她的骨肉,或者说几乎宛若她的骨肉。

安迪从未见过母亲如此投入。一天下班回家后,她在纸上画了一棵巨大的橡树,之后树根处画了一道横线,把纸反过来又画了一棵一模一样的。"植物的根部就像船锚般,这些根须和上面的枝杈一一对应。"她告诉他,"如果你往深处挖,就会发现营养和水分充足的根部形态,和地面上的树枝形态几乎相同——就像我们身体里的静脉血管和毛细血管。上下一致。《圣经》里也提到过。"

她的丈夫曾将她的整个动脉扯断,将毫无生机、虚弱苍白的她丢在英国那黯无阳光的天空下置之不理。她不会再次陷入同样的泥沼:一味地取悦他人。

在日本榉木之后,母亲的注意力转向一种罕见的石楠①,这种植物无论如何都拒绝开花。后来,苗圃的德国女士告诉她了一个"偏方"。

她将那棵植物塞进一只垃圾袋里,朝里面洒了一茶匙的白酒醋,将袋子系紧,然后放在一边,置之不理。三个月后,那袋东西变成了一团又臭又恶心的烂糟糟之物。

"有些种子需要经过'鸟腹'才能发芽。"

她重新打开袋子的时候安迪就在旁边。他看着她龟裂的双手小心翼翼地将那棵植物取出,洗干净,然后重新埋在土中种好。果不其然!几天之后,花朵竞相绽放。他犹记得那些纤细小花和由绿渐渐转白的小果实。每当他心志消沉,就连那个"装成别人"的戏法都不见效时,安迪就会高瞻远瞩一般地对自己说:"我正在那'鸟腹'之中。"然而,这法子从未成功过。

---

① 杜鹃花科,在澳大利亚极为常见。

5

第二天清晨,时间尚早,天色依旧漆黑,门铃响起。

是苏菲!她定是醒来后发现理查德是个不折不扣的混蛋,便一路沿着霍顿斯大街飞奔而来,顾不上跌得又青又紫的膝盖,央求安迪重新接受自己——就像他们在法蒂玛①碰到的那个忏悔者一般。

他从大海般咸涩的床上爬起来,一点一点挪到对讲机前。"哪位?"他声音沙哑,心存渺茫希望。向窗外看了看。

屋外,天空阴沉灰暗,大风像采石作业似的,把正对面那白色泥浆般的云朵碾成鸡皮疙瘩般的细渣子。

下面传来邮递员的声音:"挂号信。"

这一瞬间,安迪后悔应门了。在这样一个星期五早晨,他最不愿做的事就是一大早又收到一张法院传票。

几个月前,大卫曾经帮他出主意使用缓兵之计。"那些账单啊?你就回信说:'我患有遗传性阅读困难症,所以请改写您的信函,将 A 反写,并改用北印度语——因为我将成为最后一代塔斯马尼亚②土著后裔之一。'"这个办法成功地为安迪换回了六个星期的清净日子,肯星顿和切尔西皇家自治区③暂时没有再去烦他。

---

① 葡萄牙中部、里斯本以北大约一百公里处的城镇,是天主教徒著名的朝圣地之一。
② 澳大利亚南部岛屿省份。
③ 位于伦敦西部,因与皇室有渊源而自成一区。

但英国电讯公司却不吃这一套。

伦敦的每个二月,就连油毡地毯都冻得让人难以承受。安迪踮着脚尖踏过如冰般的地板,一边刷牙一边拿起信来。当"瓦普卢和维兰律师事务所"一行字映入眼帘时,安迪心中的不祥预感愈发强烈。他仿佛听到法官的声音:"你被判处七年有期徒刑,即刻被发送至遥远的荒芜之地。"

信件内容十分简短。

安迪·拉克汉姆:

我是刚刚去世的克里斯托夫·马蒂根先生的委托律师。由于您可能是委托人遗嘱的受益人之一,请允许我确认此地址为您的常住地址。

谨启

戈弗雷·瓦普卢

不是传票。安迪放下心来,千感万谢。他打算这就打电话过去,在这摊事情没有变成一团糟之前赶紧说清楚,彻底了结。葬礼当天他就该开口的,这封信给了他不可再做推搪的理由。

穿戴整齐后,他泡了杯茶,走到起居室,按照信头的电话号码拨了过去。一位年轻的女士将电话转给了瓦普卢。

"您好,拉克汉姆先生。有什么可以效劳?"

安迪听出这个声音就是葬礼上那个灰发男人的。"我刚刚收到了您寄来的信。"他说。

"所以它确实是您的常住地址了。"

"我是住在这里没错,但我打电话不是为这个。"

很奇怪,瓦普卢似乎一点都不感兴趣。

安迪继续道:"是这样,我得跟您说清楚。我并不认识那位克里斯托夫·马蒂根先生。我当初也不该参加他的葬礼的。"

对方保持沉默。

"你瞧,我应该去3号堂,"安迪自顾自地解释着,想让对方明了原委,"但葬礼卡片被打湿了,我把3错看成了8。"

电话那头的声音彬彬有礼却十分稳健。"您犯错与否无关紧要。您符合所有的条件。"

安迪感到一片茫然。他舔掉黏在嘴唇上的奶皮:"条件?"

他似乎听到低沉的叹气声。"拉克汉姆先生,这可是一件异乎寻常的重要事情。如果您可以在今天下午两点半到我的办公室,我会当面做出详尽的解释。"

"要多长时间?"安吉拉狐疑地问。

安迪此刻真希望她迷路掉进什么洞里——她经常提前下班去参加她的占卜课,他问过一句么?

"也就一两个小时吧。"

"你知道他在等着坦斯利的书稿吧?"

"我会改完的。"

她再度提醒他另外一件事:"你还没还我那一百块钱呢。"

"星期一必定奉上。"

他抓起外套,往地铁口走去。

三十五分钟后,安迪跟随一位不苟言笑的秘书小姐穿过铺着地毯的走廊,两侧墙壁挂着伍斯特大教堂①和牛津大学的海报,安迪猜戈弗雷·瓦普卢应该是从牛津法学院毕业的。他们走到一扇涂着黑漆的门前。

他的名字刻在一只小小的铜质名牌上。秘书小姐敲了两下门,听到"进来"后将门打开。无数蓝色书皮的法典排列在几只书架上。巨大的书桌,嵌着褐紫色皮革。对面坐着的,正是在葬礼结束后坚持让安迪在吊唁册上签名的那位灰发男士。

---

① 位于英格兰塞文河畔的伍斯特镇,始建于十一世纪初期。

或许是血液流动已变得缓慢,瓦普卢正在以迟缓而稳重的动作为一支万宝龙钢笔灌上犀飞利①墨水,直到灌满后才抬起头来。

"哦,拉克汉姆先生。你可算来了。"

"对不起,我迟到了。"安迪不假思索地答道——这句话他已经说了千万遍。

屋里还有一个人,坐在桌前其中的一把红木椅上。

那张苍白且布满皱纹的脸上,此刻多了一副眼镜。

瓦普卢起身介绍他们认识。"这位是马拉尔·伯恩哈德。伯恩哈德太太,这位就是我跟你提过的拉克汉姆先生。"

她依旧穿着参加葬礼时的那件棕色皮草大衣,膝盖上放着一只草编篮子。

"拉克汉姆,"她重复他的名字,并没有起身。她打量着他,显露出些许不满,好似根本不相信拉克汉姆就是他。

"没错。安迪·拉克汉姆。"他伸出手。

她狠狠地看了看那只手,将座椅移开一些。

瓦普卢回到自己的椅子上,拿起桌上的一摞文件,撕开封条。

"要不要让凯特帮你倒杯咖啡?"

"好呀。"安迪落座。

"你还是什么都不喝?"这回是对着马拉尔·伯恩哈德说的。

她摇摇头,双手抓弄着那只草编篮子,整个人再度陷入沮丧,心事重重。从她僵硬的双肩来看,她应是万不得已才来到这里——她宁可在海参崴或是什么别的地方摆弄牛油果。安迪知道他最想待在哪里:和苏菲在一起,脱去她的衬裙,和她一起向后倒进淡紫色沙发里。

"瓦普卢先生——"安迪开口道,但律师举起手打断他。

"很抱歉但我做事还是喜欢按照旧式规矩来。我认为最稳妥

---

① 美国著名文具品牌,创立于1907年。

的办法还是我先念遗嘱。如果你们有任何问题,我会尽我所能加以解释。"

敲门声。

瓦普卢没应声,秘书小姐端着托盘进来,上面是一只小小的咖啡杯。

安迪决定好好享用他的咖啡,等瓦普卢念完后再向他解释为何他不可能是克里斯托夫·马蒂根的遗嘱受益人。

"还有,凯特——"他们交换了一下眼神,"别转电话进来。"

门关上了。瓦普卢拿起一只玻璃瓶,向平底玻璃杯里倒了些水,抿了一口,打开文件,将吊唁册抽出来,放在一边,随后又抽出一份装订好的文件。

"不会耽误很长时间。虽然有很多法律词汇,但我想你们应该都听得懂。"

他飞快翻着,在贴着蓝色便签纸的那页停了下来。

"序言跟我们没太大关系,如果二位不介意,我想跳过直接宣读遗嘱正文。"

安迪看了看马拉尔·伯恩哈德。她正低头将篮子上翘出来的一根草塞回去。他紧张地冲她笑了一下,就是那种像是伸手给小狗嗅嗅的讨好笑容。而她抬起眼,凶巴巴地回望他。

他转脸看向瓦普卢。

律师又喝了一口水,清了清嗓子,坐直身体,开始大声朗读。

"本人,克里斯托夫·马蒂根,家住伦敦市荷兰公园区克拉伦登大街11号,邮政编码为伦敦 W11,在此废除本人之前定下的所有遗嘱以及之前所有遗嘱中的产权处置条款,同时本人宣布这是我最终遗嘱。

"第一,我委托我的受托人将我的遗体火化,并在火化之前按照第三条内容举行葬礼。

"第二,我指认瓦普卢和维兰律师事务所的戈弗雷·瓦普卢,

57

即遗嘱中下文所提及的'我的受托人',担任本遗嘱的执行人和受托人。

"第二,我委托我的受托人在我死后尽快于里奇满火葬场举行葬礼。相关费用由我所留资产承担,并于葬礼举行前在《泰晤士报》《每日电讯报》和《伦敦公报》上发布不少于十天的葬礼启事。

"第四,我委托我的受托人全程参加上述葬礼,并书面记录下所有出席葬礼最后祈祷颂歌的人士,包括姓名和现住址(受托人、神职人员、风琴演奏师和唱诗班人员、葬礼主持人和其他相关工作人员除外),这些人即遗嘱后文中提到的'参加人'。我委托我的受托人全权认定'参加人'资格,不得违背。"

瓦普卢抬起眼:"我当时提议,'参加人'应为从头至尾参加葬礼的人,但他坚持认为应该照顾那些可能迟到的人。"

"他经常迟到。"马拉尔·伯恩哈德插了一句,好像被做成皮草大衣的那只猛兽陡然还魂,"经常!"

瓦普卢将视线转回安迪,晦涩且略带歉意:"我当时这么提议也是为了避免误打误撞闯进来的流浪汉。"

他重新回到遗嘱上,继续念下去。

安迪啜着咖啡——这和安吉拉每天冲的咖啡简直是天壤之别。他仔细看了看瓦普卢的办公桌。这些法律词汇,让安迪想起"及时行乐"出版社自己经手的那些图书合同。

"第五,除去清还本人生前所欠债务、葬礼费用和相关税款,我将全部剩余房地产和个人遗产平均分赠给所有'参加人'。如果无'参加人',那么我的受托人则将我上述财产全部转至德文郡野驴保护基金会。"

瓦普卢抬头:"你根本无法想象有多少富豪把天文数字的遗产捐赠给动物保护慈善团体。"

安迪听得一头雾水,但多少觉察到刚才那条似乎举足轻重。

"最后一项。"

瓦普卢继续念道。

"我的受托人须允许马拉尔·伯恩哈德继续在克拉伦登大街11号居住,期限不超过十八个月,相关费用由她自己承担。待她搬出后,方可清算房屋和内部所有财产。"说罢他对马拉尔解释,"尽管他明确指明邀请你出席他的葬礼,但他当时并不确定你会成为受益人之一。"

瓦普卢把遗嘱放下,翻开吊唁册,仔细看了看上面的两个签名,当他看到安迪写下的"我感到十分遗憾"时,无法抑制地,一直挂在脸上的笑容不再公式化。

"好的,作为克里斯托夫·里昂纳多·马蒂根唯一的受托人和遗嘱执行人,我在此确认马拉尔·伯恩哈德和安德鲁·拉克汉姆符合'参加人'的条件。依照遗嘱,先生的所有财产将平均分至你们两人名下。"

又是一阵静默。从马拉尔·伯恩哈德无所适从的脸上,可以轻易看出她和安迪一样,对于那些法律文书全然不知所云。从其外表判断,她对什么"剩余全部财产"之类究竟为何物也丝毫没有概念。

她倾身向前,篮子被压得发出咯吱咯吱的声音。

"你的意思是,他和我,我们两个分遗产?"语气硬邦邦的。

"没错。"

"有多少钱?他的遗产。"怨愤少了一些。

瓦普卢向后靠去,隔着办公桌牢牢盯着她。这一刻,安迪仿佛看到律师先生坐在从梅登黑德①驶出的火车上玩着"数独"游戏,午餐时间必定至少有一个小时,小心翼翼地和客户们打交道——他们多为波兰人、锡克教徒或爱沙尼亚人。他也仿佛看到每个周

---

① 伦敦西部城镇,是全英国房价最高的地段之一。

末,他一边戴着红色皮手套修剪篱笆,一边和邻居谈论撒克逊塔楼①的仓鸮,他可以直呼邻居将军夫人的闺名,星期六晚上在蓝波酒馆②就着开心果喝啤酒消磨时光。

他动动下巴:"扣掉律师费、葬礼费用和税金,我想你们每个人大致会得到价值一千七百万英镑的遗产。"

安迪瞪着他。整个世界开始天旋地转。瓦普卢还在继续说着什么,但安迪什么也听不到了。

---

① 牛津地区最古老的建筑物之一,有将近千年的历史。
② 位于伦敦的著名维多利亚式酒馆,早于1720年就开始营业。

6

瓦普卢办公室外的伊灵大街上，雨已停歇。云层中扯出一道狭小的蓝色缝隙，空气也不再那么冷冰冰。安迪看了看马拉尔·伯恩哈德，但她却径自系着褐色头巾，之后拎起篮子。安迪隐约可以瞥见里面硕大的血橙。他本以为她至少会伸出手来跟他道别，但她却再度给了他一个恶狠狠的眼神，步履僵硬地穿过马路。

安迪则仍旧站在人行道上，想理出头绪。

一千七百万英镑。就因为出席了一场葬礼，而且还迟到了。事情绝不仅仅这么简单。或许这是个测试——比如某个电视台偷偷拍摄的真人秀，用来测试人的道德水准之类。当然了，他会诚实为人，拒绝这笔巨款。瓦普卢一再告诉他从法律角度讲，这笔钱就该归他，但如果真是如此，他会把钱捐给慈善机构的。即便不是那个野驴保护组织，也会是"救救孩子"基金会，抑或一家癌症临终关怀医院。

放弃遗产的想法让他如释重负。在回汉默史密斯的地铁上，他有种焕然一新、宛若重生的感觉。瓦普卢说他是什么来着？"参加人"？

车厢左摇右晃，就像刚才在瓦普卢办公室里头晕目眩的感觉一样。他注视着窗外飞驰而过的隧道。站台上的人们不再如从前般死灰沉沉，他们的脸和衣服，那些鲜明的颜色——所有一切都生机勃勃，清新愉悦。他闻到了松木的香气。上个星期的苦闷渐渐褪去。苏菲会因为他的无私而回心转意也说不定——最不济也会由衷敬佩他的这种精神吧。不过此结局实在需要大量峰回路转的离奇情节才能得以实现。事实很可能是,苏菲会嘲笑他太蠢。他姐姐是对的。在苏菲·索布克看来,金钱比什么都重要。这么说来,或许离开苏菲对他来说并非坏事。他们本来就不是一路人。

安迪回到办公室时,心情甚佳。

7

　　安迪最好的哥们儿大卫身高快一米九,双眼炯炯有神,秃顶,花白胡子,鼻梁高挺。努力不把衬衫反着穿就出门,皮鞋鞋带永远不系;后来发现了世间还有卡骆驰①鞋这等好物,遂只穿此鞋。他人缘甚佳,精力充沛,容易沉迷于某事物。他拥有艾森斯坦②、维尔托夫③、塔可夫斯基④和沃特斯⑤的所有电影,以及足足占据了四层书架的啤酒罐收藏品。他开一辆1953年出厂的"探路者"古董车,并且有一个稳定女友:她叫朱莉,是位职业心理治疗师。

　　那顿分手晚餐前,安迪和大卫老早就约好了今晚碰面。其间他们一直都没联络过。

　　在诺普伍德酒吧门外,一个男人冲着夜空大吼:"好,我晓得了!饶了我吧!"

　　安迪从他身边走过。

　　角落里那个慵懒、不修边幅的家伙正在独自看着报纸,过了一会儿才抬眼看到安迪:"这么早,真难得。"

---

① 美国橡胶休闲鞋类品牌,以穿着舒适著称。
② 俄国导演、电影理论家,是电影学理论中蒙太奇理论奠基人之一。作品包括《罢工》(1925)、《战舰波将金》(1925)、《十月》(1927)等。
③ 俄国导演,作品包括实验性无声纪录片《持摄影机的人》(1929)等。
④ 俄国导演,诗人之子,首部剧情长片《伊万的童年》(1962)获当年威尼斯影展金狮奖,其后每部作品均获得众多国际殊荣。
⑤ 美国导演,早年作品多为非主流电影,后在好莱坞占有一席之地,作品包括《粉红火鹤鸟》(1972)和《发胶》(1988)等。

"是啊。"安迪点点头,深感有理,"想喝点什么?"

大卫依旧盯着他:"你要请客?"

"没错。"白从和苏菲在一起,他所有的开销都花在了她身上。

大卫看了看表。他只能坐一个小时——过会儿还要去采访罗伯特·奥特曼①——不过他说还够时间来一扎提斯伯雷淡啤。

酒吧里嘈杂无比。男人们穿着大衣,姑娘们开怀欢笑。舞台上有一个扎着马尾、身着黑色皮质背心的男人在调试吉他。

安迪拿着酒回座,大卫接过一只杯子,对着灯光微微举起,细细端详:"这杯酒可得好好品。"他和安迪碰了碰杯,"嗯。真是地道。"之后他向后靠去,冲着安迪皱起眉头,"安迪,最近如何啊?"

"有好有坏。"

"这是不是'只有坏没有好'的什么代码哩?"

"我有事相告。"

大卫把手放在安迪的胳膊上:"我听说了。"

"你听说了?"

"嗯,没错。是。听说了。"

安迪感到惊诧的是此时此刻,提起苏菲,心中的伤痛几乎已荡然无存。放在几个小时前,他自己都绝不相信。她原本是他今晚要和大卫谈论的话题,但自己居然把她抛到了脑后。

然而,当他跟大卫细细道来时,那股痛楚还是巨浪般涌来。大卫洗耳静听,适当地点头,听罢说道:"你得像个男子汉。忘掉她吧。她爱上别人了。"

一抹伤痛难以掩饰,安迪哽咽地说:"我还打算邀请你做我的伴郎呢。"

大卫抚了抚他的肩膀:"我还是可以当你的伴郎啊。"

---

① 美国电视、电影导演,曾五次入围奥斯卡导演奖,作品包括《风流军医俏护士》(1970)和《纳什维尔》(1975)等。

安迪不置可否。

大卫继续说道:"这下终于可以一吐为快了,其实我一直没看好你们两人。"

"为什么?"

大卫把啤酒杯放下:"你们俩在一起时,她看过一本除了时装杂志以外的书吗?"

"当然有别的。我想想……好吧,没有。"

他回想起苏菲曾经问他:"你在看什么?"

"一本小说,苏菲。很好的小说。要不要也看看?"

她翻了个白眼:"我可没么长的命。才不要。"

大卫注视着他:"安迪,你得正视现实。你能想象和苏菲·索布克一起变成老头老太,颤颤巍巍地扶着小推车相依为命?"

"大卫,我想跟你谈点儿别的。"

"我明白。咱们聊点儿别的吧。我本来以为你想说说她的。"

"不想提她了。"

他想起弗尼瓦尔书稿中的一句话:真正的朋友才会直言不讳地批评你,此乃你们之间友谊的最有力证明。

"大卫——"

"你的问题是,安迪,你太容易轻信于人了,也太过坦诚。你其实不用这么刚直。得让自己开心才成。是是,反正你和她也分手了。你又是我们大家的了。星期天有什么计划?朱莉要去上班,我们俩去'船灯'餐厅一起吃个午饭怎么样?你再来一杯不?"

"我去买……"

"哇哦,别急,小子……五分钟就灌两杯?"大卫摸摸胡子——自打秃顶之后,他便开始留胡子,"你发财啦?"

安迪起身。

"嘿,安迪,我只是说说罢了。"

安迪趁着大卫还没来得及拿他开涮之前,拿起空杯走向吧台。

他和大卫真算是老交情——在森姆利上幼儿园时,他们俩就一个挨一个坐在蓝色塑料垫子上玩耍了。

大卫在一家全国发行的报纸做影评人。他曾经试图撰写剧本,但终究未果,不过他天生就是当记者的料,这方面的天分让他成为了一位相当优秀的影评人。他不仅能随时掌握新闻动向,而且容易相处,和谁都能打成一片,更重要的是,一旦他咬住什么线索,就必定追踪到底,绝不轻言放弃。这点曾经让安迪气得要死——不论是四岁时收集足球卡、大学时收集电影录影带,抑或最近对于啤酒罐的迷恋。不找到啤酒罐收藏者眼中的"圣杯",他是不会收手的。所谓"圣杯",即是由朗赛斯顿①一家叫做卡斯科德②的啤酒厂所发行的特别款,为的是纪念一艘钢筋水泥船"哈尔索"在一场悉尼至霍巴特③的赛艇比赛中创造了一项屹立三十年不倒的航行记录。一旦你了解大卫,对他的种种行径也就会见怪不怪了。

安迪端着两杯啤酒回来,坐下,问道:"对于收取陌生人的礼物这种事,你是怎么看的?"

"怎么想起问这个?"大卫看着那杯酒,"什么事?"

"今天在办公室听说的。"

"哦?"

安迪立刻后悔自己的冲动之举:"唉,又臭又长的无聊事,还是算了。"

"我可不介意又臭又长的无聊事。这就是为啥我们到现在还是哥们儿。安迪,有话就尽管开口。"他还不忘眨了下眼。

"得得。是件真事。"

大卫把椅子向前拉近:"越来越有趣了。"

---

① 澳大利亚塔斯马尼亚州第二大城市。
② 澳大利亚现存的历史最为悠久的啤酒酿造厂,位于塔斯马尼亚州。
③ 澳大利亚塔斯马尼亚州首府。

"你可能不会相信,但事情千真万确。"

"说吧。"

安迪假称是从安吉拉那里听来的。她的朋友的朋友。这位朋友的朋友认得一个在雷克雅未克①的流浪汉,他有天为了躲雨就近闯进一家教堂,正赶上一场葬礼,于是就坐在最后一排,一直到结束。

"她是这么跟我说的。但……"安迪微微停顿了一下,"我讲得乱七八糟的。"

"没有啊,我喜欢你这么讲故事。"

"好吧,这似乎不合逻辑:但那位冰岛有钱人把所有的遗产,数额巨大的遗产,都留给所有参加他葬礼的人。一千七百万克朗……大概这么多吧。"

安迪擅自改了结局:他告诉大卫那个流浪汉接受了巨款。

大卫微微颔首,瞪着眼前的啤酒杯沉思片刻,说:"自然。"

安迪则摇头道:"可是,问题在于,只有像他那样穷困潦倒的小人物才会拿钱走人。"

"这跟小人物大人物无关。收下钱也没什么不公平不道义的。人生就是一场博彩。我要是有一千七百万在手……管它是什么币,哪怕伊拉克第纳尔②也罢。我不会改变自己的生活方式,但我可能会换辆新车,至少不用每次发动时都要给救援公司打电话。"大卫的"探路者"就停在酒吧外。

"所以说,换作是你,你会收下那钱?"太迟了。在决定向大卫求助的那一刻,他已经在心中种下了动摇的种子。

"不大清楚具体情况。"大卫缓缓地说,"你不会拿么?"

"不知道。"

---

① 冰岛首都。
② 人民币与伊拉克第纳尔的汇率比值大致为1∶180。

"听听这家伙说什么呢!"

"别这样,那你说我为什么要拿?"

"安迪?"

"怎么?"

"这位冰岛流浪汉……"大卫眼神锐利地盯着他,"哦,我的天。"

"没错,天啊。"

大卫胸口的蓝色毛衫紧紧绷起。安迪低眉将目光落在毛线的纹理上,将一切如实道出。

对大卫而言,一切简直就是史前神话。

"一千七百万英镑!因为参加了一个人的葬礼。圣地亚哥①圣城所有的圣女都该起立集体对你唱赞歌,安迪。什么时候可以拿到钱?"

"六个月后吧,律师是这么说的。"

"所以你只需坐等即可?"

"是啊。除非有人对遗嘱提出质疑。"

"有没有什么怒火中烧的家人?"

"据我所知,没有。"

大卫又把椅子向前挪了挪,兴奋不已。"你知道你该做什么?"他伸出手,搭在安迪肩膀上,双目紧紧相对,"接受它,安迪。拿着这笔钱。"

随后他咧嘴笑了起来,嘴唇上还带着些些点点的白色啤酒泡沫,举起酒杯,祝贺就连安迪自己都难以相信的无限光明的未来。

---

① 西班牙加利西亚自治区的首府,相传耶稣十二门徒之一的雅各布伯安葬于此,是天主教朝圣胜地之一。

8

四十分钟后,在诺普伍德酒吧门外,一辆闪着大灯的黄色面包车停在了大卫的车边。

"飞马飞不起来啦?"救援公司的人调侃道。他瞧了瞧车身东一块西一块如同掉了毛的皮草一般的锈斑,推荐大卫换一部丰田,"我们从没接到过丰田车主的求助电话。"

安迪看着那人将电瓶接起来,帮"探路者"发动,然后目送大卫驾车离去,采访他的罗伯特·奥特曼。

那个星期第一次有了饥肠辘辘的感觉,他走进一家快餐店,点了份鸡蛋馅烤土豆。思绪不禁又飘回到苏菲和理查德身上。自打那顿情人节分手餐之后,安迪发现自己又落下个毛病:一吃东西各种怨念就会接踵而至。

放下土豆,他径自回家。

朋友的话依旧回荡耳边:你本应得到它,你需要它,它来得正是时候。它是你的。

大卫说得在理……安迪的确是参加了马蒂根的葬礼,多半是出于基本礼教;但面对价值一千七百万英镑的"基本礼教",他还能保持多正派?肚皮胀鼓鼓的,安迪开始重新考量把钱全部捐给流浪儿童这一冲动之举是否正确。

这是上天给你的自由。

当安迪发现那封印着"英国电讯公司"的棕色信封躺在门垫上,凶神恶煞地盯着自己时,大卫的话语显得愈发有分量起来。他看着那封信,心想打发这么一只"灰老鼠"真是难于上青天。费了半天劲把前门关好,把钥匙从钥匙孔里东扭西扭地奋力拔出,新的思绪正在脑中酝酿成形。

安迪,大卫异常坚定地说,你迟到是天意。

他走进起居室,把那封最后通牒扔在壁炉台上,下面的两封信中一封来自市政府,说保证进一步研究他的阅读困难症;另一封是银行对账单,提醒他欠款额度目前为11832镑,利息为6.25%。扫视着如秋日枯叶般四处散落的信件,一个念头再度涌上心间:如果愿意,他可以一次性把这些欠账单全部付清,在荷兰公园附近买一幢豪宅,然后靠利息就可度过余生。

他走到窗边。楼下的大街上,一个黑人不知为何裹着塑料布走过。

是啊,一千七百万可以做很多事。他站在那里,思忖着种种可能,随即拉上窗帘。

还不到九点。走廊地上的书包里,装着他从办公室带回来准备加班加点批改的书稿。尽管跟安吉拉保证按时交工,但他还是没有校对完那本《情人户外性爱宝典》。他把书稿拽出来,坐下,准备开始和第六章"交战"。他醉醺醺,疲惫不堪,却不想早早上床。

努力把眼睛拖到稿件上,但行行文字飘忽着消失,取而代之的是跟性爱毫无关系的字句。

针锋相对的声音在脑中响起,此起彼落。

"命运女神在你最需要帮助的时候亲手将这份幸运交予你,你怎么胆敢拒绝她?这是神的召唤。"

"我当然可以拒绝她。我从来都不是一个拜金主义者。"

"你又没做错什么。一切光明正大。一个人难道不可以按照他认为合理的方式处理自己的财产?"

但那个人究竟是何方神圣?他这么做又是出于何种目的?

对自己莫名的兴奋心生厌恶,安迪放下书稿。

他现在想象着依妮德·坦斯利开口说话了:"不用担心马蒂根——管他是谁。抓住机会!"反方则变成了露丝·查理斯和格拉迪斯·匹克。三人吵得不可开交,用胡萝卜和生姜扔来掷去。"抓住机会,抓住机会,抓住机会……做一回自私的混蛋!"

他打开电视,陷在椅子里。屏幕上:最新款梅赛德斯-奔驰敞篷跑车。银色。从葱绿高山中一跃而出,瞬间到达了一望无际的赤色沙漠,再一眨眼周围又化作白雪皑皑的冰天雪地。帅得无可复加的男人握着方向盘,胡茬茬的黝黑脸上露出一丝讥讽:"大雨?冰霜?英国电讯公司?抱歉各位,没听说过此等事物。"是啊,他怎么会听说过?他只是一刻不停歇地开在永恒的阳光里,然后在托斯卡纳①一座文艺复兴风格的小教堂旁边接上一位妙龄美女,相伴前行。

"我也能变成他。"安迪喃喃自语。

云层散去,阳光四泻。他坐起来,肚胀已消,却还感觉有些头重脚轻。之前吞下的药片如同氢气球般在肚子里飘浮。

电视化作一个隧道口:他钻进去,离开冷飕飕的如猪窝般的小公寓,离开浸泡在阴雨中的英格兰,转而来到那个自己在十岁时创造出来的幻梦之地。一直折磨着他人生的残酷和虚伪都渐渐淡去;世界重新焕发出明亮,回归真实。除去此刻,他今生今世可曾遇到过如此这般的机遇?他本以为人生已然结束,却遭遇峰回路转。

他应该抓住它。

门铃响起。

---

① 意大利中部省份,首府为佛罗伦萨,为全球闻名的度假胜地。

9

安迪下楼,和门锁奋力搏斗。几分钟后,门总算打开。不是苏菲。

也许是找杰罗姆的。那位脾气暴躁的说唱歌手来自圣卢西亚,住在一层。

来人黑发,面色苍白,棕色眼睛透着傲慢。

"你好。"她边打招呼边收伞。

对讲机里传来又尖又细的女声,盖过了摇滚乐:"找谁?"

"没事,玛丽娜,"安迪转过身喊道,"是找我的。"

"对不起啊,还以为是苏菲。"玛丽娜有个舌钉,长相酷似玛丽莲·曼森——她的偶像。

音乐声消失。安迪和来客面面相觑。

"我那天载过你,"她说,"我叫珍·派克。"

她穿着一件雨衣,扣子严严实实地扣到下巴,脚上是一双蓝色胶皮雨鞋,就像是穿过墨水泥沼一路前来。

他长舒了口气,说道:"我记得。"

"你叫什么?我们还没自我介绍过。"言语直率,突兀。

"安德鲁。"他回答。

"没姓?"

"安德鲁·拉克汉姆。"

她知道他住哪儿。她必定是做过一番调查。

"你好,你好,找谁?"

"没事啦。杰罗姆,找我的。"

"哦,安迪老兄,是你?该死。我还以为是来修门的……"

"不是,是我的朋友。"

"我还得去找康拉德算账。"杰罗姆说。某个新年夜的一档交易出了点儿意外,搞得他掉了几颗牙。自打那以后,他的警觉性明显高了许多。

"无论如何,杰罗姆,我绝对支持你。"

他转回头面对门口的年轻女子。她的出现让他清醒了许多;他再度想起早上从床上爬起来应声开门的感觉。

"我不知道哪一个门铃是你的。"她说罢,自顾自走了进去。

安迪跟着她进屋。她在厨房等着他。

"我帮你挂外套吧?"他问道。

"不用。"

"喝点什么?我似乎还有瓶红酒。"

"我只待一会儿。"

双手叉在腰间,她瞪着他。"那么,安德鲁·拉克汉姆……"神态语气都咄咄逼人,让他想起了姐姐,"你是谁?"

她的问话好似向他随意掷出的一条河鳟,嗖地向他冲过来。

"我是谁?"

"我在问你。"

安迪转开脸。狭小杂乱的厨房基本就是他自打周一以来的情绪写照。只消看一眼水池里发酵的咖啡渣便知,根本不用劳神请什么算卦大师。此乃他的人生。

脊椎里忽地渗出一股凉意:"嘿,不如去隔壁客厅谈吧。"

她转身,大步走进他的卧室。

"不是那儿,起居室在另一边!"安迪赶忙大喊,却还是迟了一步,让她有机会仔细审视了一番团成一堆的羽绒被。和苏菲双腿缠绕的画面在瞬间一闪而逝。

她抬头看了看天花板。油漆早已龟裂,就像有人用乌黑的指甲拼命挠过。安迪领着她穿过走廊。经过布满裂缝的石灰板。经过末日一般的音乐。

他快步上前关掉电视。她的目光扫过壁炉台上的阿司匹林药片、拆开的信封和一排烧尽的香。

随后落至地上。她盯着散落一地的沙发靠垫("如果气上心头,不如把怒火撒在枕头或靠垫上。"——露丝·查理斯)。但她决定保持沉默。他的公寓简直就是个垃圾场,脏乱与悲伤融合在一起,制造出一种如被吊死的野鸡般的味道。安迪还算晓得最好不跟她提起那些励志自助类书籍。

"抱歉,房间很乱。"他说道。

她原地转了一圈,不知道该坐哪儿。于是他把苏菲椅子上的杂物清到一边——他仍把那张椅子认作是苏菲的,椅子是两年前他在"栖息地"①家具店大减价时买下的,可惜一直缺个椅套。他笨手笨脚地把一摞《时尚》杂志和《嘉人》杂志抱走——都是苏菲上次留宿时落下的,有几个星期了。她向来不大喜欢在安迪这里过夜。

"坐这里吧。"他说。

她向前挪了一步,被什么东西绊了一下。

"噢,你得小心……"他语气温和了许多,想要俯身把地上的东西捡起来,却踢倒了那杯早上给瓦普卢打电话之前泡的红茶。

珍一脸茫然,看着安迪略带忧伤、仿佛胜利般举着一个毛茸茸的棕色物体,搞不清那到底是个什么玩意儿。

"是件在波多贝罗②淘的小东西。"他松了口气,同时又感到几

---

① 英国家具店,质量上乘,设计独特,价格不菲。
② 伦敦的一个市集,很多艺术家和设计师贩卖自己的手工商品。

丝尴尬,只得把那只丝绒鸭嘴兽玩偶放到壁炉台上("抱一抱宠物或毛绒玩具"——露丝·查理斯)。

"那么,"安迪在壁炉前搓搓双手,"你要跟我谈什么来着?"

她正盯着安迪放在电视机上的书稿看。

"不能笑也不能死瞪着女伴的乳沟。"

安迪呆住。忽然间,他终于听清了天花板上方传来的玛丽莲·曼森所唱的每个字:"你说什么?"

"图片说明是这么写的。"她审视了一番配图,"这是什么?"

"我正在编辑的书稿。"

"躺在当下。"她大声读出。

"错别字而已,"他说,把书稿拿走,"应该是'活在当下'。"

不知是因为照片还是音乐抑或腐烂之物的臭味,总之她的脸上露出只有在极度懊恼时才会有的表情。

她交叉双臂,没有坐下的意思。

"我还等着你告诉我你是谁呢。"

安迪感到热血冲头。他完全不晓得在他公寓里的这个女子究竟是谁,但唯有一点是肯定的:如果他想成为汽车广告里那个男人,他得尽快请走这位珍·派克。

他回视着她,试图稳住阵脚。"你又是谁?"他反问道。他得让她知道她不能随随便便就这么不把他放在眼里。

"我是他女儿。"她怒火中烧地说道,"但你他妈的是谁?马拉尔·伯恩哈德,我能理解。即便他把钱都捐给野驴保护基金会,我也能理解。但你——为什么是你?"

"他女儿?"他一时哑口无言。从那天在车里她所表现的态度,他怎么也想不到她居然是逝者的女儿。但如果说有人要继承克里斯托夫·马蒂根的遗产,那么的确应是他的亲生骨肉才对。怎么说也绝轮不到一个直到上星期一才知道他名字的陌生人。

"我听说财产会被你和马拉尔分掉。只不过因为我迟到了几分钟,没赶上最后的祈祷颂歌。"

安迪默默点头,伸出手扶住壁炉台想要站稳。"你父亲的遗嘱条件确实非同寻常。对她对我都是如此,我想。"他前思后想了一下。此话属实。他应该可以代表两个"参加人"吧。他是这么觉得。

"你怎么会出席我父亲的葬礼?"

她牢牢地用目光锁住他。双瞳有着陨石般银褐色的光泽。那眼神似乎不属于这个凡世,而是从某个小行星带横冲直撞飞到此地。

安迪若是没有在昨晚先灌了三瓶啤酒进肚又吞下半份鸡蛋馅烤土豆,他或许不会像现在这般脑子里一团糨糊。他开口道:"我为什么会参加你父亲的葬礼?"企图蒙混过关。

他想起都德①——还没言尽就倒下了。即便如此,他也想不出该怎么继续说下去。

"说啊?"她等着他的回答。

一辆车驶过,警笛大作。

百万富翁的人生才刚开始几分钟,却几近完结。但他急于想要攀住这摇摇欲坠的虚无,哪怕再多几秒钟也好。他还没来得及适应自己刚刚换上的一副嘴脸:安迪·拉克汉姆=自私的混蛋。那就让这混蛋趁机撒撒欢儿吧。

他知道自己的呼吸加快了。思绪在翻滚,他感到一股复苏之力油然而生。那团力量翻卷着直冲到喉咙。安迪用"参加人"应有的十分夸张的强硬口气反诘道:"那你为什么没出席?"

她有所畏缩:"不关你事。"

"不关你事。"他用怪里怪气的傲慢口气模仿她,"你不请自来,擅自闯到我家,厚着脸皮质问我为什么出席了你父亲的葬礼,

---

① 都德(1840—1897),法国小说家,作品有《最后一课》等。

而事实是你自己都懒得露一下面——你,他的亲生女儿。"

他这副新嘴脸吓着了她。"对不起,我只是想知道为什么他选你做继承人。"

他拿起依妮德·坦斯利的书稿,在电视机上把纸页理顺。

"因为,"直视着她的双眼,他听到自己在说,"我是令尊的一个朋友。"这是他的回答。冲出喉咙的回答。他之所以站在马蒂根这一边说话,一来是因为他是"参加人"之一;二来也是因为葬礼那天,同样的心境也萦绕他左右:那种和陌生人之间一种无法言喻的亲近感。

他瞪着自己的指甲。说实话,指甲脏得可以。"一个很好的朋友。"他听着自己的声音,语气诚挚得连自己都被打动,"现在,我必须请你,离开。"

10

马洛①附近"船灯"餐厅的老板叫做奈杰尔,友善和蔼,一副军官做派,跟皇室里的小人物有往来。

角落中,一个下巴小小、大腹便便的男人被正在兴头上的众人怂恿,唱着《如果我有把锤子》②。

"这个还不错哦。"大卫说。

"卡拉 OK?"安迪皱了皱眉。他记起那地方原本是用来放熏蛋缸的。

大卫事先已订好位子。餐厅是加盖出来的,一根根橡木桩排列整齐,一堆篝火在餐厅中央堆起用来取暖。拉脱维亚女服务生点燃桌上的蜡烛,告诉他们坐在餐厅大长桌最边上的,是"缇茨公主",还悄悄用手中的笔指了指。

他们四目相交,怀疑之情溢于言表。大卫从菜单上方偷偷瞟了一眼,那女子发色淡棕,鼻子高挺像副乒乓球拍,声线甜美。围坐其间的十几个人听着她谈笑风生,个个都是一副全然投入的样子。

"上次我们来这里吃饭,"那边一片笑声如雪崩般爆发,大卫抬高声音回忆道,"还是为了庆祝你跻身出版业呢。"

这时,他放下菜单,隔着餐桌望向安迪:"那么,你想好了?"

---

① 伦敦西部郊区。
② 美国民谣歌曲。

"我想来份烤牛肉。"

"得得,你这白痴。我是说那笔钱的事情。"

"怕是情况有变呐。"

"噢?"

"才知道马蒂根有个女儿。"

午餐间,安迪把那天早上珍是如何硬闯他家的经过大致汇报了一番。

大卫一脸担忧之情,问道:"那你是怎么跟她说的?"

安迪舔舔嘴唇:"我说我是她父亲生前的一位友人。"

"安迪?"大卫端详他的脸。

"好吧,我说的是'挚友'。"

"这么说来,关于她父亲,我们都知道什么?"

"一无所知。"

"你上网搜过他的名字没?"

"当然了!什么都没查到。"

大卫捋捋胡子:"有深井必有水源,有遗嘱必有亲戚。他干吗不按照正常人那样,把财产都留给自己的女儿啊?"

"我哪知道。"

"再者说来,他生前究竟是干了什么勾当,最后沦落到只有一个亲友来参加葬礼?"

"说的没错。"安迪说,"这人为何宁愿让偶然出现的陌生人分走遗产,都不愿把钱留给骨肉?"

"要我说,这应该是个'忠诚度大考验'。残酷是残酷,但到底能看出谁真正对自己忠诚。"

"仅仅十分钟就能看出?"

大卫沉吟道:"你有没有想过珍可能也是个半路杀出的路人甲?可能她在瓦普卢那儿听到什么风声,心生邪念打算也分一杯羹,结果葬礼那天还是迟到了。这也就能解释为何那天在车里,珍不愿跟你谈她的父亲——因为她压根就不是他女儿!"

安迪对此说法并不赞同。大卫或许因为和罗伯特·奥特曼聊得太投入了,以为什么都像电影般离奇。他推开盘子:"随便你押什么,我打赌珍就是马蒂根的女儿。"

"好吧,就算她是。但让我们把事情理出个头绪。现在,你,安迪·拉克汉姆,即将继承一千七百万英镑的遗产,而遗产的主人不仅你没听说过,连谷歌也对他闻所未闻。继承的前提是没有人对遗嘱提出质疑。但你现在得知有人有充足的理由这么做。此人即死者的女儿。"

"差不多就是这个样子。"

"我们的问题在于:如何把钱保住,阻止她和你对簿公堂?"

"话是没错。"

"依我看,你可以让珍相信你千真万确就是她老爹的挚友。所以说,你和伯恩哈德女士一样,都是他慷慨之举的受益人。"大卫在凳子上扭了几下,"对了,那位伯恩哈德女士又是何许人也?"

"依我看,她像是马蒂根的管家。"

"那么我们暂且不把她看作是管家。"大卫说道,"你的推理能力呀,糟糕透顶——一向如此。不论她是哪号人物,和珍相比,我感觉你不用太过担心她。所以现在,你必须想方设法阻止珍争夺遗产。"

"我又如何能奈何得了她?"

"是啊,该怎么办呢?"

他们身后,一段圆木掉入火中,留下一串彗星般的火花。

"别抓你的胡子啦。"安迪烦躁不安,异于往常。

大卫看看他:"她是个女人,一个女儿,她在意的不是钱。可能钱也是一部分原因啦,但她不是单单为了钱。是其他问题。对于女人来说,最要紧的是她和男人之间的关系。她气急败坏,不是因为钱,而是因为她觉得你可能比她更了解她父亲。她七年没见过他了。为什么他更愿意与你亲近而不是她?"

"那么,大卫,你的建议是?"

"我觉得你应该做两件事:其一,必须想尽办法避开她;与此同时,大力调查这位克里斯托夫·马蒂根。这样的话,万一你哪天倒霉又撞见她,也可从容应对。要保住这笔天文数字的钱,你必须顺着你编的谎话继续演下去。"

这时,一位军人举止的男人走了过来,身穿一件印有"如果混蛋也能飞,这里早变机场了"的T恤。

"吃布丁吗?"奈杰尔的声音洪亮无比,"那边黑板上写着今天的特价布丁。"

"安迪?"

"牛肉下肚,我恐怕……"

"来一份吧。这顿我能报销——只要你随时告诉我故事的最新进展。真是个超级棒的电影素材。"说完还推了他一把。他只是在说笑罢了,安迪心想。

"那么我来一份面包黄油布丁吧。"

大卫笑了笑:"这还差不多。欢迎来到荣耀之地。对了,如果有人问起来,记得说你就是罗伯特·奥特曼啊。"

他们离开"船灯"时,天色已开始变暗。旁边的小屋里,那位缇茨公主正在高歌《我相信奇迹》——肯定是她的拿手之一,之前不知练习过多少遍了。让他们大松口气的是,"探路者"这次居然一点就着了。

"开车没事?"安迪问。

"应该吧。"大卫说。

他们心满意足地坐在车里。大卫来回晃着胳膊模仿雨刷器,没过一会儿就乖乖专心开车了。安迪则盯着前方的路面,睡眼惺忪。

到他公寓时黑夜降临。大卫临走前还在叮嘱安迪:"我去看看能查到马蒂根什么底细。你得再去见一下那位律师才是。"

"谢谢你这顿饭。"安迪喊道,"感觉好多了。"

11

端坐在巨大无比的办公桌对面,戈弗雷·瓦普卢透过戴得歪里歪斜的远近视两用眼镜看着安迪。此时是下一周的周二上午。

安迪坐立不安:"上个星期五,你说我很快就会变得十分富有。"

"在遗嘱认证完成之后,"瓦普卢正经八百地说,"除非出现质疑人。当然,这也取决于你对'富有'的界定。"

安迪简单概括了一下自己的处境:债主紧逼,濒临破产,信用卡被停。

瓦普卢抱住双臂:"那么你认为,一封解释你经济前景的律师函,或许会让银行放你一马?"

"我恳请你帮我写上一封信。"

瓦普卢肯定见多了类似安迪的这种情况:"并无不可。今天下午就帮你写好。"

安迪接着大胆问道:"我能知道那些财产的来源么?"

瓦普卢从眼镜上方估量着安迪此刻有多紧张。安迪和大卫已经想过无数种可能,从写字楼保洁公司大亨到水果老虎机大亨再到尿不湿大亨。他还考虑过自己可能会接手妓院和赌场之类的。

"据我所知,委托人的大部分财富最初源自对矿业股票的投资。但在临终之前,他已经妥善处理,将股票兑换成大量保险基金,也捐了一些钱给和他有关的慈善机构。"

看到安迪终于放下心来,瓦普卢忍不住露出一个似有若无的笑容。不知出于何种原因，安迪感觉这位律师很希望自己得到这笔钱。瓦普卢只消看上一眼，便能大致摸清安迪的为人处世之道。

"你还知道别的什么吗？既然我要继承他的遗产，我总该知道一些这位施予者的故事。你对他了解多少？"

"一无所知。"

瓦普卢言语精准简练，但心情愉悦。克里斯托夫·马蒂根在去年11月的一个清晨走进这间办公室，就坐在安迪此刻坐的椅子上。伯恩哈德女士等在外面。"他不想其他人听到我们的谈话。必须只有我一人知晓此事。然后说，如果我同意做他的受托人，那么我必须亲自打印遗嘱和所有相关信件。"

"他说过为什么吗？"

"他决定换掉合作多年的律师，因为他想更改遗嘱。"

"那他怎么找到了你这里？"

"我的一个案子上了报纸，虽然事出偶然，但引起了他的注意。"

瓦普卢的一个客户把所有遗产留给了帮助失明人士的慈善机构。结果姻亲之一跳出来想要分钱，接二连三地编出各种上诉理由——诈骗、实施不正当影响、死者立遗嘱时精神失常。每次出庭，法官都还是站在了死者的一边。他在总结案情时，对于在整个案件中瓦普卢所表现出的正直心肠和合宜做法表示赞赏，此外，他遗嘱撰写得条理清晰，出示的证据确凿有力。

"马蒂根先生对有关遗嘱的事件十分在意，因为他当时也在构思自己的遗嘱。他给律师协会打电话，查清我在哪里工作，然后给出丰厚的报酬，让我用同样的'坚持'恪守住他最后的心愿。"

瓦普卢向后靠去。

"我问了一些问题，来确认他精神属于正常状态。他之后告诉了我遗产的继承条件。我表达了保留意见，他立刻威胁说要换律师。我可不想损失这笔生意，于是同意做他的受托人。不过，我还是建议他再设立一个独立受托人——比如他的会计之类——以便我们双方彼此监督,也能多少避免勾结串通。我们做律师这行的,深谙人类之行径可以下贱无耻到何种地步。他说已经考虑过此事,但在他脑中最重要的是,这件事越少人知道越好。指认我做唯一的受托人和执行人,对此他甚是满意。在'捍卫死人'方面,我很有一套——他是这么说的。随后,我们就报酬数额讨价还价了一番。因为要亲自誊写遗嘱,我多收了点钱。"

"你没问他立这样一份遗嘱的原因?"

瓦普卢摇了摇头:"我从不过问客户的动机。我只是警告他们,如果他们企图用遗嘱去诽谤中伤他人,其结果很可能是被害人会要求对于所遭受的伤害获取赔偿,而遗嘱的效力将不复存在,到头来得不偿失。"

在起草克里斯托夫·马蒂根的遗嘱时,瓦普卢暂且当作此人没有疯癫,只是就三个问题进行了审视。

"第一,该遗嘱中古怪的条件是否与公共政策相冲突?假如马蒂根先生把所有财产都留给了基地组织,那么即便不会构成叛国罪,至少也是煽动叛乱罪。我认为他的意愿没有不道德的因素,与公共政策不相违背。

"第二,该遗嘱有无可能因存有疑问而作废?马蒂根先生是否把所有的钱留给了,随便举个例子吧,英格兰所有的红发男子?倘若如此,遗嘱可能会被法庭裁决为无效。

"第三,该遗嘱是否会引发如配偶、子女或其他受赡养者等受益人的质疑?当逝者第一次向我解释其遗嘱之意图后,我提醒他这样可能会引来想要分一杯羹的人。我告诫过他,他这是在自找麻烦。"

瓦普卢顿了顿,暗示着以上这点十分重要。

安迪在椅子里挪了挪:"怎样的麻烦?"

"人一死,生前埋下的各种问题一触即发,全部会暴露在光天化日之下。长久压在胸口的情绪终于爆发,像我这样的律师通常是人们炮轰的对象。出现在我办公室里的人,通常个个怒不可遏。他们围在这里,本来想搞清那个老家伙给他们留下了什么好东西,结果却发现遗产都留给了一个'不速之客'。谢天谢地,我有张够宽的办公桌。"

三十年来冷眼看这出戏一次又一次上演,瓦普卢可以说是见证了人类的所作所为是如何地亘古不变。这着实令人沮丧。

瓦普卢探过身来,但不像之前般拘谨。

"如果客户说:'这是原则问题。'那么我的想法便是:'哦,太好了。反正肥差到手,咱们动手便是!'

"正义的戈弗雷说:'别这么干。'但邪恶的戈弗雷愈来愈愤世嫉俗——总要接生意赚钱的嘛。

"还有一个冠冕堂皇的说法,即'这是君子之约'。一旦有客户把此话说出口,我就了然他们的目的是整死留在世上的亲戚们。律师们最爱这种所谓的君子之约了,有趣至极。"

最惨烈的争斗,通常在家人之间发生。

"强硬的家长往往不能容忍任何质疑。他们去世后,怨念爆发。通常来说,那些争斗通常都源于儿时的阴影。'妈妈喜欢你多一些。'这种不满和怨愤在这时就变成了抢夺金钱。

"如果遗产留给了某个'不速之客',他们大都会悲从心来,无比震惊。特别是如果'不速之客'是一间当地的流浪猫收容所。毛茸茸的小动物——老妇人们个个钟情于它们!还有绿色和平组织啦动物保护组织啦癌症治疗组织啦。盲人救助组织则没什么人气。因此,以马蒂根先生的案子而言,如果想让慈善组织赢得官司,就必须让他修改遗嘱内容。"

想清楚这几点,瓦普卢询问过逝者的家庭状况。丧妻,只有一个可以称其为家庭成员的人——一个失去音讯的女儿。

"我当时就立刻意识到她会是个麻烦。基于《继承法》,她或许有权争夺财产,所以我向我的委托人强调他最好专门为女儿另立一份遗产,以防她有所动作。他说已经妥善处理好有关她的事项。我下面要说的比较复杂,但简单而言,他早已委托之前合作的律师为她建立了一个基金账户,年满二十一岁后便可领取。基金账户通常是不可以变更或撤销的。然而,在这个案子里,他自己保留了'指派权',也就是说,他,作为财产授予者,有权重新规定基金条款。这是最后一刻他做出的最终决定——在他去世之后,女儿才可以动用基金。"

"所以说她二十一岁那年没拿到钱?"安迪问。

"没错。但她现在有权领取基金了。"

"他没说个中理由?"

"这似乎是个令他懊恼不已的话题,痛苦到甚至难以启齿、不愿提及。他只愿意通知一个人葬礼安排,就是伯恩哈德太太。

"我说我不会把他的个人情感写进遗嘱中,但建议他最好通过一封私人信件让我明了他的想法。"

瓦普卢从抽屉里拿出一沓用回形针别好的文件:"他写了这个,算是遗嘱的序言吧。这种事不是没有先例。我还见过写成诗歌的序言——我猜那人是第一次尝试押韵式文体。还有人写成布道稿;现在不常见到了,但他们通常对从上世纪初开始影响这个国家的社会主义'毒瘤'恨之入骨,因此把遗嘱作为一种宣言,用来昭告世人他们不会把辛辛苦苦挣来的哪怕一分钱交给政府。你是他的受益人,我认为你读一读马蒂根先生所写的这篇序言没什么不可。我一直保管着这篇文章,万一要打官司它也算是重要的证据。我让秘书给你复印一份吧。"

"或许它能解释所有的一切。"

"或许吧。"

"你没问过他的动机,"安迪说,"但你肯定自己也想搞清楚他何以立下如此不同寻常的遗嘱吧?"

"这要看你对不同寻常是怎么看的了,拉克汉姆先生。和其他人相比,克里斯托夫·马蒂根的遗嘱算是相当普通。最初,当他提出他的想法时,我不禁想起曾经有个帕多瓦①的律师,受委托剥夺了葬礼上所有落泪人士的继承权,而'笑得最爽朗最开心'的那个人独自拥有全部遗产。那是十五世纪的事情了,但最近有位葡萄牙贵族找来公证人,从里斯本电话簿中随意挑出七十个人名,然后宣布把遗产平均分给这些陌生人,目的只是为了制造混乱。"

瓦普卢兀自笑了笑,不耐烦消失殆尽。他全然放松下来:"你这案子没那么棘手。再怎么说你出席了他的葬礼。再怎么说你在那里。"

"但他总该有亲朋好友的。"

"很明显,他没有。"

"那位牧师呢?他们不认识么?"

瓦普卢摇头:"那是殡仪员委派的一个'大拿'。依我看,这'大拿'的意思就是:为任何人做任何事。二十分钟的仪式,只消塞给他一百英镑的'封口费'便万事大吉。仪式开始前,他才打电话来询问死者生平。"

"你都告诉他什么了?"

"他热爱家庭,热心慈善事业,兴趣广泛……不痛不痒的老调长谈。"

安迪沉吟了一下,说:"如果马蒂根当真没疯,那么他意图何在?"

"我只能说,他有他的一套观念。"

"怎样的观念?"

---

① 意大利北部城市。

瓦普卢注视着安迪:"请问贵庚?拉克汉姆先生。"

"二十七岁。"

"职业是?"

"出版人。"

瓦普卢指了一下书架:"我时常琢磨是不是可以把这些案子集结成册出本书?"

"肯定可以的。"安迪回答,"好歹我们'及时行乐'出版社还不是最糟糕的。"他需要把瓦普卢拉拢过来。古德曼就是这么引诱他的前妻们的:答应给她们看些所谓压箱底儿的好货。

瓦普卢摘下眼镜,用一张纸巾擦了擦。此时他变了副模样:脸孔不再显得平庸。安迪似乎看见了年轻时的他:满头黑发,眼睛明亮,是一名伍斯特刚刚毕业的新手律师。他的声音,似乎也有了些许不同。多了磁石般的吸引力。刹那间,整个房间皆因他的叙述而不再死气沉沉。

"我不了解你在出版业的经历如何,我在最初入行时,对人类的品行还抱有积极乐观的态度。然而现在,我早已明了压根儿不存在正直诚实的客户。因此,每次看到有人得到他们应得的回报,我都感到十分欣慰。"

他戴回眼镜。或许是视线角度改变的原因,此时他的目光似乎不再咄咄逼人。

"你问我这位客户是个怎样的人,我能理解你的好奇心,所以才会懊恼几乎无甚可说。我只见过他两次而已。我不知道他的身世背景。就算现在给我张照片,我恐怕都难认得出他。"

瓦普卢把纸巾扔进废纸篓,闭上双眼,仿佛在努力思索接下来该说些什么。

以他和克里斯托夫·马蒂根的浅浅之交,瓦普卢感觉他是一个自我封闭、独来独往、疑心重重且略微耳聋的男人,不与人往来,生活简朴,锱铢必较,不过在一些他看重的事情上却舍得花钱:比如鞋子和美酒——这从他送给瓦普卢的红酒上可窥一二。话说回来，他不算是个居心不良的立遗嘱人。

瓦普卢继续娓娓道来。马蒂根是个少见的地道人物，真诚坦荡，不玩自欺欺人的把戏。他认真思考过如何处理自己的财产。他的用意在于尽可能不让人们虚伪的情感有空可钻有机可乘。然而同时，他却也不排除偶然事件的可能性——当年，他本人就是因为几乎不可能的渺茫概率而获得意外之财也说不定。瓦普卢强调马蒂根所言极少，以上只是他自己对其意图的解读罢了。瓦普卢由此猜测马蒂根生前有可能遭遇过什么悲痛或伤心的往事，从而使他后来对所有好感、忠诚或关爱的表现皆失去信任。看完马蒂根写的遗嘱序言，瓦普卢甚至更加认定自己的猜测。那个男人将自己孤立的遁世之决心源自于一颗受过重创的心；他厌倦了人们窥探自己的金钱，于是想了个法子作为报复：将财富送给任何一个肯出席自己葬礼的人。

"他可能估计到自己的女儿不会到场，却在心底仍然抱有期望。她出现了，可为时已晚，我没有让她签字。我想这符合他本身的意愿。"

"你当时知道那是他女儿么？"

"当时她也没提。但第二天早上她打电话来询问她是否是受益人之一时，我便确定那女子是他女儿没错。我告诉她她不在受益人名单当中。她当即对我咆哮痛骂了一番。我建议她另外找一位律师寻求法律帮助。星期四，我接到一封来自班尼特和巴拉克斯沃斯律师行的信件，说是她的受托人。"

"他们想要什么？"

"他们写了一封正式公函，要求我寄送一份马蒂根遗嘱的复印件。我把相关文件都复印了一份准备寄出。但在那之前，我认为我应该让所有受益人了解遗嘱内容——这就是那天我叫你们来办公室的原因。"

"所以她闯到我的公寓……"

瓦普卢继续注视着安迪："如果她得知你成为继承人纯属偶然,那么她或许会和你对簿公堂。你应尽力避免任何法律纠纷。"

"我告诉她我认识她父亲。"

瓦普卢沉默片刻。

"从法律角度来说,你什么都不必说。我告诉过你,钱是你的。"

究竟出于何种原因,安迪会脱口而出他认识她父亲?为那老坏蛋出头?还是什么安迪不自知的老毛病?

"或许我当时想起了自己的父亲吧。"

瓦普卢点点头。通过对安迪的观察,他已经多少猜出其为人和心智:"那么,就让我们静观其变,看她接下来会有何动作吧。"

"但他女儿是否会对遗嘱提出质疑?"自打珍道出她的来历,安迪就一直担忧不已。

"要看情况。"

"什么情况?"

瓦普卢又向后靠过去,双手交叉,两根拇指划着圆圈,陷入沉思。

他仍旧守着一派老式作风,喜欢将法律看作是十八世纪的战术战略:你挖好战道,布好人马,发动总攻,对方投降。换句话说,就是用文明的方式、通过规规矩矩的途径取得胜利。可二十一世纪的律师们却不尽其然,对他们来说,头等大事就是将你大卸八块,想方设法榨取费用。他们会把情形搞得每况愈下,最后大部分财产都变成了律师费,落进他们的口袋。

"据我所知,马蒂根先生之前的律师纯粹是狮子大开口的废物。这么肥的一桩生意半路跑单,他们肯定早就气炸了。"

如果她的律师们决意出手阻拦,他们恐怕会在遗嘱得到认证之前申请一张中止令,冻结所有财产。前提是他们认定遗嘱可疑、立遗嘱人受到不当影响或精神不正常。

"如果遗嘱经过了认证,他们则会想尽办法进行后续申诉。毕竟,她是他唯一在世的亲人。因为她是他的女儿,法庭可能会网开一面,立案开庭。"

"然后呢?"

瓦普卢的两根拇指停止了动作,随即又开始往相反的方向划圈。据他分析,法庭会就她是否应得到继承权而给予考量。如果她已成年且经济独立,那么放在以往,法庭可能不会倾向于她。但从最近的类似案件判断,瓦普卢无法断言法官会站在哪一边。

"但不太可能空手而归。如果她有本事找到一位御用大律师,就是那种可以随心所欲左右法官的人物,那么说不定能拿到不少。不过最终结果还是取决于法官的心情如何。"

"但她不是已经可以拿钱了么?那个基金。"

"哦,是啊。但你需要关心的有趣问题在于,作为唯一的子嗣,她会不会要求拿回除了那笔基金以外的其他全部财产。"

"如果她对遗嘱提出质疑,又会怎样?"

"你必须明白,拉克汉姆先生,作为遗嘱执行人,我可不想管东管西——财产怎么分与我无关,我已经挣到我那份律师费了。执行人的黄金法则就是:在任何受益人之间的争斗之中保持中立。反正官司打得没完没了,遗产好歹够他们每个人的律师费。"

"那么你的建议是?"

瓦普卢脸上残留的微笑褪去,双眼毫无表情地从眼镜下方看着安迪:"我不能给你任何私人建议,但我想你还是不要招惹马蒂根先生的女儿为妙。她或许怎么也想不到你是出于偶然才出现在她父亲葬礼上的。"

12

空气中弥漫着啤酒花的味道,前方道路笔直,空阔无比。他记得排成人字队伍的大雁、黄色的树丛和堆成金字塔形状的一捆捆稻草。他还看到有秃鹰在一棵倒下的山杨树上栖息。平坦的路面让人迷糊,沿途几公里没有任何变化,乏善可陈,如同小孩子直呆呆的视线。

他们穿过了省界线,正向东开往萨斯喀彻温①省。他父亲握着方向盘说:"我有一个不平凡的人生,我丝毫不后悔。"

乔治·拉克汉姆并不是一个喜形于色或有话直说的人,倒是罗曼蒂克得很。在《布莱克默谷②报》上刊登的讣闻是这样写的:

"毕业后他加入皇家空军奇尔马克基地③,当时携带一封来自首相的推荐信,信中将他赞为一名飞行员。署名处,温斯顿·丘吉尔错拼成了威斯汀·切吉尔。"

对于自己的人生,父亲几乎只字不提。一次,安迪听到姐姐问起他第一次的短命婚姻,那女人叫艾薇尔。当时他面色阴郁地转过脸去。

"人的过去就像一扇你不能随随便便就往里闯的大门,亲爱的,除非你两手各握一把大刀。"

他像只保守秘密的猫,从纷纷扰扰的过去逃离出来,却又制造

---

① 加拿大西部省份。
② 英国西南部城镇。
③ 英国皇家空军基地之一,位于英国西南部。

出新的是是非非。

"你的父亲——他可是个人物。"安迪的母亲有次这么说,然后干笑了一下,随即去寻找她的修枝剪了。

安迪总是试着不去想他。父亲留下的烂摊子已经够人受了。然而,回忆还是突如其来,从身后紧紧掐住他的喉咙。

他一直极力掩饰,但对父亲的思念却痛彻心扉。在他去世后的几年中,安迪时常不由得以为父亲还在注视着自己、在报纸上看到自己的名字、因自己的所作所为感到欣喜。他想为父亲活出精彩,为这个细腻温柔、充满激情、乐观向上的人活出精彩。

母亲和姐姐一直对他隐瞒着真相:他是个飞行员,因此风流成性实属正常。

很显然,他身边没缺过女人,但这个加拿大女人却让他失了分寸。

"她哪里好了?"

"年轻啊。"他母亲粗声粗气地回答。他七岁那年她已满头白发。"还会开飞机。"她对安迪的怪念头突然间失去了耐心。

他的母亲一向是个坦诚率直的家长。她不愿意在家当军嫂,简直是恨之入骨。或许母亲的怨气太重,父亲在安迪六岁那年从空军退伍,转做民航直升机飞行员。他当过直升机运木工和消防员。总之不论什么工作,他都长期离家在外。

安迪十岁的那个暑假,在纽芬兰的父亲为他安排了一次假日旅行,地点是一个叫"大福斯"的地方。

"坐飞机还好吧?"他们正在驶离甘德尔①机场的路上。

"还不赖。"安迪说,享受着宽敞的后座。

要一个人搭飞机去加拿大,他之前一直紧张得不行。在电话里,父亲想方设法安抚他:飞行员只需做好起飞,然后启动仪表自

---

① 加拿大纽芬兰省东部城市。

动飞行程序就可以啦,即使两个飞行员都不幸昏倒,飞机也可以自行平稳降落,最后关闭发动机。"要是两个飞行员都挂掉,飞机或许飞得更平稳更舒服呢。"

安迪和另外一个无人陪伴的小孩坐在一起,一位空姐专门全程照看他俩。

"怎么样,我说的没错吧?"他父亲说,从后视镜里看他。

"是啊,没错,爸。"

对于安迪而言,父亲的后脑勺比面孔还清晰一些。跟他曾经戴着空军帽子回家时相比,头发渐白,也长了不少。

"你妈还好吗?"

母亲和姐姐不想来,两人都留在了沙弗兹波瑞。

"她问你好。"说着想起了口袋里的礼物。他摸出来,递给父亲。

"我很想你。"他父亲说,把那团蓝色纸巾放在副驾驶的座位上,旁边是一袋梨干和抗炎药膏,"我想你们。"

他双手紧握方向盘,吹了一声口哨——这是危险的讯号。

然后他开始猛咳。喘得厉害,整个脸都扭曲了。

"要不要紧?"等父亲平静下来后,安迪问。

"没事,没事的。"父亲摸了下嘴角,"别人晕机晕船我晕地。有点儿像船长——下了船,车都不会开。"他把双手从方向盘上拿开。

"爸!"

"汽车这玩意儿就是用来让你晕的。"他欢快地说。

他们参加了一个三文鱼节。沿着克都洛伊河①健走,也去滑了冰。一个早上,他们坐着直升机飞越森林——"这样你就可以

---

① 位于加拿大纽芬兰省,长约四点五公里,风景优美。

告诉妈妈和姐姐我的工作内容啦。"

那是安迪第一次和父亲一起飞上天。父亲说每天他都要在这个驾驶室里坐上七个小时,把黑云杉和黄桦木吊起运到河边的木料采集场。"上个月,我正做一个转弯,那棵树从固定爪上脱落,掉了下去。那情景我一辈子都会记得。"

安迪向下看着河流,想象着那棵大树一直下坠,下坠,最终落进水中,掀起巨大的水墙。

父亲最喜欢的树是黄杉。纽芬兰没有这种树,但在英属哥伦比亚①有,他们的下一站就是那里。"黄杉是种很好的树。六十年的老树,也可以照样连根拔起。不长虫,木头永远不坏。"安迪探头向外看,看着树被钩在固定爪上。"灰色幽灵"——父亲如此称呼这些木料。它们有淡黄色的纹理,在日本很有市场——他们喜欢用这种木料搭建庙宇。

随着夏日渐行渐远,父亲自己也变成了一个"灰色幽灵",一个似有若无的存在,心思忽近忽远。头发总是乱蓬蓬,就像有架直升机永远在草坪上盘旋。"我要去打个电话",于是即刻纵身消失在马尼托巴②那清冽、带有谷物味道的空气中。

他们忽而决定驾车向东行驶,周围是无边无际的麦子地、苦艾草和柳枝稷。因为父亲想要带安迪看看自己参加一个和北约盟国交换飞行员的项目时,学习飞行西科斯基直升机③的地方。车子行驶的路面平坦,极端无趣;父亲为了提起安迪的兴致,告诉他从地缘政治学角度来看,穆斯乔在全世界都算是个举足轻重的地点。他的双眼熠熠生辉,就像放在车上遮挡阳光的锡箔板。

父亲的朋友琳就住在穆斯乔,是一幢位于野木街的两层小楼。不过安迪没有见到那个发色琥珀、让父亲为她抛妻弃子的年轻女

---

① 加拿大省份。
② 加拿大中部省份。
③ 美国主要的直升飞机制造商之一。

飞行员。追忆假日的最后几天,安迪脑海中浮现的是慢慢经过的运送导弹发射器的车辆、可以吃到风味独特烤薄饼的夏日游行,以及在没有边际、满是牧草的田野中散步,结果却爆发花粉过敏症。肿着双眼,他看见父亲怀抱着一捧野花走过来:"送给你母亲。"

假日的最后一天,父亲载着他去机场:"我再待一个月,然后就回家。再多一个月,告诉你妈哦。"

安迪点点头。

剩余的车程两人都沉默不语。

收音机里,一个带着加拿大口音的人在谈论着大学的评级制度。

"我没上过什么大学,"父亲将手臂伸出车窗外,指着蓝天,"那里就是我的大学。"

他从后视镜里看着安迪的脸,展露出笑容。他在双唇周围涂着抗炎药膏。"我什么时候回家?"

坐在宽敞的后座上,安迪嘟囔:"一个月后。"

他和父亲的下一次见面是在三年之后。而且只有几个月。

13

　　樱桃树在迷雾中若隐若现,像是一片涂鸦。
　　安迪不得不加班以跟上工作进度。他到家的时候已是八点钟了。霍顿斯大街覆着一层黑冰,走上去很滑。他小心翼翼地看着脚下的路面,走上台阶,没注意到大门一下子就打开了。他正准备进房间,才注意到楼梯上有个人影走过来。
　　"你好。"声音乌乌的,阴沉且迂回蜿蜒。
　　她站到灯光下。
　　"珍……"
　　"杰罗姆让我代话说房东把大门锁修好了。"
　　他看着她,不知所措。他怔在原地,似乎她在他家门前出现是一种噩耗,预示着某人即将遭遇不幸。
　　他何苦打开门让她进屋?
　　他帮她脱掉雨衣。
　　"谢谢。"她说,之后慢慢转身面对他。
　　屋外的气温是零下四度,但大衣下面的她却穿得像是在春天:低领口绿色上衣。黑色迷你裙。穿着丝袜的腿套着一双皮靴。
　　比起满脸阴沉的怨妇,一个巧笑倩兮的女子想必对于目标更加唾手易得。尽管如此,珍的表情中带有几分炫耀,提醒安迪要慎重行事才对。她此刻的笑容并不能抹去星期一下午载他回家时那张冷漠的脸。当然也不能抹去星期五晚上那双咄咄逼人的双眼,两道怒火似乎要烧焦安迪的皮肤。而此时此刻,她的眸子如同褐色丝绸,笑意盎然——苏菲对理查德也是这种款款深情,似乎要把他压倒在地板上似的。

"我还有瓶打开的红酒。"他试图将目光从她的低胸衣上移走。

"好啊。"她说。

他回到起居室,拿了两只玻璃杯,匆匆冲洗了一下,还有一瓶雅各布溪①红葡萄酒。红酒是她上次造访后开的瓶。

她坐在苏菲的椅子上。

他倒酒。

她越过酒杯边缘看了看他:"干杯。"小小抿了一口。

他也举起杯:"干杯。"

安迪还没来得及问她有何贵干,但也没觉得两人像这样举杯对饮有何不妥。她脱下靴子,蜷腿而坐,就像他们两人已然很亲密。对此安迪感到懊悔不已,如此一来,他难以摆出强势或是出言不逊。

"那么,安德鲁……"她再度环视了一圈他的房间——安迪花了星期六一整天来整理房间。这次,安迪感到她笑容中还藏着一副显微镜,正在仔细研究着自己。

他只顾看手中的酒。不忙着说话。一旦开口,言语就会离自己愈来愈远。况且,他愈发热衷于扮演另外那个自己了。

有什么扎到她的大腿。她把那东西拣出来,细细端详。

"给我!把东西给我好了!"

他回到自己的座位上,手里握着苏菲留下的最后一丝痕迹。她一定是早在几个星期前就计划搬走了。他们恋爱一场,仅仅留下几样纪念品:柜子里一件外套、一摞时尚杂志。以及这只发夹。

---

① 产于澳大利亚的葡萄酒品牌。

"苏菲的?"她似乎有读心术。

他点点头:"她是……她曾是我的未婚妻。"

"分手了?"

他点头。

她抱住双臂,咬了咬腮:"关于星期五的事,我道歉。"

安迪闷声闷气地唔了一声,希望能如他所想带有些许体谅的腔调。他看着自己的手:"对于你父亲的去世,我很难过。"

"我恨他。"

"哦,他没那么坏……"他脱口而出。

"他就是那么坏。彻头彻尾。"

"得得,肯定没有彻头彻尾的坏人。你得了解他们才会知道。"

珍一只手扶住额头,盯着地板。

"他永远拒人千里之外。"

"未必如此吧。"安迪说。他的父亲也不善于表示亲密:搭搭肩膀啦亲亲额头啦,这些便是他表达爱意的方式。

"可我很清楚。"她说。

他等着下文,但她将目光移开,思绪在冰冷冷的回忆中旅行。

"即便如此,"他让了一步,"我能想象他只是不好相处罢了。"

她误解了他的意思。

"只是不好相处?"她一下子坐直身体,"他断了我的活路——把我的信托基金忽然冻结——本来差两天我就可以领钱了。还通过律师告诉我在他没死之前,我一分钱都动不了。提前一分钟都不行。这就是他对待家人的行径!"

安迪其实只是想为死者说点好话而已。

她继续说道:"这意味着我得自力更生。当然了,倒不是什么坏事。"

但两人之间的温情符咒已然被打破。她脸上的笑容熄灭了,好像坐在那里的变成一个灰头土脸的老巫婆。

他的手指围着杯沿绕圈:"所以你才没去参加他的葬礼?"

她眉头紧皱:"马拉尔在我的电话留言机留下了口信。我的第一反应是:那又怎样?"她的声音就像他姐姐擦拭粘在吐司炉上的污迹时所发出的声音,"但最后一分钟,我还是改了主意。我当时想:妈的,没人会出席他的葬礼。天还下着大雨,我父亲就要被火化,而除了马拉尔以外,没有一个人会在那里,证明这个人好歹曾经在世界上走了一遭。虽然他做过这些那些,但我还是不能忍受让他孤零零离世的现实。但我没想到伦敦的交通状况会那么糟糕,也没想到你会在那儿。"她干笑了两声,"我只要赶上最后的祈祷颂歌部分,就可以继承遗产了……"她顿了一顿,"就这样。"

安迪端看着那只发夹,和苏菲在一起的十四个月最终化成了两根金发:"很多人都会在人生最后的阶段——我从书上看来的——发现上帝。"

"或许吧。"她说,"尽管我不记得他身上有一丁点儿皈依信仰的细胞。"

他们各自又呷了一口红酒。或许因为已经放了四天,这酒喝起来有股铁的味道,一点不新鲜,纯粹的廉价货。

"还要酒吗?"他问。

"不用了。"

她扯了扯手链,用手理了理头发。

她的双腿,蜷缩坐着的姿势,诱使安迪悄悄看了看珍。她魅力十足,但美得咄咄逼人;她从来不屑用美貌作为筹码。或许因为她是长女吧——正如他的姐姐:就像破冰航行的船,所有的跌打磨难都一一留下痕迹。

她转过脸,发现他在打量自己,于是逼视着他,把他的视线拉回自己的脸上。他就此明了她是一个宁可和别人目目相对也不愿被看上看下的女子。

"也只有他才能写出那样的遗嘱。愤世嫉俗。没和他吵翻,你真是个奇迹。同性恋?"

"不是。"

"苏菲不是因为这个抛弃你的?"

"才不是!"

她看着他举起杯子:"我父亲是不是同性恋?"

他吞了一大口酒:"干吗这么问?"

"你说你是个好朋友。这可是新鲜事儿。我父亲从来没有朋友。"

安迪早已将瓦普卢所描述的那个男人铭刻于心:自我封闭、独来独往、略微耳聋。"据我所知,你父亲不是同性恋——或者说,性对于他来说,从来也不是什么重要的事。"他自己都觉得这话听上去实在呆板做作。

"那么,如果你不是他的小情人,你了解他多少?"

"哦,马马虎虎吧。"他感觉自己上了套,"我最近才认识他——也就是,最近这几年。但我们的交情还算不错。"他含含糊糊地说,"你知道,他也不是永远都那么愤世嫉俗。"

"那么他一定是洗心革面了。"

"人是会改变的。"安迪匆匆说道。他总得说点什么。

"改也不是这么个改法。你在哪里认识他的?"她突然问,下巴都撅了起来。问到点子上了。

"我是在哪里认识他的?"他大声笑道。

"是我在问你。"她变得杀气腾腾,"你干嘛总是重复别人的问题呢?这样很招人讨厌。"

"那是很久以前的事了,珍。"

深褐色的双眼挑了起来:"到底说还是不说?"

他的大脑飞速旋转着,像是躲避飞舞砸下的锤子,在脑海激起纷飞水花。他抬头看看天花板,仿佛答案会从石膏裂缝中显现。

有声音。玛丽莲·曼森。但听上去像弗尼瓦尔。

"让我想想……"他起身坐直,"我是在河边遇到他的。"

那是在他父亲回家之后的那个周末。他沿着萨顿米尔镇的小路独自走着。

"你父亲坐在长椅上,凝视着河水上游……"天花板上似乎浮现出什么,像是荷兰的画中画,画中的男人时值中年,浅浅含笑。

那人急着与人分享兴奋之情,于是召唤安迪过来。就在刚刚,一条水獭赫然游过——英国人正为水獭在这个区域濒临灭绝而担忧不已。他自报家门,叫斯图尔特·弗尼瓦尔,当时正准备甩竿,却见一只水獭宽厚、光溜溜的头浮出水面,看了看他,随后继续向上游游去,"就像尼斯湖水怪那样,在水里起伏"。不久水獭钻入水中,了无踪影。水面一丝涟漪皆无,只留下一阵气味。

"来呀,你还能闻到它呢。"

安迪走到河边,两人一起蹲下,朝着一块被黄色苔藓和黑乎乎沉积物所覆盖的大石头使劲闻着。强烈且独特的味道使弗尼瓦尔想起了沙弗茨波瑞主街上的鱼店,再加上麝香味。安迪则想不出类似的味道,但他永远都会记得它。

和弗尼瓦尔的相识场景在天花板上浮现,安迪换了个人名绘声绘色地转述给珍听。她不是想知道父亲么,那么他就告诉她那个自己在纳达尔河畔遇见的男人好了。只不过原本的那个人在不到两个星期之后走进教室,取代"斯大林"伯德霍瑞茨的位置,当他看到安迪时,便笑着说:"我们见过啊。"

"自那以后,我们经常一起钓鱼。"

"我不知道他还钓鱼,"珍慢悠悠地说——第一次对他所说的感兴趣。

"他很爱钓鱼。在最后那段时间。"

"钓鱼?"她有些茫然。

"他最喜欢的,"他对她说,"是绑假饵用飞蝇法钓鳟鱼。"

她摇头:"他不可能会钓鱼的啊。"

"你上次见他是什么时候,珍?"他低声问道。

"七年前吧。我都跟你说过了,我们相当疏远。"她考虑了半响,试图找到合适的词句,"我十岁那年就离开家了。直到二十一岁那年才与他再度相见——况且只是短短的会面而已。过去的七年里,我从没见过他。一次都没有。"

"很多人退休后都喜欢上钓鱼。"

坐在印花棉布椅子上,她依旧浑身绷得紧紧的:"但他甩线的时候怎么能看得见呢?"

"没明白。"

她看看他,笑了起来。有些太过狂喜了吧,他心想。"只有一只眼睛,钓鱼可不是件容易事。"

他暗自思忖:瓦普卢可没提过眼睛的事情啊;或许他也没注意到。但他得自圆其说。

"是啊,是不大容易。尤其是傍晚时分。但对于一个视力不佳的人来说,他的甩竿水平绝对算是非同凡响。"

她静静听着。

"我常常站在——眼睛是左边还是右边来着?"

"你不记得?"

"对于这种细枝末节,我总是有点儿记忆障碍。"

她同情地点点头,随后把扶着下巴的手移到右耳,摸了摸耳垂,回忆道:"我在想他的钓竿什么的都去了哪里?"

安迪凭直觉感到他刚才的回答太过矫饰了,就像当初向母亲解释他为何不愿回到沙弗茨波瑞一样。他该更加谨慎一些。"伯恩哈德太太应该知道。"他还是轻轻伸出爪子小心翼翼地试试水再说吧。

"说的也是。马拉尔应该知道。"

"他生活简朴得很。只舍得在鞋子和美酒上花钱。"

她依旧疑心重重:"如果你真是他朋友,他有没有告诉过你他在那座大房子里都干吗?难不成在著书立传呀?"

"这就是让我们熟络起来的原因喔。我应该是在你上一次见他之后不久认识他的。他了解到我在出版业工作,我同意看看他的书稿。之后一来二往……"

"他还真的在写书?"她眼睛瞪得大大的,"我只是开玩笑随便说说罢了。那么他写的书呢?别说话,让我先猜猜。"她嘲讽地笑了笑,"他死之前,让你把书拿去花园,浇上汽油付之一炬,然后把书灰和他的骨灰一起埋在山毛榉树下。"

"猜得不错。"他给了她一个同谋犯的眼神,"但在'艺术'和'艺术家'的斗争中,我选择站在'艺术'这边。如果维吉尔①的执行人照他说的做,我们就看不到《埃涅阿斯纪》了。如果马克思·布罗德②顺从卡夫卡③的遗嘱,我们也不会知道还有卡夫卡这等人物。"

"那你的意思是——我父亲是卡夫卡?"

他到底在胡言乱语些什么?不经大脑就随便开口。"我的意思是……"他用无比真挚的语气说道。这一刻,放在办公桌上那本还未读完的老师的书稿拯救了他,"……为了以防万一,我自己存了一份。"

"你存了一份他的书稿!"她颇感意外,有些自愧,"好看吗?"

安迪垂下眼,咳嗽了几声。前方就是万丈悬崖也只得纵身一跃了。你捏住鼻子往下跳便是。"说实话,不好看。"

"不出所料。"

他没有附和。但对于弗尼瓦尔书稿的坦率评论,却终于为他

---

① 维吉尔(前70—前19),被誉为古罗马最伟大的诗人,著有《牧歌集》、《农事诗》和下文中提到的史诗作品《埃涅阿斯纪》。
② 卡夫卡的生前好友,卡夫卡在病逝前曾让他代为销毁所有手稿。
③ 卡夫卡(1883—1924),奥地利小说家,作品包括《城堡》、《审判》和《变形记》等。

赢得了她的首肯。

"如果给他更多的时间——"他说道。

"见鬼！他有的是时间。他一无所有，只剩时间。"

"写书并非易事……尤其是写哲学回忆录。"

她转过头来："哲学回忆录？不是要写什么历史故事么？"

"最初是。但我建议他可以写得更加私人化一些。找到自己的笔法，借此去探索人物故事，再借由人物故事延展开更为广阔、宏观的历史。正可谓一花一世界，一人一宇宙。"他滔滔不绝。

"我从不知道他还对哲学感兴趣……"

"天啊，兴趣大得很呢。他特别被蒙田的著作所吸引。"

"蒙田？那个法国作家？"

他有些忘乎所以了。

"没错。蒙田给了他继续生活的理由，他是这样告诉我的。他最喜欢的一句话是：'我们最伟大最辉煌的作品，就是恰如其分地生活。'我敢这么说，在他最后的七年里，你父亲正是恰如其分地生活着。"

珍放下酒杯，直视着安迪的眼睛。

"那是什么意思，'恰如其分地生活'？"

安迪扯得太远了，越说越不着边际："我最好言到为止，珍。你得自己看，看他都写了什么。"

珍的脸上除了怀疑和愤怒，现在又多了一分好奇："那么最后……你觉得他的稿子好在哪里？"

"一言难尽。"说完又补了一句，"从没见过像他这么写书的。"

"你果真比我更了解他。"

"也不是啦。"他又将目光看向天花板。他听出了她的嘲讽中带有悲哀之情。

"看着我。我想知道他是个怎样的人。"

人们说，世上不存在老套问题。他此刻便是如此：必须对着一个沮丧的姑娘谎话连篇,编造她父亲的故事——"及时行乐"出版的自助书里可没提到过遭遇此般境地该如何是好。唯一的出路是硬着头皮,继续移花接木,把弗尼瓦尔还魂在她父亲身上。至少安迪有个实实在在的人可以发挥。现在还多了份书稿。

他唯一可以实话实说的内容,就是那本书。那本已死之人写下的没人喜欢的书。

既然已无回头路,他只得铤而走险,继续回忆着老师。凭空编造陌生人他不在行,但换作是描述斯图尔特·弗尼瓦尔,转而让克里斯托夫·马蒂根活灵活现地出现在珍面前,这对于安迪来说简直是易如反掌。

珍坐在对面,不再设防,重新审视着安迪。她声音沙哑地重复着他的话:"'彻头彻尾的英国腔调'?但他一直看重自己的亚美尼亚血统呀。"

"亚美尼亚?"

"是啊。但他没告诉我,是后来我自己查到的。"

安迪吞了吞口水。这个晚上,他也得知了不少新讯息,需要消化消化。

关于亚美尼亚,他都知道些什么?大屠杀①算是一件,但具体细节完全不清楚。他在大脑中快速搜寻。想起亚美尼亚是第一个基督教国家;拜伦则将它看作是天堂之地;人们今天所称的"亚美尼亚"国土和当年相比简直是九牛一毛。查尔斯·阿兹纳夫②是亚美尼亚人,那个作曲家哈恰图良③也是。就这么多了。其余一概不知。

---

① 亚美尼亚种族大屠杀,指土耳其政府在1915年至1917年之间,对其辖境内的亚美尼亚人的种族大屠杀,受害者数量达到一百五十万。
② 阿兹纳夫,生于1924年,电影明星,歌曲作者和歌手,1996年被列入歌曲作者名人堂。
③ 哈恰图良(1903—1978),凭借1937年创作的《钢琴协奏曲》首次享有国际声誉。

"亚美尼亚的血统当然对他来说相当重要,但与之同等重要的,还有其他东西。"

"比如说?"

他长吸了一口气,再度于天花板上寻找弗尼瓦尔的踪迹。他恍然意识到珍足足有七年没见过她父亲了——在这段时间里,克里斯托夫·马蒂根历经世事也不足为怪。他可能接受了心理辅导,由此变为一个绝顶地道的人。他也可能阅读蒙田的法文原著,甚至还写了一本书。对于她来说这一切似乎难以想象,但事实是一切皆有可能。他们二人对她父亲所掌握的同样都是少之又少,纯粹雾里看花。安迪所要做的,只是花言巧语一番,让所言之事更加可信罢了。

继续兜圈子没什么意义,安迪决定速战速决。

"你的父亲,珍,也相信同理心①的力量。"

"什么的力量?"

她脸上露出更加不可思议的震惊表情。

他呼出口气,继续抓着老师的回忆不放手:"'用自己的脚走路,用自己的眼观看,用自己的心感觉'——这是他的座右铭之一。"

"你当真?"

"另一句是:'人生不过如气泡般虚无,然而只有两件事坚如磐石:善待他人的痛楚,勇对自己的逆境。'"

她不停摇头,大笑,依旧疑心重重:和许多女儿一样,珍一直以为自己比其他人更了解父亲——尽管从小女孩时起就几乎没和他共度过时光了。

"你说的不是我父亲。他那个人压根没有心。"

---

① 指站在别人的立场上思考的一种方式,设身处地,与"己所不欲,勿施于人"有异曲同工之意。

"那是他和人谈生意时所摆上的面孔,珍。"

她的手抬起,迟疑了一下,又落下:"你……你还跟他有过生意往来?"

"我没有,但我曾见过他谈生意的样子。"

"铁石心肠。我打赌一定是这样。"她低头看着双脚,"三个希腊人才能搞定一个犹太人,三个犹太人才能搞定一个亚美尼亚人。我最近看到的。"

"在生意上他可绝不含糊,生意场上没什么人愿意跟他过招。哪怕是五五分成的生意,他能把百分之百都装进自己腰包。"

她点头表示赞同,情绪缓和了许多:"差不多就是这样的人。不过,按你刚才所说,他还是变了许多……那个我所了解的人——或者说我以为我了解——并不值得别人去了解他。"

"不是这样的!"发夹被丢在地板上,"这太荒谬了!"他不再设防,禁不住反驳起来。她或许只是谈论自己的父亲而已。但到了他耳中,这就像苏菲对他的态度,就像他姐姐谈论父亲的腔调。

"安德鲁,拜托。你是他的朋友——或许是唯一的一个。于我而言他是块新大陆。我以为他不懂友谊为何物的,也不懂爱……"

"那么对你呢?"

他脱口而出,却勾起她的思绪。他看向她的眼睛,一道神秘的光芒转瞬即逝。地板变成了一只筏子,他们两人在上面左摇右晃。外面的世界一团混沌。

"我以为他没有任何可取之处……"她挫败地说,面色温柔,仿佛禁不起哪怕是最轻的触碰。

安迪垂下视线。到此为止,他至少不用去诋毁克里斯托夫·马蒂根。他放下杯子,站起身来。趁他还未将一切搞砸。趁他还有时间回味那永生难忘的一道闪光。

她抬头看他:"哦,别担心。我原本也是喜爱他、敬慕他的——直到我发现他是如何对待我母亲。那要了她的命。她承受不了真相。"

"几乎没人能做到。"他点头表示赞同。

"那么你呢?"有些讨好的意味,"似乎你就可以。"

"我?是啊,那个……"他差点就露馅了,"听着,我真的很想和你继续聊聊你父亲,但眼下真的没时间了。我们要不下次再说?"

"何时?"

"接下来的几天我都有事要忙。这个周末如何?"

"好啊。"她说道,恢复镇定。她向前倾身,放下蜷曲的双腿,将它们交叉在一起,"我正好也有要事相告。"

"你说你的要事,我讲你父亲的故事和他的书。"他愉悦地说,走过去帮她拿大衣。

"星期五怎么样?"她问,一边系着扣子,"方便吗?"

"没问题。我带你去我最喜欢的餐厅。"

于是他们约好星期五晚上七点半在卡莫斯餐厅碰面。他把地址写给她。没脑子想太多。他也没问她的电话号码也没问在哪里可以找到她。他一门心思只急着把她送出门,同时也赶出他的血管。

珍把纸条折了折,塞进口袋里,仍旧在消化他所言之事。

"我父亲是个神秘的人。你让我发现我对他的了解真是少得可怜。"

"嗯,只要我能帮得上的……"

她抬眼:"的确有一事:我想读读他的书。"

"没问题呀。"他故作轻松地说,打开大门,为自己说的话所震惊,"书稿在我办公室。"

"星期五可以顺便带给我吗?"

他们站得很近。肩膀靠在了一起,于是两人往后缩,急急分开。

还没等安迪表现出一丝推诿之情,她皱起眉头,似乎刚刚想起了什么重要的事情。她的声音再度僵硬起来,表情也冷酷无比。

"忘了给你提个醒,我打算对遗嘱提出质疑。今天下午我跟我的律师们谈过了——其实也就是被我父亲炒鱿鱼、转而投向这位瓦普卢之前的那些律师们。那位瓦普卢,完全是个无名小卒。"在她苍白的脸上,那对眼睛的褐色显得格外深邃,"他们说我胜算的把握不是一般的大。"

14

安迪还站在前门的台阶上,听到电话铃在响。他最后瞥了一眼,看着她的甲壳虫驶离视线,然后关上门,三步并两步跑回房间。

冲进起居室,他接过电话。

"你好?"

无人应答。他能隐约听见电话那头,有个女声在唱:"你看,你看,你如何伤害了我,宝贝?"随即,他再熟悉不过的声音传来:"安迪?"

"哦,嗨。"他跌坐在地上。

"我找了你一个星期。妈跟我说了苏菲的事。真遗憾,安迪。"

"谢啦,"虽然他姐姐从不遮掩她对苏菲的不满(她私下叫苏菲"海盗之梦",也就是"沉没的宝藏",讽刺她胸部平坦)。她同样也认为他不够成熟。

接着,姐姐用受伤的口气说道:"可能现在你能明白我对杰里米的感受了吧。"

安迪和他姐姐的关系并没有因为各自年纪的增长而有所改善,到现在,一见面还是总爱翻旧账。

安迪十五岁时,他姐姐终于气急败坏地将微型录音机的事情和盘托出——那是五年前的夏天,她在父亲书桌里发现的。她悄悄拿回房间,把里面的磁带听了一遍,羞愧难当,目瞪口呆。

录音机里传出的,完全不像父亲的声音,每个字都充满爱意、柔情和关怀。一定是他在外执勤时录下来的,为了一解对母亲的相思之愁,她想。然而,本该母亲名字出现的时刻,随着声线的细微变化,父亲娓娓道出的,却是另外一个女人的名字。前缀是"亲爱的"。

"他说话的对象绝对不是琳。或许是琳的前任。"

微型录音机事件证明他姐姐猜得没错,也让他们的母亲一直试图掩盖的真相大白于天下:他们的父亲是个风流浪子,从没缺过女人。这也是为何他姐姐拒绝和安迪一起去加拿大度假的原因。等到她终于可以让弟弟明白自己之所以隐瞒事实是为了保护他时,乔治·拉克汉姆已然离世。一切难以挽回。安迪认为她对于父亲太过苛刻,而他的伤痛之情和为父亲的强力辩驳,也让姐姐出离愤怒。

于是他们两人一直不能和解,难以释怀。

有时,正在火头上的安迪会大肆吐槽,恶毒地说姐姐的坏话。比如她是多么的体型庞大、笨拙迟钝、死气沉沉,时不时就会消沉下去,只管啃指甲——仿佛她只靠啃指甲就可过活,他出言不逊地说道。她究竟为何如此敏感易怒呢?无人知晓。些许年来,他的朋友们早已对这幅骇人场景甚为熟悉:坐在壁炉旁的女子,一把年纪仍和母亲住在一起,只想着在乡下混沌度日,止痛疗伤——"都是老古董,有的都得用碳元素仪器探测年岁",他如此评论。时常,她会濒于崩溃,把自己关在厕所,饮泣不止。安迪敲门问她出了什么事,她也不觉得困窘。哦,跟她一起钓鱼也如同噩梦般恐怖。

"我记得她几乎每天都是这个样子,"安迪有些恶毒地说,"没准儿她天生如此。"像个什么古老神秘部落的转世之身。有些人的确生来如是:那种怨气阴魂不散。

总之,所有人都达成一致:她的确有些不对劲。

她本可以是个美女。她几乎就是个美女。他们的母亲无时无刻不在告诉女儿:她大可变得漂漂亮亮——前提是她不能再把自己穿得像个破沙发,得稍作打扮,控制饮食。安迪则认为这过于乐观了。"整天把自己伪装成火葬场保安的人,要变美可真是不容易。"她的上半身还算苗条,但腰部以下宛若一只臀部肥硕的长毛象。水桶里的一枝郁金香,他开玩笑说,抑或他们母亲用来种花的油漆桶。

他姐姐多年来一直怀疑弟弟对于自己的感情。

"别以为我不爱她,我是爱她的。但我丝毫不奇怪她为何至今还单身一人。"安迪随着歌声点头,那备受摧残的加拿大女声在唱着:我身在孤独大路上,我在流浪流浪流浪。姐姐另外一个特征是:她爱琼尼·米切尔①。

也因此,找姐姐讨论恋爱话题是多余的。当初在沙弗茨波瑞,安迪一直把头发如一团涂满胶水的杂草、只知道收集《星球大战》纪念品的一个无业游民看作是怪物,直到有天那人摇身一变,化身姐姐的男友出现。杰罗姆·P·潭亚德,也就是被安迪称为"沼泽怪兽"的家伙,给了姐姐唯一一次恋爱的尝试。但安迪始终对他没有一丁点儿好感。他的神经兮兮是一方面,更重要的是安迪完全不信任他。后来的种种事实表明了安迪是对的。他姐姐搬去和"沼泽怪兽"同住,是一间位于贝尔街的小公屋,然而三个星期后他把她扫地出门,没有任何原因。

自那以后,他姐姐就搬回母亲家。她总是在家里颤抖着绕来绕去,还会一下撞到墙上,活像被什么遥控器操纵着。但她当年和安迪的种种不和已随时间干裂,落到地上。他所祈求的,只是姐姐能遇到一个懂得欣赏她美好一面的男人。

---

① 上个世纪最成功的加拿大女歌手之一,同时还是位出色的诗人、画家,1997年入选摇滚名人堂。

安迪考虑着要不要说：对的——他对姐姐之于杰里米的心情也终于能够感同身受，并因此对自己那时没有给予她同情之心而深感愧疚，但他实在很想挂上电话。

"谢谢打电话来。"

15

第二天上午,安迪一直坐在办公桌前——他八点半就到了,全出版社第一个。这时瓦普卢打来电话。

马蒂根的女儿正式提出了终止遗嘱执行的申请书。

安迪又是懊悔万分又是如释重负。早先在上班的路上,他就打好了主意:无论珍在星期五的晚餐时告诉他什么,都无所谓。他打算如实相告:他压根儿不认识她父亲,自己出现在8号礼拜堂纯属意外。如果这会让他人财两空,那么就一场空吧。

然而,当他听到瓦普卢不徐不疾的声音,早晨的决心又开始动摇。"作为遗嘱执行人,我书面回应了他们:要么拿出实实在在的证据,要么靠边站。"

安迪尝试着回忆那晚他们的对话:"你觉得他们有证据么?"

"不太可能有。我认为他们只是在决定要不要质疑遗嘱之前,想办法用繁文缛节拖住我们,冻结财产。说到这里,我想很正式地问一下:你对她的此番举动持有何种立场?"

"立场?"

"你想不想保住你继承的所有财产?"

"为什么这样问?你认为我不应该么?"

瓦普卢再次提醒安迪在这桩事情上,他只能采取中立,静候法院的裁决——除非在开庭之前受益人私下达成协议。

安迪向瓦普卢汇报了珍的第二次造访。他不想对他有所隐瞒。

瓦普卢沉默了好一阵子,最后终于开口道:"你还打算再见她?"

"我那天邀请她星期五共进晚餐。"

没有回音。有脚步声传来,走廊那端,古德曼在跟安吉拉问好。瓦普卢又变回拘谨而疏离的口气:"如果你想保住你那份财产,在我看来,似乎还是不要见她为妙。好自为之。"

接下来的几天平平淡淡。没有午夜门铃。没有律师函。只有隔天早上收到的一封信——是瓦普卢替他写给银行经理的证明书。效果立竿见影。奥比欧拉小姐不仅立刻解冻了安迪的信用卡,提高了透支额度以便让他提出现金还清所有欠款,一直欠着安吉拉的一百块钱也如数奉还。除此之外,她还敦促他去会会一位私人理财顾问,并主动帮他约好了时间,甚至还亲自陪安迪去金丝雀码头①见了这位顾问。

瓦普卢还随函附上了克里斯托夫·马蒂根写下的遗嘱序言。内容并不晦涩难懂:人生本是荒谬,实乃面目可憎的游戏一场。只需看上几段,便可得知全文的中心思想。

"我不知你是何许人也。或许是我的至亲之人,或许只是个点头之交,因遵守习俗和礼节而获得这笔金钱,抑或你根本与我素昧平生。我不在乎。有无来往是否相识其实无关紧要……

"不论你是出于什么目的坚持到最后的祈祷颂歌,从而成为'参加人',我想请你铭记:不听老人言,吃亏在眼前。我的财富为我带来了安逸和便利,但同时与之相伴的虚空也如影随形。没人会在一夜之间浪子回头或发家致富,我们也不会在一夜之间为人爱戴。在我发迹之前,只有祖母、父母和即将与我结婚的女人给予我关怀。在我发迹之后,一切皆非……

---

① 伦敦最大、最重要的金融贸易中心。

"金钱只教会我一件事:倘若你笃信爱情,那么就相当于握住一个会将你置于死地的幻觉。只有千载难逢的机遇才是真实的。当初正是此般好运叫我发财,现在我用同样的方式处理我的财富。"

安迪将信一读再读。文章写得生硬、浮夸。他得多挖一些故事出来。他仅有的线索,是瓦普卢宣读遗嘱时提过的荷兰公园的地址,就是那个马拉尔·伯恩哈德被允许暂时居住、十八个月后再由她和安迪均分的房产。除了珍,只剩这另一位"参加人"或许能回答他满腹的疑问。

克拉伦登大街11号是一幢在静谧街上的白色宅邸。路面有不少减速带。有两次下班以后,安迪过来碰碰运气。他打开低矮的铸铁大门,爬上阶梯按门铃。每层都有四扇高耸的窗户,但百叶窗内总是黑漆漆。无人应门。前门富丽堂皇,镶嵌着黄道十二宫图案的彩绘玻璃。

安迪第二次造访时,顺着一条小巷绕到房子后面。一棵参天欧洲山毛榉耸立在后院,将奶油色的灰泥墙面遮得严严实实。最引人注目的是一座砖塔——他感觉会有蝙蝠从中成群飞出。

没找到马拉尔·伯恩哈德,安迪山穷水尽,不知还有什么办法联络到她。她的名字不在黄页里,瓦普卢保持着小心谨慎,拒绝透露她的电话号码。但是,他欣然同意将安迪的联络方式转交给她,同时转告她安迪想和她见上一面。不过她始终没有音信。

一个星期过完,所有问题依然悬而未决:马蒂根究竟是谁？为何变得如此厌恶人类？他是如何发家的？这当中有没有圈套？我得告诉你一些事情。马拉尔·伯恩哈德在里奇满的礼拜堂外,和珍说过这句话。

星期五早晨,大卫打电话来告知调查的进展。

"抱歉,安迪,一无所获。找不到任何克里斯托夫·马蒂根这个名字跟矿业公司和慈善组织的关联,他的名字也没上过我们报纸。你那边怎么样?"

"啥也没有。只是知道他可能改过名字。他的祖籍是亚美尼亚。"

"亚美尼亚?"

"这消息不是关键。"

两人沉默片刻,然后大卫问:"你今晚要做什么?"

"本来是要出去的。"

"跟谁?"

安迪无法如实相告。

"安迪,你该不会真的要见他女儿吧?"

"没有啦。"他说。但他已经在卡莫斯餐厅订好了位。事实上,他一头雾水,无所适从。他很想搞清克里斯托夫·马蒂根到底是何以落得如此下场——他追寻真相的欲望是如此之强烈,甚至不惜拿自己的继承权冒险。他身不由己。珍身上亦散发着类似的频率。一拍即合。

"那就好。"大卫说,"今天晚上你最不该去的地方就是卡莫斯。咱们在诺普伍德酒吧见,我会像只流血的三头犬①一样死死看住你。"

安迪在吧台点两杯啤酒时,可以感到大卫的鼻息就在他脖子后面。此时刚过七点十五分。大卫兴奋地看着安迪,其专注程度让安迪回想起大卫多年前聚精会神地阅读印在阿华田罐子上如何换取"午夜上校"②解码戒指的文字说明的表情。大卫刚到就直入

---

① 也被译作刻耳柏洛斯,是希腊神话中看守冥界入口的恶犬。刻耳柏洛斯住在冥河岸边,为冥王哈得斯看守冥界的大门。刻耳柏洛斯允许每一个死者的灵魂进入冥界,但不让任何人出去。

② 美国漫画人物,最初于1938至1949年以广播剧的形式播出。

主题:"他在牛津的达克鞋店①买鞋,是圣詹姆士博瑞兄弟酒庄②的记账客户,持有一匹赛马四分之一的所有权,那匹母马曾在德比赛③中排名第四。但是,法洛斯④那里没有马蒂根的任何记录。尽管他如遁世隐居,却不爱钓鱼。亚美尼亚的线索也是条死胡同——不过没有证据不一定就意味着不存在……"

大卫一旦被勾起兴致,就会变成一个死缠烂打的混蛋。

但安迪集中不了精神。他时不时偷瞄手表。七点半快到了,他知道自己不应该还待在这里。一诺千金——即便这个承诺会将他毁于一旦。珍此刻正在卡莫斯等着他,等着听她父亲的故事,等着告诉安迪一件重要的事。他的确是个迟到大王,却从来不曾失信于人。而这回他要辜负她了。最要紧的是,令人厌恶的愧疚挥之不去,仿佛他违背了一项基本原则。

角落里,"枯竭喘息"乐队奏起《等待》。安迪将珍逐出脑海,放开肚皮狂饮不止。他根本不晓得自己是怎么爬回床上去的。

隔天早晨,安迪听到邮差边吹口哨边踏上前门的台阶。他吓得够呛,以为又是一封要签名的挂号信。只是虚惊一场。

整个周末,他都神经兮兮的。躲在家里不敢出门,生怕漏接电话——可等到电话真的响起来,又不敢去接。前一秒害怕克里斯托夫·马蒂根的遗产被夺走,后一秒又怪怪地盼望着一无所有。

这左右为难的窘困不安徘徊不去。每次门铃响起,都让他怕得浑身发冷。即使想为失约道歉,他也不知道珍的地址。他转而又给自己找理由:珍知道他住在哪里。

---

① 原文为 Ducker's,指的是 Ducker and Son 鞋店,创立于 1898 年的英国老字号高级定制皮鞋商店,顾客多为名流雅士。
② 创立于 1698 年的伦敦高级酒商。
③ 重要的赛马赛事,通常一年举行一次。
④ 伦敦知名高级渔具用品店,已有一百七十多年的历史。

深夜,他听到外面有迟迟不去的声响,是出租车的引擎声。他下床拨开窗帘。不是她。

他的所作所为难道如此不容原谅？难道比在空无一人的马路上闯红灯还要卑劣？他真的变成了一个唯利是图、蛮不讲理的人吗？

"如果我跟她商量商量,送她一笔钱作为交换条件呢？"

大卫毫不赞同："她肯定会反悔的。她会找齐所有律师,把钱席卷一空。"

安迪何苦给她钱呢？一千七百万英镑到底是一千七百万英镑,他对于这个数字已经渐渐习惯。一个对他不幸遭遇的补偿。是他的钱,跟别人无关。

随后的星期二,大卫邀请他参加奥特曼的新片媒体试映会,他欣然前往。电影很不错,看完他又去了看了一部别的电影。可是当大卫几次安排约会帮他介绍女伴时,他只能装作兴致勃勃。

又一个星期过去。没人突然跳出来质疑遗嘱。

他埋首工作。至少,工作方面渐入佳境。古德曼不再像过去那样对待他。他的精神状态也恢复了常态。

第四周,桌上的电话响起。是瓦普卢。

"只是通知你我们成功吓退了中止令——她的律师们撤销了申请。他们找不出确凿的理由。"

听到"我们",安迪甚是开心："那现在呢？"

"我们坐等,看他们会不会争夺遗产。"

接下来的日子里,瓦普卢忙着兑现克里斯多夫·马蒂根的众多保险单据,将积聚的钞票存入银行,安迪则继续低调行事。又是月底,他愈发觉得她是不会联络自己了。

与此同时,安迪的生活渐渐柳暗花明。他的信用卡可以正常使用,公寓的前门得以开关自如,和朋友们也恢复了往来。五月,随着依妮德·坦斯利的《情人户外性爱宝典》空前大卖,古德曼开始让他全权负责"情人系列"。

日子缓缓淌过。又见绿叶掩映,然而安迪却似乎错过了阳光的熠熠闪耀和樱花的璀璨绽放。他一直忙着编辑坦斯利的新书。

直到八月一个阳光明媚、清新凉爽的早晨,瓦普卢来电确认,尽管法官对于克里斯托夫·马蒂根的做法不甚赞同,但安迪的继承权得到了最终认可。遗嘱通过了认证。"我现在可以正式告知你,没人对遗嘱提出质疑;因此,我现在可以分配遗产了。"

遺囑

1

"我要辞职。"安迪冲口而出。

古德曼备受打击。他刚拿到坦斯利新书的销售数字,正要打算让安迪开始筹划他自己的综合系列书系。

十点时,安迪已将办公桌收拾妥当。他走下走廊,往书包里塞了一份书稿,准备去向安吉拉道别。

她正遵循每日清晨的行动惯例,站在水槽边,用汤匙从一只不见标签的罐子里挖出粉末倒进杯中。

"古德曼会难过的。"她只说了这么一句。

"拜托,他甚至不会注意到我不在了。"

她转头看他。"他不是个一心只向钱看的人,安迪。他还是有他的优点的。"

毫无疑问——否则她如何得以在"及时行乐"忍耐了这么多年?但古德曼的优点并没有散播到他出版的书籍里。安迪在出版社待了足足三年,而他唯一想带走的书只有一本:《遗失的蒙田》。

古德曼出现在门口。

"说来你或许不相信,但是,安迪,我会想念你的。"古德曼把手搭在安迪的肩膀上,摆出一副不甚自在的长辈姿态。

下楼时,安迪从未感到如此轻盈自在。

"嘿,伙计,你口哨里吹的是什么歌啊?"

"你不会知道啦,埃罗尔。"

他拥抱了埃罗尔一下,踏出大门,来到汉默史密斯大街上。一夜暴富的第一天，任凭谁都会多少感到措手不及。

奥比欧拉小姐将安迪另行归入"超级身价客户"的名单中，并恳请安迪直呼她的名字艾尤德尔，这名字在约鲁巴①语里，意思是"喜乐入我家"。在她的协助下，安迪雇用了她在三月介绍给他的那位个人理财顾问。

他为姐姐在六便士汉德利镇②买下了一间乡村小屋，为母亲在沙弗茨波瑞南部买下了一片苗圃。他对好友毫不吝啬，特别是大卫——他答应不让报社刊登安迪的故事。有天早上起床，他在家门外发现了一辆黑色的丰田高级轿车，副驾驶位上还放着一只盒子，里面装的是一个有着三十年历史的澳大利亚啤酒罐，附上的卡片写道：为你的收集助上一臂之力。

安迪也没有亏待自己。

"你接着有什么计划？"坐在驶离金丝雀码头的出租车里，艾尤德尔亲切地问道。

"一会儿吗？我要去切尔西路堤③那儿的布拉德肖·韦伯车行，把我订好的银色 CLK 63 AMG 敞篷奔驰开回家。"

对啊，他心花怒放，喜笑颜开。当年胸中进军出版业的雄心壮志烟消云散，取而代之的是汹涌而来的无限可能。他想要放开手脚、玩味人生。

安迪深知买奔驰这事儿实属老套情节，但老套中自有真理在：人之贪欲天下皆同。世上本无不向往名车的男人，他心想。还有一隅避难小天地。要有绝佳的音响和家庭影院。一张巨大无比的床。一把白色芬达经典款电吉他。在一一满足了亲朋好友的需求

---

① 西非的主要民族之一，大部分分布在尼日利亚西南部的萨赫勒草原与热带雨林地带。
② 伦敦西南部小镇。
③ 伦敦靠近泰晤士河边的一条道路。

后,安迪在肯星顿广场的僻静之地购置了一处公寓,房子有私人花园以及宽大的露台。他在主卧室安装了隐藏式环绕音响和一台高画质等离子电视。他成箱成箱地购买顶级葡萄酒和麦芽威士忌。抽古巴雪茄。并决定办一场暖窝派对。

他雇来诺普伍德酒吧的爵士乐队现场演奏,并且向每个人发出了邀约:从母亲、姐姐,到安吉拉、古德曼和埃罗尔。他让大卫把他的朋友带来;为了平衡男女人数,还打电话到苏菲的经济公司,与卡珊德拉定好合约,要她派一群单身模特儿。

那晚九点钟,安迪倚着露台,嘴里叼着一支刚刚卷好的帕塔加斯·卢西塔尼亚①雪茄。下面,"枯竭喘息"乐队正在演奏《早在你我邂逅之前》。舞池边缘,伊沃与一位长相凶悍的短发姑娘相谈甚欢,逗得她开怀大笑。安吉拉和她的占卜课老师狂乱地舞动着,那人贼眉鼠眼,眼睛猛眨,一口龅牙。大卫和安迪的母亲聊得正酣。就是找不到姐姐。

他当然邀请了姐姐,但万万没料到她会真的出现。他于是身手敏捷地抓到一个没有女伴的男宾客——古德曼,之后立刻把姐姐介绍给他认识。后来才想起,以古德曼的情史来看,介绍了也是枉然。自打那之后,姐姐便消失了,不见踪影。

"安迪?"

他转过身来,她就站在那里:穿着嬉皮风格的高级牛仔裤,系着一条纤细的黑色鸵鸟皮腰带,皮带扣是个金色蛇头装饰。海盗之梦。

"嗨,帅哥。"就像刚刚过去的六个月如枫叶般被簌簌吹散。

"苏菲!你怎么也来了?"

"卡珊德拉要我带姑娘们来。"说完使劲掐了掐安迪的肩膀,

---

① 古巴著名雪茄品牌,味道浓烈。

好似他是她的所属物。她退后,美艳如昔:"让我瞧瞧你。"一夜间腰缠万贯的安迪从她的双眸中,捕捉到以前在"及时行乐"上班时没见过的眼神。"看起来不错嘛!"她说。

"你也一样啊。"

"我的确还不错。"她刚与巴黎一家设计师签下合约,担任腰带产品的模特儿——比如此刻正紧紧系在她腰上的这条。

"理查德呢?"安迪向她背后瞥了一眼。

她环顾四周:"我得说,安迪,你家可真是棒呀。"

他捻灭雪茄,带她四处参观。

到处都是人,大半与他素不相识:他们挤在走廊上、卧室里,就连铺着大理石地面的浴室也不放过。

"真是热闹。"一个很像古德曼的声音大声叫道,女子的笑声十分耳熟。紧接着,和古德曼一模一样的声音继续说道:"有什么比这更棒的?"

"我们进来这里吧。"安迪说,打开一道门锁。

他们来到书房。苏菲踢掉鞋子,躺到长椅上:"好舒服啊。"

"是很舒服没错。这可是科比意①的沙发呢。"

安迪对艺术和设计知之甚少,因此雇了一位从建筑学院辍学的女孩当他的参谋。茵迪雅带安迪参加艺术品拍卖会,告诉他该竞标哪些物品,甚至帮他拟定派对的宾客名单。他兴致勃勃,乐在其中。

苏菲盯住石灰岩壁炉上的画作不放。目光接着向下滑到签名处,眼珠子快要瞪出来了。

"不是那个霍尔②吧?"

---

① 科比意被誉为二十世纪最重要的建筑设计师之一。本文所指的是一家意大利厂牌 Cassina 经由设计师本人独家授权制造的家具系列,价格不菲。

② 文中指的是安迪·霍尔(Andy Warhol,1928—1987),美国艺术家,是波普艺术最有名的开创者。

"就是他。"安迪坐在苏菲对面的埃姆斯椅①上。

"谁把这画卖给你的？拿破仑吗？"

安迪道出一个正在坐大牢的前政客名字。茵迪雅认识他夫人，后者为了筹措律师费而不得不变卖家产。"价钱很公道噢。"

在大厅，"枯竭喘息"乐团开始演奏爵士版的《在梦中》。

苏菲的表情愈发深沉。她早已将自己曾如何冷酷地对待安迪·拉克汉姆抛到九霄云外——那个原来穷得叮当响的励志自助书编辑安迪。"如果我每次想念你，你都能赢得一枚硬币的话……"

"想不想跳舞？"他问。他们之间没什么好说的。令他诧异的，是自己居然可以如此沉着，不为所动。

宾客散尽，她留了下来。他们曾经亲热过许多次，而这次格外销魂。

然而，物是人非。即便苏菲笃定他们两人一如往昔。

"你曾放手让我离开，但我发现我永远属于你，所以现在我回来了。"她在天光蒙蒙亮时说道。

她侧躺着，全身赤裸。修长的娇躯自在地舒展。

"那你当初为何跟那个银行小子走？"

苏菲思绪翻滚，表情变得伤痛欲绝，仿佛完全听不得这种话："你抛弃了我。"

"才不是，我带你去吃饭，想顺带跟你商量我们去辛特拉度蜜月的事，但你却向别的男人投怀送抱去了。"

她摇头，手指在安迪肚皮上乱画一通。

"重点在于，安迪，你我原来就两心相许，永远不会变。"

他强忍住一个嗤之以鼻的干笑。

---

① 最初为美国设计师埃姆斯设计的一款座椅，后来泛指同类型产品。

她用一个句号结束在安迪肚皮乱画的象形文字:"安迪,让我们重新来过吧?"

安迪低头看她的身体,以及那在未来要展示上千条鸵鸟皮腰带的腰肢,正要张口准备答应,却像被另外一个人附身,不由自主地说道:"不,菲菲,不行。"他似乎看见她的发根颜色变得更深,"我有女朋友了。"

他看着她赶忙伸手去抓被子的双手。"你怎么能……"她说,之后在大床边缘匆匆摆出端庄的姿态,"你们……是认真的吗?"眼睛避开他的。

"哦,是啊,是认真的。我们订婚了,我只是还没来得及买戒指。"

"我认识她吗?"她跳下床,套上褪色效果的牛仔裤。皮带扣在墙壁上映出的倒影宛若一把利刃。

"不认识吧。"

"怎么现在才跟我提这个?"她说着急急冲进浴室。安迪在她的语峰之间品出了歇斯底里的味道。当初在卡莫斯餐厅,他也是这般口吻。

"因为反正我也不会再见你了。"安迪的声音在说。

安迪花了好几天的时间才适应了全新的生活:不用每天一早在雨中步行到"及时行乐",忍住呕吐的欲望喝下安吉拉泡的速溶咖啡;也不用在回家后独饮不新鲜的澳大利亚红酒;更不用一看到老鼠色的信封就紧咬牙关。他有一千一百万英镑,分散在不同的账户上,股息和利息日积月累。

新生活可能被随时夺走的恐惧也开始淡去。他依旧小心翼翼,但日子风平浪静。珍消失得无影无踪。他可不急着找她。同样的,在盼了六个月后才盼到这一刻,对于施恩者的好奇心亦不复存在。或许珍是对的。或许她父亲真是个混蛋。马蒂根、马拉尔、珍——他很高兴终于可以把这些人的名字逐出脑海。

同时,他生活中的方方面面也跟着火速全体升级。不再挤地铁,改坐出租车;假如有人推荐书籍,他会立刻在亚马逊网购——但他也没丢掉一些抠门做法:比如对于某些书,他绝不会购买硬皮精装版。另外,他也从古德曼那儿学来一招,即寄信时只寄普通邮件。"穷人才需要用快件。"

出其不意的馈赠让他感到无比欣慰。他开支票给最好的朋友,附带条件是"绝对不准跟其他人透露金额"。他做不了大慈善家,但乐于匿名赠予陌生人礼物。一次独自在朗赛斯顿酒店①用餐时,他注意到一对刚刚步入爱河的情侣,不由得打量着他们。那位全力追求女伴的年轻男子点的都是菜单上最便宜的菜色,却鼓励女朋友尽管随便挑喜欢的——这让安迪想起了曾经的自己。在他们结账前,安迪老早就默默离开了,于是只能想象那位年轻男子听到侍者说"不用费心,先生,账单已经结好"时的表情。

"这话什么意思?"

"坐在那边的先生——"侍者指着安迪刚才坐过的空椅说:"让我给你这个。"男子打开折好的纸条,上面是安迪潦草的笔迹:要厮守到老。

安迪不再有女友,但他相信自己和那对情侣一样快乐。然而没过多久,他便明白了马蒂根在他遗嘱序言里所写的果然千真万确。没人一夜暴富。这道理显而易见,但安迪直到亲身经历之后,才完全了然。而且这一切是从和家人的相处开始的。

他姐姐对于安迪的帮助很是感激,但她的打趣话语也出现了新的主题:"别以为你给了我一座房子,我就能原谅这么多年来你对我的恶言相向。"他不但送给她一座伊丽莎白风格的粉红色砖

---

① 1839年就开始经营的老牌伦敦餐厅,多次得到最佳餐厅的评价。

房,另外附带一块跑马的小围场,他还在派对上把她介绍给了古德曼,为她的爱情生活带来了第二春——古德曼第二天就约她去威勒斯餐厅共享龙虾午餐。安迪猜姐姐很可能是第一次吃龙虾。

起初,他把原因归结于单纯的嫉妒心——人们没有为他的好运感到欣喜,而安迪鼓鼓的腰包反而更加凸显出他们干瘪的钱夹。"你撞了大运。这种事怎么没轮到我头上?"他渐渐发觉自己变成了他人怨恨和迁怒的源头。人们只当安迪运气好。如果他之前在理查德的那家商业银行卖命苦干,人们或许会把深深的妒忌多少有所隐藏。然而安迪所做的不过是出席了一场错误的葬礼;况且还迟到。他其实真的不该感到诧异。位置调换一下,他也一样。但令他震惊的是,他不曾料想到至亲至爱的人也会流露出同样的情绪。人际关系一下子变得复杂起来。

对付暴富的首批难题之一,就是如何与原来的死党相处。安迪读书时人缘极佳,向来重视哥们儿情谊。朋友就是兄弟。但他们如今却让他失望:大家似乎见不得他发迹。安迪有些不知如何是好。伊沃忙着追求在派对上认识的女孩,根本没空对安迪签给他的支票表示感激;大卫则像完成任务一般随便写了一封电子邮件,谢谢安迪送的丰田车。蒙田有句话一语中的:"唯有能够偿还恩情时,我们才会感激施恩者;然而,倘若恩情大到无力偿还,我们回报给施恩者的往往并非感激而是怨恨。"

安迪尤其越来越难见到大卫。虽然他们不是一日之间落得如此境地,但最令安迪难过的,是他在装修新家期间,大卫一次也没来过。是啊,大卫何苦在意安迪的新家呢?他是安迪的死党,这就是原因。当然,安迪没跟他提过,否则大卫会说:"哦,得了,安迪,你怎么神经兮兮的。"安迪当时是这么说的:"好吧,虽然你没问过,不过我过得还不错。既然你不关心,顺便告诉你一下,新家也快装修完了。"当时大卫瞪着他,脸上露出安迪从幼稚园时代就熟得不能再熟的诧异表情,说:"你没事吧?"

大卫那牵强附会的空洞眼神,让安迪觉得他不来也罢。伊沃亦然。他只轻描淡写地瞟了壁炉一眼,说了几条安迪并不需要的建议,随即夸赞他能找到如此杰出的设计师真是超级好运。

"慢着,颜色、面料和石灰岩都是我亲自挑选的。她原本不打算用奥农达加石灰岩①的。"——安迪不但挖掘出自己对于装修的兴趣,还发现自己颇有几分天赋。茵迪雅说他对材质的直觉甚佳。他痛心地发现,自己心中有分量的人却悉数对他表现出近乎带有敌意的漠视。没人谢谢他。唯一可以接受感谢之意的场合,就是和朋友们一起外出用餐的时候。账单一来,大家都会齐齐把目光投向他。安迪毫无怨言。完全没有。至少刚开始时还没有。但偶尔做做姿态——即使不是真心实意的——好歹也聊胜于无。哪怕有人装样子伸手掏钱包也好。不过,公道地来讲,大卫总会在隔天发电子邮件道谢。

所有这些让安迪醒悟:这正是富人为何只与富人来往的原因。此乃集团问题。当你想和别人分享经验,并且能负担得起最好的物件,与财力相当的人们相处起来会自在得多。谁付账都无所谓,反正大家会轮流坐庄,相互扯平。更何况当你花了以往五倍年薪的大价钱买下梦寐以求的车子,也不必刻意低调,非得假装轻描淡写。

但他发现,财富满身是种孤寂的体验。

派对后不久,安迪便动身启程。他懒得跟别人废话,只是在母亲的再三追问下,才勉强想出一个旅行目的地和原因:他说想去位于法国南部蒙田的城堡,同时也想好好读完老师的书。没有弗尼瓦尔,他也不会拥有这笔巨款;他还对母亲说,他认为这是他背负的责任——更何况他现在有大把时间奉献给《遗失的蒙田》。好歹在老师尸骨未寒之前,兑现弗尼瓦尔的遗愿。

---

① 泥盆纪时代(Devonian Age)产生的岩石结构,有良好的抗侵蚀力。

他觉得母亲才不相信他。

"你打电话给你姐姐没?"

而他打过去的结果是……

"我算什么?碎猪肝吗?"

"我忙死了。"

"你还真是博爱世人啊。"

"和古德曼还好?"

她以陌生的口吻说:"他就在旁边。你要跟他说话吗?"

"古德曼?"安迪暗自发笑,但没出声。他定了定神,"现在不行。我得去赶渡轮。"

2

从九月到转年八月,安迪如同一个逃学的小男孩。一睁眼便雀跃不已,因为又有一整天可以随心所欲地度过——尽管他也知道如果不定个计划,他可能会愈发轻飘飘。因此,国外旅行的前些天,他总是会确认落脚处备有书桌。书稿整整齐齐地放在手提电脑旁,铅笔和卷笔刀则插在父亲留下的皇家空军马克杯里。但全情投入阅读《遗失的蒙田》的愿望却从未成真。每当他坐定准备踏实看书,总有别的事令他分心。午餐。之后是晚餐。赌场。迷人且单身的姑娘们。还有床。否则还能怎样解释几个月以来,他只读到第三十五页呢?往往他翻开书,盯着一页看了半天才幡然醒悟那页其实早就看过,而且不止一遍。他开始感觉自己有如一位作家,通宵达旦只为构思一句话,却在破晓之际将那一句话擦得干干净净。

越过英吉利海峡的四天之后,在克卢尼①一座修道院旁边的酒店外,一个女孩走过来欣赏安迪的车。安迪正在向这位叫兰卡的姑娘炫耀自己新的 iPhone 手机,电话震动起来。

谢谢你的派对。你跟苏菲怎么样了?

又及,关于你的神秘恩人——我挖到一条澳大利亚线索。上星期我去了牛津的达克鞋店,和他的鞋匠聊了聊。看样子,马蒂根在澳大利亚内陆勘探矿产以后,需要特制的鞋子。他在那里发迹

---

① 法国东部城镇。

的吗?

安迪很感激大卫自愿竭尽全力搜寻马蒂根的背景。但在珍撤销官司之后,安迪便让大卫停止调查。这个话题再去深挖也无甚意义。

兰卡看了看手机,浅笑嫣然——十分漂亮的笑脸,真是漂亮啊。安迪回短信给大卫:别费劲了,我已经说过不想再追查下去。到现在我欠你多少调查费? 开张单子给我就好了。

"是我哥们儿。"他说,边给她瞧大卫穿着卡骆驰拖鞋的照片,但她不感兴趣。之后他用手机帮兰卡拍了张照片——大头照那种的,然后再拿给她看,这次她来了兴趣。

他们的亲密关系实在短命。从最初的兴致勃勃到最终的意兴阑珊:区区两星期而已。但他和这位一耍性子就惊天动地的兰卡之间的这段情事,着实为之后十一个月定下了基调。他只是填补她们空缺的临时替身罢了——大卫总是这样提醒着他。

去你的,安迪。我干这些又不是为了钱。我这么做是因为你是我的朋友,况且我觉得这件事对你很重要。问题是,现在我也被扯进去了。我想知道到底是什么样的混蛋把你变成了现在这样该死的混蛋。关心你的,D

安迪离开英格兰时,感觉自己的人生像块空白的画布。

他赌博。从前,他会和大卫、伊沃小小地玩玩二十一点和掷骰子,因为胜算最大。如今腰缠万贯,他的赌博喜好彻底改变。他现在偏爱轮盘赌,因为胜算小,很难赢钱。

他的足迹踏过熙熙攘攘的威尼斯,踏过人迹罕至的阿兰特茹①,踏过哈瓦那(为了参加雪茄展览会),也踏过瑞士(为了观看

---

① 葡萄牙中南部城市。

布加迪①拉力赛)。以前旅游时,他从不给小费,当然也绝不会在早上点一杯鲜榨橙汁。当初和苏菲在葡萄牙游玩时,每天他都暗自盘算:我兜里的钱还付得起今天的账吗?现在,他可以随时随地随性点菜。这让他甚是开心。

唯有涉及感情时,金钱才会变成拦路虎,阻碍着任何逾越表面姿态和游戏的真实进展。等待爱情的降临,开始像试图从水盆中变出一只小鸟。他玩得尽兴,却无一持久。他没有遇到一个愿意与之共享时光的对象。

在威尼斯,他看到一个女人在咖啡馆独酌。她的表情有几分熟悉。安迪差点就忘却,她与昔日的自己如出一辙——他从未有过这般感觉,就像打板球时接到自己投来的球。他强迫自己不再多想,但当他沿着昏暗的街道向下走回旅馆时,他感到令人窒息的哀伤。

每隔几天,安迪就会收到大卫的电子邮件。

在巴黎:没有一家澳大利亚矿业公司列在马蒂根名下。我们需要他的亚美尼亚姓名。

在慕尼黑:见到了他在博瑞兄弟的酒商。马蒂根喜欢托斯卡纳和柏翠庄②的红酒;并在里斯本附近拥有一座小葡萄园。

在瑞士卢加诺③湖畔的赌场:去了爱普森姆④,跟为马蒂根工作过的骑师谈过。M的父亲喜欢马——他们家族曾在土耳其培育良马。

克里斯托夫·马蒂根代替了啤酒罐,成为大卫紧追不舍的新目标。

---

① 法国最具有特色的超级跑车厂牌之一。
② 也译作"柏图斯"或"圣彼得"等,是位于法国波尔多右岸一个非常小的葡萄酒产区,面积为28.5英亩,年产量极小,因此价格昂贵。
③ 位于瑞士东南部、地处瑞士和意大利两国交界处的一个湖泊,为观光胜地。
④ 伦敦西南方向的城镇。

安迪一封信也没回。他曾经对马蒂根颇感好奇,但斗转星移。当然了,相比追查一个死人的过去,大卫有许多更好的事情可做。反正安迪有。他悠然踱回赌场,继续玩他的轮盘。

但电子邮件接踵而至。

C.马蒂根是"知了基金会"的主要赞助人;参与许多慈善活动。也发现在董事会里有一个叫做谢丽尔·马蒂根的人物。难道是珍的母亲? 我明天去查档案。

终于,安迪感觉无处可躲,甚至有些轻微的反感,他不再看大卫的邮件。他新建了一个文件夹,名字就叫"打入冷宫的大卫信件"。

他向南漂泊。从瑞士到维也纳。咖啡馆、钢琴乐曲、热乎乎的布丁。卡布里岛①、罗马——在他寄给母亲和姐姐的明信片上,他说那是雕像之城。在那不勒斯,他放纵自己。他让姑娘们(她们的名字听起来都像走私的伏特加品牌)的手臂和双腿温暖每个夜晚。

在索伦托②,他见到有人朝他走过来,听到自己不由自主地说:"珍?"

他母亲在种下石楠前,会挖一个四方形的洞——"不然根会打圈,不会往下扎。"而他在地面上的那部分,正变得日益沉重。

---

① 位于意大利那不勒斯湾南部,索伦托半岛外的一个小岛,以风景秀丽闻名,是著名的旅游胜地。
② 意大利南部城镇。

3

夏日将尽时,他和一个叫嘉贝拉的姑娘驾车同游佛罗伦萨。

目前他们相恋两周,她喜欢叫他"安迪尔";并宣称从未如此"爱慕"过一个人。

八月一个暮色将至的傍晚。他们正在以一百四十公里的时速飞驰在托斯卡纳,他对她讲述着这辆车有哪些地方好过旧款,但他可以从后视镜里看得到她的脸。在安迪喋喋不休地谈论以一级方程式赛车为原型设计的牵引力操控系统时,她却对里程表更加在意:目前的数字是99999,她像个小女孩一样一直盯着里程表看,手指抚弄着他送的石榴石项链,等待数字变换。

安迪觉得此情此景似曾相识。难道他以前来过这里?随即恍然大悟:此时,他自己正是那个仿佛在一百年前当他还住在霍顿斯大街时,在电视广告里看过的男人——只是和那人相比,安迪的胡茬更多、肤色更黝黑,太阳镜后面藏着一双僵硬硬阴沉沉的眼睛。

旁边的嘉贝拉扭了扭身子。

"喔,你看!"

这是嘉贝拉的习惯:凡是被她深深大眼捕捉到的任何新鲜事物,都让她激动万分。在认识她的第一个星期,他觉得这很迷人。两个星期前,他是让她无比兴奋的对象。他面无表情地看向她,发现自己备受宠爱的地位被一座在山顶的教堂所取代。

为了讨她欢心,他将车停到路边,现在他知道他们身处何地了。

暮色渐浓，他们拾级爬上陡峭的阶梯，走进圣米尼亚托教堂①。教堂里幽暗阴凉，隐约有人们低语的回声，也可以听见苍头燕雀在外面的山谷里鸣叫。

铺在地面的彩色大理石十分平滑。还有股水獭的气味。

环顾四周。他上次踏进教堂或礼拜堂，是在里奇满。他用一根手指扶正太阳镜。

一位看上去年近七十、体格结实的男人，身穿亚麻上衣，正在用英语向一群年长的游客进行解说。一张轮廓鲜明的精明脸孔、热情的蓝眼睛、用发油梳得平顺的灰发——安迪想，简直天生就是个导游。

安迪眨了眨眼，向那人指着的方向看过去，只见暗黑墙壁的高处有一幅画像，画中人身穿猩红色长袍，头戴王冠，握着一支长矛和百合。

导游继续操着澳大利亚口音解说道："圣米尼亚托教堂是为佛罗伦萨第一位基督教的殉道者而修建的……"他看到安迪，对他笑了一下。他的眼睛吸收了光线，瞳孔染了一层古怪的色泽。

安迪听了个大概。此人是罗马军队的年轻士兵，后成为隐士。德西乌斯皇帝②下令将其逮捕，并将他丢入狮群，而狮子不肯吃掉他；后来又被扔进沸腾的大锅里，还受过绞刑和石刑，最后被砍头。行刑过后，他拾起自己的头颅、放回肩上，穿过亚诺河③走回十字架山④的隐居洞穴——也就是这个教堂所在之地。接下来是有趣的部分："他是位亚美尼亚王子。"

仿佛刚才上台阶时圈转得太快，安迪感到一阵头晕目眩，于是

---

① 坐落在佛罗伦萨附近，被称为意大利最美丽的教堂之一。
② 罗马帝国皇帝，在249年至251年统治罗马帝国。
③ 流经意大利托斯卡纳地区的河流，是意大利中部最重要的河流之一。
④ 一座可以俯视佛罗伦萨的小山。

步出教堂。夜色缓缓落下，山下是佛罗伦萨的万家灯火——他深吸了一口气。亚美尼亚这个词将他拖向另一座山头。克里斯托夫·马蒂根闪过脑海。当他自言自语这个名字时，心境忽而转换：那是因故意拖沓而感到的巨大压力。他低着头，等他再度抬头看向天空，那轮圆圆的银月好似也在斥责自己。

在他等待嘉贝拉时，这感觉依然没有消逝。她跑上来，挽起他的手臂——她刚才在和导游聊天——两人走下台阶。明亮的月光洒在她的衣领上。

夜空中尽是中世纪的光亮。苍穹之下，万事万物清晰无比。安迪心里其实一清二楚：

马蒂根的遗嘱与他在地铁站外见惯了的三牌赌皇后无甚区别。你以为占尽先机，其实却掉入自己一手设下的圈套。

气温陡然下降。嘉贝拉靠得更近，自顾自地说着话，又是"为什么"又是"假如"的。在月色下，只有一件事浮出水面，毋庸置疑：不劳而获的幸福根本不是幸福。

安迪很想此刻姐姐在身旁。他仿佛听到她说："你什么时候才能不再做一个自私的混蛋？"

他们到了马路边，走回停车的地方。他为嘉贝拉打开副驾驶座的车门，弗尼瓦尔书稿里的一句话闯入脑海：奢华带来的破坏比战争更加恐怖。

嘉贝拉在座位上转过身，汽车内饰的难闻气味哽在他喉咙。

"我得敞开车顶。"他告诉她。

他摘掉太阳镜，折好后将它放进储物匣，默默开车上路。假如他能问圣米尼亚托一件事，他想问他：克里斯托夫·马蒂根为何立下如此遗嘱？他早就不再扪心自问这个谜题，刻意回避，大卫却不停地用它烦了他一整年。

嘉贝拉的尖叫刺穿了他的思绪。

"噢，我们错过了！"她心碎地盯着仪表盘，里程数变成了 100001。

在他们后方,警笛呼啸。一辆救护车飞速超过。

安迪继续开车,呼吸着芳草盈盈的地中海夜晚。弥漫着柏树暗香的山峦连绵起伏,一轮满月投影在池塘中;夜空无垠浩荡。他们经过一个水库的边缘。车头大灯照出前方在水面悬浮的白雾,盘旋到公路上来。

他减速。

大雾吞没他们,继而变淡,随后再度将他们覆盖。

某处传来刺耳的叫声。

"是鸭子吗?"嘉贝拉问。

"更像是野鸡。"

她听着忽高忽低的叫声:"我从没听过这样的叫声呢。"

接着他们驶出大雾,他换挡,加速。

不久两人来到一个小村。大广场上一阵骚动,身穿荧光黄外套的宪兵警察正在执勤,闪着手电筒,将车辆指挥到旁边的一条街。

用眼角余光,安迪瞥见一台撞烂的伟士牌①摩托车,人们围在封锁线后,争相看热闹;救护车停在人行道上,后门敞开,警灯闪烁。

他看到担架上有两具尸体——比他年幼、清瘦。是一个男孩和一个女孩。然后救护车的门关上了。

安迪感觉自己被从救护车伸向广场上的父母、朋友、亲戚的哀恸触角给牢牢缠住,以至于没看见宪兵警察正示意让他停车,直到引擎盖上响亮的拍打声让他回过心神。他一时全然忙乱,下意识

---

① 意大利摩托车品牌,其产品为两轮轻便踏板式摩托车;自其1946年诞生以来一直延续着最初型号的外观,并保持着小巧、紧凑的特点。

只顾踩油门,等反应过来时才猛然刹住汽车。

宪兵警察示意他摇下车窗。"你从哪儿来?"声音尖锐。

混乱和紧张窜过安迪全身,反应不由变得迟缓起来。

嘉贝拉代他用意大利语作答。他们去了圣米尼亚托教堂。是去观光的。有一位导游可以为他们作证。是的,他们是游客。

宪兵警察心不在焉地听着,举着手电筒上上下下地检查,尤其是车身和保险杠的位置。没找到罪证,他不理安迪,直接和副驾驶座上的嘉贝拉说话。

"他要你打开后备箱。"她说。

安迪下车。大家转身看向他们。在把钥匙插进后备箱的钥匙孔时,一股因犯下可怕罪行的恐惧感油然而生。他打开后备箱,甚至幻想着自己会看到一具尸体蜷在里面。

宪兵警察没打开里面的皮箱,只是戳了戳。他一手伸进旅行袋,匆匆翻了翻书稿,示意安迪关上后备箱。嘉贝拉也走了过来,宪兵警察和她说着话,怒气冲冲,语速太快,安迪跟不大上,一会儿又指着围观者比比划划,表情悲伤。

他挥手放他们走,但安迪的负罪感依旧存在。

"他刚才跟你说了什么?"他问嘉贝拉。

"他说另一辆车没有停。"

一对坐在长椅上的老夫妻目睹了车祸;骑摩托车的情侣;一辆飞速驶过的银色敞篷车——外国牌照,驾驶座上是位男性——就这样,逃走了。

"他把他们撞翻,没停车。"她摇摇头,依偎得更近了一些,"没良心。"

他驾车离去。

满月是马蒂根仅剩一只的犀利眼睛。

"你还好吧?"许久后她说,"你没做错任何事情,安迪尔。"她拍拍他的膝盖,"你是个好人。"

"未必。"他说,"我没那么好。"

"早晚有一天,我们都会走进同一家旅店。"在他父亲的葬礼上,牧师曾经如此说道。那晚,安迪和嘉贝拉在阿莱西桥①的一间小旅馆过夜,旅馆附设的餐厅正在装修,暂时休业,于是经理推荐他们去一家餐厅,并在纸巾上画了张示意图。

安迪熬过一番点菜的折腾,吃饭时依旧心不在焉。过去三小时的经历让他深受震撼。先是一位无头的亚美尼亚圣人,然后是一对在车祸逃逸事故中两命呜呼的年轻情侣。

用完餐,他和嘉贝拉走回小旅馆,一路总感觉有人在看他们。他随便看向街对面的一扇窗,她就站在那里。当他踏上回房间的楼梯,她在几步以外尾随,用棕色双眸定定地注视着他,双手紧握着雨伞的把手。

他趁嘉贝拉宽衣解带时逃进浴室。

在镜中,他从她的眼睛里端详自己。高挑,英国人,年近三十,发色浅淡,直发在暴晒过的宽额头上分开;鼻梁细长,遗传自母亲的谨慎眼睛,瞳仁呈淡蓝色,此刻正仔细看着镜中人。他注意到自己脸上有种半途而废的表情,就像一本被压在地上的摊开的书。那是一张精疲力竭、听天由命的脸,而脸的主人对于自己生命之激情一无所知,或是刻意隐瞒。

卧室传来一句:"安迪尔?"

隐藏在心底的画面悄悄回来:在霍顿斯大街的公寓里,珍正坐在他对面。他犹记得望进她眼底时,那股惺惺相惜的刺痛。在世人间,她难道不是最该知道真相的人吗?

这个问题在两人分开交缠的疲惫身躯许久之后,依然萦绕在脑中,打扰了他本有的平静——像没完没了的电话铃声,最终归于

---

① 意大利中部城镇。

寂静。

隔天的早餐笼罩着一片静默。举目之处，不论是回头还是望向房间那端，他都会看到珍眼皮沉重地静静坐在那里，等待着他。她所留下的未经修饰的味道，如同一根撬开裂缝的棍子。嘉贝拉发现他这天格外神经兮兮，情绪低落，便决意不去打扰他。

伦敦的生活和童年的记忆侵扰着他。他一蹶不振，甚至连美酒和雪茄都失去功效，度过了恍惚而烦躁的一天。他早早上床，第二天醒来时，发现昨日的阴霾烟消云散。

心情欢快，精力充沛，脑袋像十岁小孩般清澈明朗。安迪打开笔记本电脑。又有一封大卫的电子邮件。

有段时间没你消息了。还好吗？还在追查马蒂根的线索。猜怎么着？你告诉珍她父亲是个好人——看样子你说对了。

又及，见到苏菲了。挽着玛莎百货①的老板。发色：红。

安迪正想将邮件拖进"打入冷宫的大卫邮件"文件夹，又停下动作。他为什么要生大卫的气？

他起身开了瓶矿泉水，试图找出自己满怀怨恨的源头。喝水时，他听到大卫说："江山易改，本性难移，安迪。是你自己请我展开调查的，记得不？"

那个清晨，那个距离里奇满礼拜堂的一位牧师道出"克里斯托夫·马蒂根"已有十八个月的清晨，安迪在阿莱西桥附近一家普普通通的咖啡馆，坐在霓虹灯下面，打开"打入冷宫的大卫信件"文件夹。

当他将鼠标移到页面的最下方，意识到这就是大卫：他一直在

---

① 原文为 M&S，指的是 Marks & Spencer，英国著名百货公司，目前在英国境内有超过七百家店铺。

帮安迪做安迪该做的事——当安迪还有一颗赤子诚心,或是仍为人正直、还留有些许好奇心的时候该做的事。

读着大卫的信——总共有六十多封——安迪终于感觉与现实重新接合上了。是时候返回伦敦了。但在和嘉贝拉分别之前,安迪还有一段未尽旅程。

午餐之后,他们启程驶过布满矮松的高原,离开多尔多涅省①进入了吉伦特省②,这时一阵尖锐的声音打断他的思绪:是手机(他把这一年来最喜爱的照片都存在了里面),铃声则是歌曲《我是你的男人》的头五个小节。

"安迪?"

"哦,嗨!妈。"

他一直尽量每个星期和母亲通一次电话;通常是星期二——她的休假日。

"你现在在哪里?"她问。

"卫星导航系统说,在波尔多东边大约五十公里的地方。你呢?"

"我正要去森姆利那里的湖。"

"最近都干啥了?"他问。

"种些你连听都没听过的东西——我也是直到上星期才晓得这种花。"是台湾的紫阳花。绣球花的颜色,紫得地道,花朵一簇簇地长在花茎的最上端,她觉得像一群蝴蝶。她从巴黎西南部的苗圃买得,"切尔西算个啥?库森③什么都有。"

听到母亲兴奋的口吻,他的心有如波浪,交杂着疼爱和妒忌。发现新品种或是栽培某些树木为她带去无比的欢乐。白千层灌木

---

① 法国阿基坦大区东北部的一个省份,为法国第二大省,首府佩里格。
② 法国阿基坦大区所辖的省份,滨大西洋。
③ 法国西部城镇。

和澳大利亚山龙眼木于十五年前都无法在英格兰存活,但如今气候变暖,这些植物都在她的苗圃里茁壮成长着。他但愿自己能有像母亲这般的热忱,哪怕是一丁点儿也好。

"你呢?去看过了吗?"她问。

"看什么?"

"蒙田的故居啊。"

"还没。但我现在正在路上,离那里只剩差不多一个小时的车程了。"

"对了,我打电话不是为了这个。是你姐姐。"

"她好吗?恋爱谈得如何?"

"她要结婚了。"

安迪闭上一只眼睛,确定自己没有幻听:"结婚?"

"三个星期以后。"

"别开玩笑了。"

"我是说真的,安迪。"

"她还能嫁给谁?"

"里安·古德曼,笨蛋。你以前的老板。他要你当他的伴郎。你绝对想象不到他对你有多感激——他们两个都是。"

"感谢我?"

"你是他们的红娘啊!"

安迪目瞪口呆。他担心一旦张嘴,胡言乱语便会冲出口。刚才嘉贝拉去商店退掉一件他送的裙子,在等她的空档,他空腹灌下了两杯陈年白兰地。不知是酒精作祟抑或是母亲的话,他感到无比难受,就像高原反应。

他母亲继续说道:"你姐姐很爱他。两人都觉得非常幸福。我希望你收起你的伶牙俐齿。就这么一次,替她高兴高兴。"

"那我还真是替她高兴呢。"他无力地说。

"见到她你会更高兴的。她减了很多体重。超多哦。"

"好消息吗?"嘉贝拉问。

安迪和嘉贝拉走进一座十三世纪的石塔——在周围的古老城堡建筑中,只有这座石塔从十九世纪的火灾中逃过一劫。他们沿着螺旋梯爬到四楼。一位管理员慢吞吞地跟在后面,伸手一指,告诉安迪那就是蒙田听到有人到来时藏身的小房间。冰冷的地板让安迪想起了在霍顿斯大街的浴室。

较大的房间是藏书室。安迪摸了摸光秃秃的白灰墙壁,想象着蒙田塞满千余书籍的五个书架。他踱过石板地面,弯腰打量狭小的窗户。窗外那条蒙田观察来人的道路。毫无遮掩的山丘。放出雄鹿供纳瓦尔[①]国王打猎的森林。安迪喃喃地说:"想想看,有三百年时间,这里都属于英国。"

安迪站在那里,注视着蒙田口述文章的地方。他书桌上方的那些梁木上,有五十四句用希腊文和拉丁文书写的箴言警句,都是他从公众面前隐退后,请人在木头上烧制印刻而成的。他为嘉贝拉翻译了其中一句:"我是一个人,所以人类的所有特性我无所不知无一不晓。"

"你怎么知道这个?"她十分佩服。嘉贝拉的问题让他好生难过。

"我有个老师写过关于蒙田的书。"

路已到达尽头。

他们走了出来,站在车子旁边的草地上。行李已收拾妥当。他要踏上回程。

"收下这个吧。"

她看着支票,呆滞、严肃、深邃的双眸抽搐了一下。瞪大的眼

[①] 纳瓦尔是一个控制比利牛斯山脉大西洋沿岸土地的欧洲王国,824年成立,南部的王国在1513年被卡斯蒂利亚征服,从而成为西班牙统一王国的一部分。北部部分保持独立的王国,1620年被正式并入法国。

睛望着他写在支票上的数字。但是,该死,那不过都只是别人的钱而已。

"我送你到波尔多车站。"

嘉贝拉依旧瞪着他。

你会在这样的时刻背叛自己。他不愿和她视线相对。看着她头后面的圆塔,塔上圆锥形的红色屋顶,他对她说:"如果你爱上谁,就得放手让他们离开。"

马拉尔

1

安迪走上切尔西结婚登记处的台阶,一位迷人的女郎挡住了他的去路。她穿着款式简单的奶油色连衣裙,短短的浅色头发。她微笑看着他。

"不好意思。"安迪用最彬彬有礼的声音说道,"你是来参加拉克汉姆和古德曼婚礼的吗?"

"你好呀,蠢猪。"

他没认出这个窈窕美女就是姐姐本尊。她双臂环抱他的脖子,香水闻起来像法国货,使劲将他搂近。或许是因为她的嫣然笑容,安迪才一时眼拙。

"你什么时候回来的?"她的亲吻如雨点般落在他的双颊。姐姐整个人活泼明朗,就像终于揭去了将她团团笼罩、宛如黑纱般的阴郁。

"昨天晚上。"

"真高兴你来了。"她退开一些,细细看他,语气诚恳无比,"里安还以为你会迟到。"

"你看起来真——"但他找不到适当的字眼。

"安迪!你还真来啦!"

在励志自助书天地间优哉游哉的大亨走了过来,血红色丝绒西装背心包着收敛了许多的肚皮,向马上就上任的第三任妻子堆满笑容,跟她说安迪是"及时行乐"创办以来最优秀的编辑,而他唯一对安迪耿耿于怀的,就是没早一点把姐姐介绍给他。

被红背心古德曼熊抱的安迪回望姐姐,捕捉到她眼中闪烁的激情光彩。安迪思忖,古德曼好歹比"沼泽怪兽"还算强一些吧。不过,安迪不禁盘算着说不定在不久以后,他要去温哥华慰问姐姐了。

"妈!"

他母亲戴一顶宽边草帽,头发烫过,站在稍远处,仿佛心事重重。她祈祷似的举起双手,俯视他们的姿态如雕像一般,有如安迪从罗马寄出的明信片景致。他暗想:哦,拜托!千万别让她皈依宗教啊。

"妈?"

她纹丝不动地站着,宛若心神入迷的圣德兰①。然后她双手在面前一拍,摊开,心满意足地看着掌心里的东西。

"想逮住苍蝇,得在它上方拍手。"

一个小时以后,他们离开结婚登记处,那时阳光正耀眼。

就在安迪扮演浪荡公子哥儿的那段日子,他的前任老板刨根究底,力图搞清他姐姐性格怪异的根本原因,结果还真发现了其他人不曾注意到的事情。

甲状腺机能不足。一切症状源于此点。古德曼麾下的一位作者有次为了宣传"及时行乐"健康系列的新书《你的身体、你自己与你》而做客 BBC 电台的一档节目,说起抑郁症在当代女性中是如此之普及,以至于医生很难找出患病的根本原因。那位作者提到一个以日文单词命名的免疫系统疾病名称。古德曼找到书中的相关段落,拿给安迪的姐姐看,听了她的说法,然后帮她预约了一次甲状腺功能检查。一位医生认为,她可能患有甲状腺功能低下,

---

① 亚维拉的德兰,又称耶稣的圣德兰,受洗名为德兰·桑切斯·西佩达·阿乌马达(1515—1582),是一位杰出的西班牙神秘主义者、罗马天主教圣人、加尔默罗会修女、反宗教改革作家,通过默祷过沉思生活的神学家。

由此导致了肥胖与嗜睡；因此当她睡眠不足时，自然情绪暴躁、遇见谁都想打架。另一位医生则认为，这种疾病很有可能发生于她的青年时期。无论如何，她的种种症状都符合甲状腺分泌不足。不过是荷尔蒙失调而已。

好消息是疗程(只是每天吃一粒药丸而已)还不足一个月，安迪的姐姐已不再像头小须鲸，也不再如往常那样歇斯底里、神经兮兮。多亏了古德曼，她如今也加入了博爱世人的行列。她觉得自己不仅恢复了正常，而且感觉好极了。

她这惊人的改头换面令安迪陷入思索。

2

如前信所述,我初到康沃尔时,决意在河畔消磨时光,练习飞蝇钓鱼、读一些早该看的书,也重读我最喜爱的作品。病情确诊后,我重新研读蒙田,发现四百年的时光不曾消逝。他仍坐在同一个房间里、望着同一片河面——在这片河面上,也曾倒映出我当年最生机勃勃的映像。但随即出现怪事一桩:我总感觉他抓住我的手肘,催促我回到桌前,重新提笔修改一本我半途而废、无功折返了无数次的旧书,书的主题是探讨他的随笔及其与当今世界的关系。

你无须将这一点放在心上,而我本亦无意夸大此事,但事实是,如今广为流传的《蒙田随笔》,是蒙田去世后才由年轻学生与干女儿玛丽·德·谷内整理出版,她还做了诸多修订。因此一直吸引我的是1588年版本的《蒙田随笔》,这个更早的版本里面不但有蒙田的亲笔注释,后来更离奇失踪。该版本包含诸多插入的内容和变更的观点,更有证据显示他扩充了文稿,为的是让文章更具人性化和启迪性。长久以来,我着迷地暗自揣测蒙田增加或删减了哪些内容。我试图以他自称的"狂想"为基础大纲,从而进行我之重建,寻出那些遗失的内容:他对婚姻与金钱、勇气与背叛,以及从未提及的女儿等等话题的思索。我本无意往书山上添砖加瓦(一年二十万本书上市,我猜得没错吧?),但你也明了,我的拙劣之笔还是没听使唤。

3

婚礼后两天,安迪梳好头发,穿上外套,沿着肯星顿主街散步。日色西沉,他姐姐应该和里安在开普敦度蜜月——古德曼现在坚持要安迪叫他里安。在婚礼发表了一通致词后,新婚夫妻送了安迪一本艾斯伯雷①出品的五年份日记本,内页是以黑色钢笔写下的强有力字迹:谢谢你让我们走到一起——我们都爱你,下面是夫妻两人的签名。

然而古德曼与最新一任妻子在坎普斯湾②与企鹅嬉闹的画面让安迪不禁郁郁寡欢。他曾有一年的时间思忖自己的人生、理想与目标,但结论何在?无解。

他走向平日聚会的老地方,边漫步边沉思。大风呼啸,却没有落雨——典型的伦敦九月午后。弗尼瓦尔占据着安迪的大脑,鲜活无比。安迪揣摩老师会如何看待姐姐的蜕变,忽而被一阵叫喊声打断思路。地铁站入口,一群少年蹲在倒扣的花盆周围。"嘿,先生,猜猜哪张是王牌?"他加快脚步,不去理会那三张牌。

安迪前晚看完了老师的书稿。读到末尾,他大脑空白一片。虚无且空洞。《遗失的蒙田》与伦敦、与二十一世纪初叶都毫无关联。假如他刚才没有快步前进,而是走向那些青少年,问他们:"不好意思,但请问你们想不想了解一个死掉了四百年的法国贵

---

① 英国著名老字号礼品公司,创立于1781年,所售商品均属高档货。
② 南非一旅游胜地,在开普敦附近。

族的人生和思想?"他们会眼睛珠子都恨不得要掉出来——就像吃了杰罗姆卖的摇头丸一般——随后抄起花盆砸向他,迅速逃之夭夭。

蒙田的警语没错:"迟暮之人如致力笔耕,并幻想从中榨出幻梦、痴迷或胡话以外之物,此人必为呆子。"

尽管如此,安迪的思绪还是不断萦绕在弗尼瓦尔身上。他姐姐没花多大力气便从小须鲸化身窈窕女郎。《遗失的蒙田》又有何不可?

老师本身的风格倔强地不肯出现在字里行间,但这不是唯一的问题。书稿缺乏某种要素,像是得了某种荷尔蒙失调症。没错。但无论少的是什么,安迪也说不好。时间已是六点半左右,他依旧兀自思索,而比他脑袋更清醒的双腿,已带着他走到霍巴特街,走进了熙熙攘攘的诺普伍德酒吧大门。

4

"我认识你吧?"坐在角落的那个人说。他放下报纸,露出笑容,眼神却很谨慎,"你以前不是叫安迪·拉克汉姆吗?"

"大卫。"安迪拥抱他,"大卫,真高兴看到你。"大卫说他也很是。

"衬衫很不错呀。"大卫摸摸安迪的衣领,"是皮马棉①吗?"

"不记得了。"安迪谦逊地说。

安迪或许有了翻天覆地的改变,大卫却没有:胡子依旧花白、衬衫依旧荡在裤子外面、橄榄色卡骆驰拖鞋依旧貌似从未脱下过。

安迪买了一轮酒。啤酒喝起来从未如此美味。

"干杯。"他们碰了碰杯,但大卫没有看安迪。他垂眼盯着报纸,"我们真是猪狗不如。"说罢折起报纸。伊拉克又发生屠杀,刚果也有。"你有没有想过,为什么最常跟'人道主义'并排出现的孪生子词汇是'祸患'和'灾难'?"

"收到我的明信片了?"安迪说。

"收到了。收到了。"但大卫的表情在说:我才不稀罕呐。

安迪啜了一口上品啤酒:"我看到你的'探路者'停在外面。"

"对,它还能跑。"

安迪没问自己送的那辆丰田车的下落。

---

① 生长在秘鲁及南美洲高山地带的一种棉花,因其日照时间长,棉的成熟度高,且棉绒长,手感好。

"朱莉好吗？"

"很好。"

"你运气好,大卫,有这么好的女朋友。"

"是什么风把你给吹回来啦？"

他们喝到第四杯时,大卫转身面向他。

"关于我查到的马蒂根的资料,我还等着你的答复呢。"

"老实说,我还没想好。"他声音减弱,羞愧难当。

"但你得承认,那些东西很有趣。"

安迪摇头感叹:"简直是不可思议。"之后加强了语气,"我对他女儿胡编的故事居然是真的……他的确是个好人。"

他看得出大卫开始用心听,在退避三舍之后终于肯亲近起来。

"他为人好坏重要与否我还不清楚。这只是起步。"

"起步？什么起步？"安迪说。

"他是好？是坏？还是疯了？难道你对他的故事不感到好奇吗？你应该好奇的——这的的确确是你的事。"

"我的事？"

大卫一打开话匣子就喋喋不休。

"你不止继承了马蒂根的钱,你这白痴。你也继承了他的故事。只要你不行动起来去了解金钱背后的故事,你永远都会是个可悲的蠢货。为什么？因为你在为自己的不劳而获付出代价。这代价就是迷失。"

安迪咳了咳。

"迷失自我,"大卫补充道,"我说真的,安迪。"今晚他第一次叫出安迪的名字,"你欠自己一个交代,你得把马蒂根的事查个水落石出,弄清楚为什么是你继承了他的遗产而不是别人。因为不理解马蒂根是怎样一个人,你就不会明白为什么是你。"

他看向安迪,让他消化这些话:"还记得我说过你迟到是有原因的吗？你不是白白就拿到一千七百万英镑。不如把这笔钱当作是你还没动笔的一本书的预付版税。出席葬礼等于敲定合约。自那之后，你就像所有江湖骗子作者一样：挥霍这笔预付款。但你总得跑跑腿、流流汗。你得动笔写——只有这样才能跳出你自己挖下的大坑。"

大卫的聪明地方之一，在于他看上去一点不聪明。安迪正在试图跟上大卫的思路，这时他又说："你的事你得自己搞定，安迪。我不能帮你代笔，但我或许可以帮上些忙。"

大卫把他积累的资料迅速回忆了一番。他的兴奋之情有如一个小男孩谈论自己的足球卡收藏一般。他准备移交工作。

"我可以告诉你大致的故事脉络和主要人物，但还没挖出全部底细。还有一个重要人物是马拉尔·伯恩哈德，但她不肯和我说话。你得去见她，她是掌握所有故事的关键。更何况，她或许愿意和你谈——毕竟你是两个'参加人'之一。"

酒吧里的人潮渐渐散去，酒保嚷着是"最后点酒"的时间了。大卫意味深长地看着安迪："你自己很清楚，你今晚跟我扯这扯那，就是没提到一个名字。"

"谁？"

"你和珍在交往吗？"

安迪把啤酒干掉："你怎么会这么想？"

"别脸红得像猴屁股。"

"大卫，你怎么会这样想？"

"对于你不跟我们在一起混的原因，伊沃有个有趣的想法。从你以往的恋爱史来看——"

"从上次你跟我在这家酒吧，威胁我要是胆敢从椅子上抬起屁股，你就找'枯竭喘息'帮忙把我胳膊给扯脱臼的那晚起，我就没见过珍。"他气得要死。怒火中烧。

"骗人吧？不过我才不在乎你是不是跟她交往。"

"我没骗你。"接腔接得太快了一些。

"拜托,伙计。你唬不到我的。"

对于安迪莫名的情绪变化,大卫视而不见,径自起身:"那些我查到的东西——我回去会把资料都整理好。寄到肯星顿那个地址没错吧?"

5

第二天晚上,安迪开车到克拉伦登大街。但当他打开大门时,勇气却全然褪去。愈发寒冷的夜晚,白色灰泥房子,窗帘紧闭,阴暗冷清,比他上次站在这里时更加令人望而生畏。母亲的话在耳边回响:"想逮苍蝇,得在它上方拍手。"

他走上阶梯,按门铃。

树木在微风中簌簌作响。彩绘玻璃门后面没有动静。他有些不安。

安迪之前联络过瓦普卢,他提醒安迪说他和马拉尔·伯恩哈德将在月底共同继承这栋房子,也就是遗嘱中规定伯恩哈德太太搬出房子的时间。就算她此刻住在这里,也不大可能应门,估计她在躲他这个穷追不舍的朋友。

他又按了一下门铃。对面路灯映在一排他之前没注意到的瓷砖上:"马拉什宅邸"几个字闪闪发亮。

安迪转转门把手。上了锁。

他绕到后面被围起来的花园。没人在看。他攀上围墙,坐着大口喘气,偷偷朝着那棵欧洲山毛榉的方向看去。

有一道细细的灯光穿透顶端的树叶。

他一跃跳下,落在厚厚的草皮上,向屋子走过去;觉得任何一步都有可能触动警铃,然后警报大作灯光大闪。但唯一的声音只是树叶的沙沙声;唯一的灯光则来自高处的一扇窗户。

你不只继承了马蒂根的钱,你这白痴。离房子愈来愈近,他开始明白大卫的言下之意。他童年的记忆碎片纷纷散落在花园的小路上、种着花花草草的大盆小盆里、未修剪的草坪上;安迪被树根绊了一下,草坪上的日晷擦到他。他来到后门,敲了敲。

没有回应。

他冻得浑身发抖,摩搓着手肘。这将是个如冰般寒冷的夜晚。

后门也上了锁。他寻找可以拿来丢向窗户的东西。然而举目只有高耸茂密的草丛。常识和恐惧催他离开,但他却抓住一条树枝,爬上了欧洲毛榉。

爬树时,他仿佛看见珍就在眼前。他更加牢牢抓紧下一根树枝。阿莱西桥之行后,他一直试图将她逐出脑海:掉头背对她,刻意避开她的双眼——他早已一股脑不分东西将自己的所有行为都归于同个准则:一举一动、一念一想,都旨在避免想起她。

安迪攀到窗户那么高的地方,沿着树枝爬行,直到能看见房间。他原以为屋里没人,于是完全没料到接下来的场景:窗户里传来像是咳嗽的声音,一个影子来到光亮处。

这是一番什么景象啊!他心跳加速。窗内的人苍白憔悴,鼻子细长,满脸皱纹——就像在水中泡得太久。身穿一件不合身的颜色有如松针土的绿色睡袍。

他慢慢地沿着树枝爬过去。

她继承了一千七百万英镑,看上去却像被压垮了一般。

"伯恩哈德太太!"

她走到窗前。在月光下,他可以看到她——看守马蒂根花园的拉冬巨龙①。

他的心脏跳得比巫毒鼓还要急促。他当真要与虎谋皮吗?

"马拉尔·伯恩哈德!"

---

① 希腊神话中的一只百头巨龙,是赫斯珀里得斯姐妹所守护金苹果树的卫兵,据说它终年盘踞在树上。

她将脸孔凑近窗户。一张圆嘴张得老大,两眼眯起。

怎么回事?她连自己名字都忘记了吗?还是以为他是一只松鼠?"马拉尔!马拉尔!"

她的眉毛越扬越高,直到退至发网之下,消失在稀疏的灰发之间。"克里克尔……"她瞪着他,"克里克尔……"她牙齿几乎掉光,脸上露出一种难以言喻的痛苦表情。即使安迪的奶奶取下假牙,也不如此时的她吓人。

"是我!"他挥手,依旧抱着树枝,透过树叶看向她,"安迪·拉克汉姆。跟你一样,另外那个'参加人'。"

马拉尔·伯恩哈德打开后门闩,放他进屋。

"我还以为你是他。"她大口喘气,一脸恐惧、偷偷摸摸地看了看安迪。

她转过身,蹭着地板走,脚跟几乎都没离开地面。他跟着驼背的她穿过走廊,走进一间堆放着二十来个木板箱子的宽敞门厅,箱子上分别标记着"书"、"文件"和"画"。

"别担心,这个周末前我就会走人。"她涩涩地说,打了个冷颤,"楼上暖和一些。"

她身体孱弱得厉害,甚至需要走一步停一下。

"来,"他提议,"我扶你吧。"

"不用,我能行。"她拒绝。

极慢地,她爬上宽阔的旋转楼梯,楼梯在三楼分作两端,其中一端通向刚才他在山毛榉上看到的那个房间。她在一张小柳条椅上坐下,连门都没关紧,紧紧盯着黄铜门把手看;光线从头顶一只没有灯罩的灯泡映射到门把手上。

一只木板箱是仅有的另一件家具。他把箱子拉过来。

到目前为止,安迪一直把心思都放在如何进到屋内、与马拉尔·伯恩哈德谈话上了。现在他倒是坐在她面前,却不知道该从何说起。用不着什么透视眼也能一目了然：她的身体状况不适宜谈论珍的父亲。

她的脸孔像他母亲的双手一样皱皱巴巴的。他好想去抚一抚。

"搬出这房子，你一定感到很难过。"安迪开口道，"你住这儿多久了？"他再次冒出想和她交个朋友的奇异感觉，尽管自己明明惹她反感。

马拉尔·伯恩哈德垂下头。房间里弥漫着脚丫和红酒的味道。"二十九年了。"她挫败地说，摩挲着细瘦的脚踝，好像抽筋了似的。

她一副精疲力竭的样子，几乎连讲话的力气都没有。安迪猜是搬家的压力太大了：打包将近三十年的物品——只为了将屋子卖掉，连带那些木箱子和里面的东西。

爬树令安迪和她一样抖得厉害。他觉得屋里反而比外面更冷，更何况屋里弥漫的酒香令他口渴难耐。

"有酒喝吗？"

她主动起身，他说："你坐着，告诉我在哪儿就行。"她喃喃地说着什么厨房在楼梯平台对面，他走过去，找到一盏灯，打开。只剩一箱葡萄酒，缺了五瓶，一瓶只剩一半，瓶口塞着软木塞，一个杯子倒扣在珐琅晾碗架上。他把杯子和那半瓶葡萄酒拿回去，说："1982年的柏翠——你知道这酒有多贵吗？"她答道："不知道。我饿了呀。"他说："你要吗？"她摇摇头，于是他替自己斟了一杯，坐着研究标签。

到底坐着品尝这好酒品了有多长时间，安迪自己也说不清。仿佛从他第一次站在马拉什官邸之后这整整一年半的时光，都渗进杯中化作美酒。他得细细品味才行。

此刻，他环顾四周。一只空无一物的高耸书架；墙壁上画作被移走后留下的淡色印痕。如坟墓般寒冷。可笑的是，他以前曾向往能住在这种房子里;现在则打消了这念头。在这里生活就像住在别人的头骨里。

"这房子对两个人来说实在是大了些。"过一会儿,他评论道。

"他睡塔楼。"言简意赅。

红酒起了效力。热血上头,他格外慷慨。

"要不然你留下吧?"他忽然说,"我不需要这笔钱。房子你留着。"

她低头看着膝盖。

"我才不要留下。"

她苍白的脚踝露在睡袍外,像他学校宿舍浴缸上的爪型支架。

"你要搬去哪里住呢?"

"我自有打算。"她说,但含糊不清。

"告诉我吧。"

她抬头,巨龙般的眼睛盯着他,令人不安。他父亲有过相同的表情。当时他躺在前院草坪上,双眼倒映出电线;指头紧紧向上弯曲,随即匆匆离开人世。

"你不知道要搬到哪里,对吧?"安迪柔声说,"你根本不知道要去哪儿。"

她向前倾身,椅子吱呀作响;然后含糊不清地说着安迪听不懂的话,是另一种语言。

他伸出手,握住她的。冰凉。"你上次吃饭是什么时候?"

她是不是就快死了?她手腕上的血管像旧书的内页,脸颊整个陷进去——倘若让你几周只靠柏翠红酒过活,即使是1982年的极品,任凭谁也会变成这副惨相。

"马拉尔·伯恩哈德,你上次吃东西是什么时候?喝酒不算。"

他发现她充耳不闻。她眼神里的某种情愫令安迪动容。他放下杯子:"你一直没有好好照顾自己。你得去看医生。"

"不,不要医生。"她摇头,紧张兮兮,提高了音量。

"听着,你需要帮忙。"他暗自下定决心,"你得吃东西。你需要呼吸新鲜空气——要不要去海边过上几天?"他也不知道这些话是从哪里蹦出来的。

她的双眉之间出现了一道沟,比其余的皱纹都深,宽到足以放进一支铅笔:"海边?我没去过海边。"

安迪帮马拉尔·伯恩哈德披上皮草大衣,扶她上车,绑好安全带,将她带回自己家过了一夜。第二天早晨,他带她步行到萨克莱街的一家咖啡馆,她吃了一套英式早餐①,一声不响地灌下一大杯鲜榨橙汁,接着吞下一只牛角面包,之后是两颗荷包蛋。

早餐之后,他载着她返回克拉伦登大街收拾日用品。她的行李箱和他的并排放在后座,旁边是装着《遗失的蒙田》的小旅行袋,还有姐姐和李安送他的日记本。刚才搬行李上车时,在最后一刻,他一时起意,把本子也塞了进去。

准备离开时,一辆白色的大型搬家货车抵达。他的后备箱里藏着七瓶 1982 年的柏翠庄园红酒、他曾坐在屁股下面的那箱上好的萨斯卡亚·托斯卡纳②红酒,还有他在走廊发现的一箱克拉雷斯红酒③。反正他也总会继承这些美酒的一半,不过是提前带走而已。

他们沿着汉默史密斯路前行,经过他以前上班的地方,向着康沃尔进发。马拉尔·伯恩哈德裹着西伯利亚鼬皮大衣——当然也可能是骆驼皮或北美驯鹿皮之类,总之那皮草不像他知道的任何

---

① 标准的全套英式早餐主要包括以下几种食品:熏肉、煎蛋、炸蘑菇、炸番茄、煎肉肠、黑布丁,有时还有炸薯条,还会有咖啡或茶佐餐。主食一般是炸面包片。
② 产自意大利的顶级红酒,与波尔多酒庄齐名。
③ 产自葡萄牙的红酒,是该国品质最高的类别。

动物,颜色就像扬起的沙尘。她望着乡村景致,一语不发,甚至当他们驶过巨石阵时也保持着沉默。五小时后,当他们快到圣博洋①时,她终于开了金口,不过就一句:"你知道,先生,你是个非常非常差劲的司机。"

他为两人订了家庭旅馆。从他楼上房间的凸窗,视线可以横越犁过的田地,看到半里之内的一栋石板瓦屋顶农舍。

旅店主人和安迪之前猜的一样:忙忙叨叨的前图书馆员,只听BBC4台广播,头发染成柠檬酱的颜色。

她以为他们是祖孙。解释起来又太过复杂。就这样吧,感觉也挺对。因为克里斯托夫·马蒂根的遗产,他们两人之间产生了奇妙却又注定的联结。

---

① 位于英国西南角的城镇。

6

9月23日,圣伯彦,艾什菲家庭旅店。

下午四点半。现在写这篇东西来打发等待内托福德太太泡茶的闲暇时间。

这两天我们没做什么。我困在弗尼瓦尔的稿子间,一筹莫展,做笔记、反复思忖,试图想出一个挽救他书稿的好法子。马拉尔·伯恩哈德将自己放空,忙着恢复元气,没空说话。此刻我们坐在温室里,她就在我身边,膝盖上覆着一块绿色毛毯,望着灌木篱墙,合抱双臂,等着茶点小车和内太太自制的燕麦甜饼。饼干放在一只铁罐里,盖子上印有查尔斯王子与戴妃的幸福合影照。

她仍然疑心重重,无法放松。昨天内太太问她:"你的茶要怎样?"

"茶?"粗鲁的嗓音连饼干罐听了都要吓得跳起来,"喝起来像猫尿。"

"不是,亲爱的,我是说你要怎么喝?"内太太比画着从茶壶倒茶的样子。

有两次,我瞟到她对我皱眉,低声喃喃地说着什么,似乎不认得我是谁。我小心翼翼,没向她打听任何事。有次,我倒是的确提到克里斯托夫·马蒂根,她说我是见了鬼的蠢蛋,之后更深地遁入自己那阴郁沉默的洞中。"没必要这么生气嘛,"我说。还没问她关于珍的事。

9月24日

今天，太阳赏脸出来了。她抬头向着阳光，深吸一口气；脸颊就像一张皱巴巴的旧地图。"阳光一出来，这里就像另一个地方。"她自顾自地说。

下午，我扶她上车，到拉莫纳①附近的地方散步。她让我挽着她，我们默默往上爬。走到悬崖边缘时，微风停止，她一动不动地站着，感受阳光暖暖地照耀在皮肤上，以往眼神专横的表情也消失无踪。"原来这就是海边呐……"说罢闭起双目。在那一刻，她的皱纹化为道道光线，我看到的是一个轻快、坦率的女性。

"如果你不介意，可以请教你几岁吗？"

"马上就六十五了。下一题。"

我们掉头离开。这时我第一次意识到，我们看到的正是弗尼瓦尔生前看过的风景；而他是我选择来康沃尔的这个村庄小住的原因——尽管微不足道，也算略尽我的补偿之心吧。踏过他曾走过的悬崖，呼吸咸咸的空气，观看船只破浪航向纽林②，船上滑溜溜的多佛平鱼将是我们的晚餐。

内太太继续将马拉尔称作是我奶奶。

整晚都在天人交战，努力参透弗尼瓦尔的书稿。

9月25日

今天早晨，我把马拉尔留在温室里小憩，依照内太太的指示，经过一排农舍来到一栋孤伶伶矗立在海边的上世纪七十年代砖砌小屋。内太太说，她只和弗尼瓦尔打过照面，听说过一些他的轶事。她清楚记得他卷发的身影蹒跚沿路而行，在金雀花丛间忘我地思索，她却从未有机会停下来跟他攀谈。我没想到站在他家前

---

① 圣伯彦东南方向的村镇。
② 康沃尔西南部的城镇，捕鱼业发达。

面,我会如此心潮澎湃。我用心感受着所有:橘子树上的枝叶、一圈立石、海潮拍击悬崖的声音;直到一个面相强悍的女人从一道矮门后出来,挺直腰杆,直直看着我:"如果你要找特里西亚,她爸摔了一跤,所以她必须赶去扎纳①;但你没留电话,我们也没办法回电给你。"

我说我不找特里西亚。

"那你找哪位?"她不耐烦地说。我解释我认识以前住在这里的人。"噢,总之他现在不住这儿了。"

开车回内太太家,发现马拉尔心烦意乱。她要知道我去了哪里、见过谁。我未假思索就道出斯图尔特·弗尼瓦尔的故事、他在我生命中举足轻重的位置,以及我辜负了他生前唯一的一次请求。我也辜负了自己。这似乎让她平静下来。她看着我,侧耳倾听,眼里闪烁着猜疑与好奇,但除了"你是安德鲁·拉克汉姆……"之外,什么都没说。她重复了两三遍这句话。她之前以为我是谁?

9月26日

马拉尔没来吃早餐。十点时,我上楼找她,她坐在梳妆台前。梳妆台上放着她从行李箱里拿出的物件:一根三十厘米长的小棍子、一块貌似是砖头的碎块,还有一沓照片。

她举起一张小小的黑白照片,擤擤鼻子:"他在棺材里一定好孤单。他没穿我给他织的黄毛衣。我跟他说过,他晚上起床去解手时,一定要穿上它的。"

我向前走近。马上就要第一次看到他的真面目。

一个跨坐在摩托车上的小伙子:小骨架,精瘦,十七八岁。他那深色眉毛下面的脸孔很是机警,笑容满面,如马拉松选手一般的干净、清爽。

---

① 圣伯彦东北部城镇。

"马蒂根?"我的脉搏加速。

"大概是我见过最帅的男人。"

下一张照片,年长许多的男人,穿着开襟毛衫和西装。他父亲?

"那是之前。这是以后。"她说。

"什么以后?"

"珍被带走以后。"

我可以看到她的双手紧绷。我也跟着紧张起来。我想知道故事的来龙去脉。但要说些刺激人的话,我感到头晕目眩。

"被带走?我以为他把她赶出家门。"

"你怎么这么说?"强烈电流在她眼里汇聚。

"我听说他作恶多端,或多或少为她母亲的死负责——珍这么跟我说的。"

"他没有!"她义愤填膺,"珍跟你说的话,是恶毒的胡扯。"

瓦普卢欣赏马蒂根,大卫查到的资料也对他有利。但此时此刻站在马拉尔的房间里,我就是禁不住从珍的立场看待他。

"根据珍的说法,他是个恐怖的大坏蛋。"

"不!他是好人,一个很棒的人。"

我再度端详那两张照片,努力将两张截然不同的面孔与珍口中的暴君形象联系在一起。

"他的面包没有盐,如此而已。"她说,"如此而已。"

"什么意思?"

"意思是没人知道他的善行。你听到关于他的坏话,"她默默流下眼泪,"都怪我。你不可以听他女儿的。一切是我的错。"

9月27日

吃早餐时,收到几封伦敦转来的信件——大卫寄来的两个包裹。立刻拆开:一沓乱糟糟的报纸文章、采访稿件、信件的复印件和地址之类。

我的兴奋很快消耗殆尽——都是大卫电子邮件的原始资料，未经整理，毫无头绪。资料来自土耳其、亚美尼亚、叙利亚、澳大利亚……与珀斯①的一位亨利·派克通话笔记（大卫在上方潦草地写下："马蒂根的岳父"）。与克里斯潘·班尼特毫无收获的对话记录（"马蒂根在伦敦的律师，合作时间1968—2004"）。与牛津特尔街6号"达克鞋店"中一位叫做珀夫斯先生的简短谈话记录，以及与住在荷兰公园9号的潘米拉·切尼维克斯的对话记录，主题是关于马蒂根替她女儿拍摄的一张照片。澳大利亚穆鲁拉巴②的一位退休眼科医师回忆，大概在1959年或1960年间，曾替克里斯·梅克提奇做过眼科手术。一篇亚美尼亚政府发布的关于奥罗拉铜矿氰化物泄露的报告。诸如此类。全部都是。有些名字曾在大卫的电子邮件里出现过，其余的完全不知所以然。

我正在看1962年《西澳人》报纸上一篇关于发现巨大铁矿的新闻报道时，内太太来到早餐室，一脸担忧地说："我昨天晚上好像听到你奶奶彻夜辗转。"

我上楼，敲门。没有回应。我把耳朵贴在门上。她睡了。

差不多到下午茶时，我又去敲门，她已经起床，也换好了衣裳。

她正握着那根小棍子，仔细看是一截枯枝。她举着它挥舞，就像在模仿魔术师下咒语，然后将树枝放下。

"人们从不与邪恶对抗。"她喃喃地说，"你相信魔鬼吗，拉克汉姆先生？"

"什么魔鬼？红色、头上长角的？"

"不，是以人形出现的。"

"算是吧。"我谨慎地回答。是陷阱吗？

---

① 西澳大利亚州的首府城市。
② 昆士兰州城镇，位于首府布里斯班北部。

她继续看着我,露出一个小到要用放大镜才看得到的微笑:"你一定要相信我,我还以为是魔鬼出席了他的葬礼。"

我过了一会儿才揣摩出她的意思来:"你以为我是魔鬼?"

"曾经以为。"

在我进一步消化她的语句时,她拿起另一张照片给我看。是年轻时的马蒂根,拍摄时间大概是他骑摩托车那张的五年后。但他的五官大为改观,仿佛被森林大火席卷过。他左眼戴着黑色眼罩,站在沙漠中,背后有一座山。

我从她手里接过照片,仔细端详:"澳大利亚?"

她点头。

"他是亚美尼亚人,对吧?"

"对,但他爷爷是土耳其人。"说罢她专注地盯着搁在双膝上的手,"然而,"她匆匆地说,"我对他爷爷一无所知,他也一样。"

我看着照片中他的脸:"他在土耳其待过吗?"

"从来没有。"她嘎吱嘎吱倾身向前,说道,"他在叙利亚出生,在澳大利亚长大,拿英国护照。"

"还取了个英国名字。为什么?"

她不予回应。

我说:"他以自己的本名为耻吗?"

她摇摇头:"不是。事情没那么简单。"

"他是想躲避某个人吗?"

"只是他自己而已。"

"他犯了什么错?"

她抬眼看我,眼神犀利:"他没错!首先你得知道:他是亚美尼亚人。有人跟你提过亚美尼亚人吗,拉克汉姆先生?没有吧。我知道这对你来说丝毫没有意义。但这就是答案。我对海边一无所知,但话说回来,我对亚美尼亚人还是多少了解一些的。"

椅子在她往后坐时抗议般地吱吱作响。

"要是我跟你讲克里克尔的故事,恐怕会说个没完没了。"

我挖出一瓶马蒂根的红酒:"那就从头说起吧,如何?"

"哪一个头?"

"从你认识他开始?"

她双手覆上脸颊,之后摇摇头,鼓起腮帮子:"在维也纳。我是在维也纳认识他的。"

9月28日

她睡了整个早上,下楼吃了午饭。才区区几天,她已经不是一个星期前那个萎靡不振的妇人:眼睛变得明亮,褐色加深;声音变得强韧,不再支离破碎;外国口音变淡——或是因为我掌握了她的口音?她的英文精准到近乎神职人员的水平,话讲得娴熟流畅,却多少令人感觉她似乎活在另一个时代。之前将她视为一只刚愎的战斧,我很难为情。她情绪极为稳定,偶尔也会闪现几分柔情——唯独对内太太例外。

午饭后,我们走到温室,她小睡了一觉,直到温室的门迟疑地打开,像婴儿在拉门似的。内太太推着茶点车进来。

内太太:"我帮两位多做了一些燕麦甜饼。"

马拉尔绷着脸打量她:"我的好太太,"一副主教布道的神态,"无法形容我对你的燕麦甜饼是多么不感兴趣。"

内太太离开后,她立刻撑起身子,拿了一块饼干啃起来,然后说:"喏,把毯子拿走。我讨厌它摸上去的感觉。"

生怕不照办会冒犯到她,我把毯子折好放在一边。她摇摇头,我担心她会后悔昨天跟我谈话。

"你有块……"我指指自己的鼻子。

她擦掉燕麦甜饼碎屑,笑了,眼睛眯成一道缝。她的这个笑容来之不易,不过一旦笑容开启她的双唇,便挥之不去了。

"昨晚我讲到哪里?"

我提示她。

她原本紧绷绷的声音立刻变得豪情万丈,滔滔不绝。我细细聆听。她一直说到晚饭时间,喝了另一只木箱里1997年的萨马科①红酒(内太太试图用亡夫的维波利切拉②蒙混我们,但马拉尔立刻予以回绝)。"与酒无关,"她曾一度说,"我告诉你的可是真真切切。"

9月30日

有所进展。我暂时放下弗尼瓦尔的书稿,全力记录马拉尔所描述的克里斯托夫·马蒂根。

10月1日

她的双颊焕发出新色。皮草大衣也是,变得更加柔顺、亮泽。感觉像有一道道阳光洒落在衣服上面,鲜活无比。

10月2日

今天下午她首次谈到珍。她描述珍小时候,自己怎样念书给她听。我不知为何想起我在一辆大车的后座,看着父亲拆开的蓝色纸巾里,那朵被压坏的白色雪莲干花。

聊了整个下午和晚上。

10月3日至14日

如前。

---

① 意大利产红酒。
② 意大利产廉价红酒。

梅克提奇

1

九月的最后一个星期六，天色开始变暗，安迪坐在马拉尔·伯恩哈德房间里的一张绿色扶手椅上，两人之间的桌上摆着一瓶打开的蓝宝拉酒庄红酒①。

"你想了解克里斯托夫·马蒂根，"她说。她穿着淡紫色与白色相间、背后有三颗大纽扣装饰的连衣裙，"在故事之前，我必须先给你讲讲他生命中最重要的人。"

"珍？"

"拉克汉姆先生，拜托。是他的祖母。"

安迪不得不按捺住失望。他对死去多年的老太婆生平无甚兴致。但必须耐着性子听完马蒂根祖母的故事，这是他需要付出的代价。再者说，红酒十分美味。

"她来自安纳托利亚②一个叫做马拉什的亚美尼亚村庄。"马拉尔说，"知道那个时代的人们是如何对待土耳其的亚美尼亚人？和如今对待车臣或卢旺达一个样——视而不见。大家选择忘记土耳其人用第一次世界大战当作借口，对亚美尼亚人进行的大规模种族清洗。"她发现安迪有些不大自在，便紧盯着他问："难道这些你都知道？"

"不大知道。"安迪承认。

---

① 意大利托斯卡纳地区出品的高级红酒。
② 又名小亚细亚或西亚美尼亚，是亚洲西南部的一个半岛，位于黑海和地中海之间。现时安纳托利亚的全境属于土耳其。

"我是听着这些往事长大的,但第一次听说那些事的人往往愤怒填胸。完全没人料到会发生这样的事。亚美尼亚人——话说当中有些人还支持青年土耳其党①——在土耳其是二等公民,却占据重要职位:医生、老师、律师、音乐家和知识分子。土耳其人竟然逮住全世界都在关注加里波利②的时机行动,这让世人震惊不已。土耳其人鬼鬼祟祟,偷偷摸摸。青年土耳其党人要让亚美尼亚人彻底从地球上消失。他们差点把身在故土的亚美尼亚人赶尽杀绝,想知道那次种族清洗有多彻底?简直连希特勒都甘拜下风:听听他当年决定屠杀犹太人时所说的话就可以了——'现在谁还记得亚美尼亚人?'然而,他所一语带过的受害者,是最虔诚的基督徒……"

她小停了一下,镇定心神:"我遇到的每个亚美尼亚人所讲的故事几乎如出一辙:男人被抓去杀掉,女人被强暴。土耳其人说要把他们转移到别的地方,于是亚美尼亚人被赶到荒郊野外,没吃没喝,烈日炎炎;要不就被推下悬崖,坠入幼发拉底河。幸存下来的极少。我们四分之一的人口都死于非命——那是一百五十万男人、女人和小孩,拉克汉姆先生。"

她舔舔嘴唇:"这只是死亡的人数而已,还有更多随之消失的事物:与这片土地的联系,多少个世纪的文化、连结和历史——亚美尼亚出现在地图上的时间,比土耳其还早两千年。但土耳其人

---

① 又称统一进步协会,于1889年5月由伊斯坦布尔医学院学生秘密成立奥斯曼统一协会,以恢复1876年宪法为宗旨。1895年联合组成统一进步协会,主要成员是知识分子、小官吏和军官。1909年初领导和发动土耳其资产阶级革命。4月该党执掌政权,随后推行大"奥斯曼主义",镇压帝国境内民族解放运动,对外奉行亲德政策。第一次世界大战爆发后加入德奥同盟国集团作战,战败后于1918年10月签订丧权辱国的《摩得洛司停战协定》。1918年11月4日,该党宣布自行解散。

② 文中指第一次世界大战中的加里波利大战,协约国方面先后有五十万士兵远渡重洋来到加里波利半岛。这场战役是一战中最著名的战役之一,也是至当时最大的一次海上登陆作战。

甚至连收拾行囊的时间都不留;亚美尼亚人两手空空,一无所有,只剩脚上的凉鞋。不然,就像克里克尔的祖母那样,只剩下往事和回忆。"

四百年来,她的家族世世代代都居住在同一座山上,但1915年冬天,土耳其人将她的族人驱赶到了叙利亚沙漠的另一边,她们在阿勒坡①定居下来;二十三年后,他降生。

"亚美尼亚人总爱问别人的老家在哪儿。我是伊斯密人,老家在伊斯密②;克里克尔是哈莱伯人,老家在阿勒坡。"

那时,他还不叫克里斯托夫·马蒂根,而是克里克尔·梅克提奇。

自他呱呱落地,梅克提奇和祖母就格外亲近。"他会告诉她自己梦见了什么或者什么令他感到紧张。"父母忙忙碌碌,于是他把祖母当作了倾诉的对象。他母亲在裁缝店上班,父亲在香皂厂当电焊工——"意思是说,当他不在赌桌旁的时候。"

梅克提奇玩着祖母的烟蒂长大。他听她在盥洗时吟唱祈祷文《上主垂怜》。他喜欢藏在她的衣柜里。

"她总是把寥寥几件上等衣物单独包好:一顶备用的帽子、一件针织衫。她小心翼翼地取放它们,仿佛哪天又要被逼上路。"

他最快乐的时光,是坐在祖母铺了垫布的椅子扶手上,听她回忆自己像他这么大时的生活:迷雾、杏树、树皮上的山羊牙齿和湖畔沙地里的乌龟蛋——那些蛋是她保持头发亮丽的秘方。她曾在巴黎念过书,因此思想开放,绝非一般的守旧妇女,她将梅克提奇当作成年人。早在梅克提奇懵懂之时,祖母就会坐在低矮的前屋,任凭指尖的吉卜赛香烟渐渐化为灰烬,以谴责世间所有虚伪的低

---

① 叙利亚北部城市,是该国仅次于大马士革的第二大城市。
② 濒临爱琴海,是土耳其第三大城市。

沉声音,为他朗读她钟爱的作家篇章:大仲马、莎士比亚、雨果——以至于每每拿起书本,梅克提奇就会立刻联想到烟草味道。

"她们家是奥图曼土耳其帝国的金融家。"在那之前,则是泥瓦匠和农民。在赚钱方面,与土耳其邻居们相比,他们显然技高一筹。但由于人单势薄,他们必须融入周边,灵巧变通,还要善于磋商与妥协。他们低调行事,明哲保身,与他人和睦相处。"亚美尼亚人都是《圣经》的子民。"

她认为自己有责任教会他圣梅斯罗布①在西元五世纪为了翻译福音而创立的独特字母。

虽然笃信宗教,但梅克提奇的祖母却从没忘记当年在左岸念书时沾染上的波希米亚作风。她可以泰然自若地只穿一件衬裙在家里走来走去,或是毫不委婉地坦率说出内心的想法。她时常斥责他母亲:"你胸脯里装的是什么?水吗?"——对他父亲则是:"不,我不会再借你一个子儿!"

只有在休息时,她双眼周围的肌肉和神经,才会泄露出她在无休无止地对抗某些不愿触及的往事。她最不愿想起的,是她丈夫被杀害的情景。

1915年的冬天,由获释罪犯组成的"屠夫营"来到农场。拿撒勒·梅克提奇从刚刚新婚两个月的妻子身边被掳走,和农场里体格强壮的工人一起,被带到马厩后面。那时她尚未怀孕,然而直到咽下临终那一口浅浅的气息,她还犹记得耳边棍棒打在人肉上温吞吞的声响——"土耳其人不想浪费子弹。"后来,她丈夫血淋淋的身体扭曲地躺在地上,像个十字架,刺刀扎穿他的掌心,钉在雪地上。

---

① 圣梅斯罗布(361或362—440),亚美尼亚神学家、语言学家。最主要的贡献是发明了亚美尼亚字母。他首先将《圣经》翻译为亚美尼亚语,并翻译了其他的一些神学著作。他建立了数所修道院,促进了基督教在亚美尼亚的传播。

她未曾再嫁。

"她和我一样——都是亚美尼亚人。"马拉尔说,"从小就被教导要对一个人忠心耿耿,全心全意。克里克尔也是。此外,还有绝对不可说谎或报仇雪恨。"

梅克提奇倒是问过祖母穿越叙利亚沙漠的那段经历。他记得祖母忽然眯起双眼,抓住他的肩膀。她布满皱纹的干枯脸颊,宛如骨头上覆着一页《圣经》。"克里克尔,看着我的眼睛。"当他看过去,她说,"你不明白我多么想将一切讲述出来,却苦于没有任何证据,也没有人能为我作证。你没法跟人们说清楚那些事。不可能的。"总之,她对任何人都绝口不提那段往事。比起丧心病狂地寻求证据,不去触碰记忆让人更加好过一些。

"这种事屡见不鲜。"马拉尔说,"人们对于这些讳莫如深。他们恨不得隐姓埋名,这样就不用再度被往事纠缠。我的祖母和母亲逃离伊斯密。我的父亲被带走。士兵来敲门,我从来不知道究竟发生了什么事。"

直到祖母身患重病,即将不久人世之时,她才在和梅克提奇两人独处时,道出了1915年的悲惨故事。

"她总是拒绝做一个'永远哀悼永远哭哭啼啼的女人',但终归到了将一切解释清楚的时候。她对自己当时没有反抗感到愧疚;同时,也很想将那段历史传承下去。显而易见,她今生今世唯一的乞求,就是土耳其人可以道歉,承认他们的滔天罪行。"

在她杂乱无章的回忆中,有几个情景:她骑的驴子驮篮上有面镜子,倒映出她身后那一纵肮脏邋遢、衣不遮体的男男女女蹒跚而行,漫长的队伍一直延绵到无情的地平线尽头;她的鞋底沾满血,变得黏黏糊糊;她正要去水沟喝点水解渴,一名土耳其警察一脚将她踹翻在地,之后警察的视线从她抹了泥巴的脸蛋,移到上衣里晃动的双乳,立刻一脸僵硬地走向倒在泥污里的她。

"当她发现自己有孕在身——就像所有同行的女人,她本以为月事没来是因为惊吓过度——她立刻想拿掉孩子,但她哥哥强力反对。"

直截了当地,她将那段岁月的两件纪念品托付给孙子,而不是儿子:一个用泥巴、粪肥和野草烤制的硬如子弹的一小块面包,一个是她在瓦扎克①修道院接受洗礼时得到的银手链,逃难时一直缝在毛驴背上的篮子里。

"我给你上堂历史课,"马拉尔说,"因为这是一个人的根。"

---

① 土耳其伊斯坦布尔附近的城镇。

2

开始时,安迪还能专心致志坐着聆听。

有时,可以听到楼下收音机的声音,音乐和谈话钻进马拉尔话语间的空隙;有时,她会像在模仿什么似的抬起手,投下来的影子让他以为那是一个趴在桌上的男人。

道过晚安后,他急急回房,在原本记录《遗失的蒙田》修改意见的笔记本上奋笔疾书,写下一页又一页。

马拉尔·伯恩哈德与克里斯托夫·马蒂根共同生活了二十九个年头,早已对马蒂根的故事了然于心。一旦决定开口,内心积累的无尽往事便喷薄而出,她身不由己地不停诉说着,几乎连喘口气的空隙都没有。

然而让他深感郁闷的是,一旦离开马拉尔,原本在她叙述中呼之欲出的马蒂根形象,瞬间就蒸发消失殆尽。安迪试图凭记忆写下马拉尔讲述的故事,但即便每次听完立刻动笔没有片刻拖沓,他仍感觉自己就像在用一只没水的圆珠笔,草草记下一个重要的电话号码。他遗漏诸多细节,忘记词句和单词的变化。换句话说,他只是仅仅触及这个人的皮毛而已。

他急得够呛,干脆在第四个晚上,在她面前边听边记。

"嘿,先生,你写的是什么东西?"

"你刚说过的话。"

她有些退却;他替她斟酒。

"继续说吧。"他拿着笔做好准备。

许久以后,他记起蒙田的另一句话:"畅谈的结果是更多的畅谈,它如美酒与爱情般引人开口。"

马拉尔终于开始讲起梅克提奇,安迪觉得他就在眼前,栩栩如生。

3

第二次世界大战结束四年后,他祖母过世。梅克提奇十一岁。他几乎失声,的的确确丧失了感觉。但他父母对她的死去并没有反应得像他那么剧烈——这下他们终于可以和其他人一样了:他们决定离开阿勒坡。

英格兰是他们的首选,那里却拒绝他们入境。翌年春天,他们藏在改装的冷冻船里抵达西澳大利亚,在珀斯的蔬菜农场区找到了栖身之处——那是一间在福尔诺克斯公园区附近的小木屋,屋后有条小溪通向河流,院子挺大,可以养得下四匹小马。这是梅克提奇的父亲所能攫住的最后一件家族荣耀的遗迹:他的家族在安纳托利亚拥有一片祖产;在绿草如茵的山顶上,先人们曾经培育出受到波斯人赏识的马匹。

珀斯的夏天比阿勒坡还要炎热,整个地方就像一只大烤箱。他父亲踮着脚尖在院子里走动,仿佛他的人生是一道随时都有可能垮掉的腐朽楼梯。

梅克提奇还是个小孩,学起英语比父母都快上许多。在当地学校念了三年书后,他被珀斯的一所重点中学录取。他的母亲就在学校对面的医院里当清洁工。他是浩瀚金发海洋里的一颗小小的黑发脑袋。

放学后,他看着男孩女孩坐进父母的霍尔登①轿车或公车,渐

---

① 澳大利亚的汽车品牌,1931 年起归属福特公司。

渐各自散去;而他则要步行一小时(父母买不起自行车),沿着罗伯兹路走下去,转上似乎永远也走不到尽头的贺街,回到十九世纪九十年代的小木屋——他同学的祖父母们在走运之前,或许也都住在这样的破房子里。

"这就是珀斯的特色。"英文老师斯岱潘内尔老师告诉她的学生们,"有点知识,你没准儿也能挖到金子。"

梅克提奇的父亲没挖到金子,但在举家移民澳大利亚就快满两年时,倒是挖到了花生。每周一次,梅克提奇在放学后和爸爸走进通往山洞般地下室的小巷,里面昏黑燥热,花生气味扑鼻——那些花生被装在黄麻糖袋里从金格罗伊①运来,在街道下面的炉子里烘烤。他们用推车将袋装的花生带回家,在游廊打开,用啤酒杯压破花生壳,取出花生仁。他父亲会叼着用"冠军红宝石牌烟丝"做的卷烟——他老是让梅克提奇去高佛太太的杂货店帮他买烟丝——手握大杯,梅克提奇用小杯,一起砸花生,将咸花生或烤花生装进一只只白色的小纸袋中。两人动作配合默契,颇具节奏感。父子并肩而坐,将花生舀进纸袋,最后把袋口折成猪耳朵形状,堆在一个竹篮里。接着,他父亲会到马路另一头的酒吧,那儿的老板准许他提着篮子,在店里兜售"迪克叔叔鲜烤花生":"普通包两鲍伯②,'淑女腰'③一先令。"

不久,他便以自创的"迪克叔叔"之造型,成功霸占了那一带所有酒吧和旅馆的花生市场。他用花生换回的钱几乎都放在了马儿身上——当然不是养在自家后院的那几匹,而是贝尔蒙特公园赛马场的跑马。

"他是个聪明人,"马拉尔说,"但他的心却不在澳大利亚。"他

---

① 澳大利亚昆士兰州的一座农业城市,盛产花生,拥有澳大利亚最大的花生加工厂,因此被称为是"花生之都"。
② 英国和澳大利亚的旧时用语,等同于先令。
③ 澳大利亚口语,意指腰细如小酒杯,此指小袋装花生。

喜欢与人交际,可在家时却陷入自怜自艾的愠怒之中,几乎不发一言,开口也尽是念叨亡母回忆中被土耳其人抢走的家业、在赫利奥波利斯①的避暑别墅、沃克斯豪尔出品的亨利王子型号②古董车。而他太太(一个远房表妹)则每每都会立刻反驳说那些东西他连见都没见过。

"闭嘴,别再提那些了,"她厉声说道,"你人在澳大利亚!家里白蚁满地、臭气熏天。你只是个卖花生的。"

马拉尔说:"我能理解她的遭遇。我自己的父亲也是一个样:所有怨念憎恶都深藏不露——好像一旦你承认自己的愤怒,就等于承认亚美尼亚人是怎样的受害者。那是凶猛强大却隐于无形的癌症。"

厌倦了靠刷厕所来供养丈夫赌博的恶习,梅克提奇的母亲摆了一个小摊,在周末卖卖蔬菜。菜来自街那边一个叫兰尼·辛的中国人在租借菜地的收成。她把带有提手的煤油罐切开,用来放钱。柜台下有一张折叠床,他就躺在洋葱中间,窝在柜台下读书。

"他说一闻到洋葱的味道,便会想起缩在柜台下的日子。"

梅克提奇在珀斯高中如鱼得水。他身手敏捷,瘦长结实,有着天生领袖的魅力。此外,他身上还带着几分从已经消逝的国家流亡的迷人气质。一张热情坦率的面孔,深色的双眉和睫毛,还有一双谨慎的眼睛,让人不禁想要倾吐心声——不论老师或同学。然而对于他自己,他却鲜少透露私事。

他的橄榄色皮肤曾引起些许议论,但不过他自称克里斯,于是大家都以为他是意大利人。他的过去已经教会他不可泄露自己的出身。

在高中的最后一年,他爱上另外一位学生:谢丽尔·派克。淡

---

① 古希腊语"阳光之城"的意思,此指希腊首都雅典东南部城市。
② 英国老牌汽车厂于1911至1914年生产的车型。

金色的卷发披肩,身材高挑、柔软,笑声慵懒。他们会有交集都源于一次"英雄救美":代数课上,数学老师问了谢丽尔一道难题。老师转过身,举起粉笔等她回答,她小脸紧绷,无言以对,挫败焦躁。年轻的克里斯·梅克提奇恰好坐在隔壁桌,草草写下答案,悄悄传给她。

接着,梅克提奇开始指导谢丽尔的数学和科学作业,帮她改作文——她的拼写水平简直和代数一样骇人听闻,惨不忍睹。他还介绍自己最喜欢的作家给她。只有在艺术课教室里,她应付自如,丝毫不需要他的帮忙。

传纸条事件后不久,谢丽尔邀请他参加家里的烤肉聚餐。她的父亲要从马布尔巴①搭飞机回家——他在当地一座重新开挖的金矿担任驻地经理,需要每个月返回公司在珀斯的总部做例行报告。她热切地期盼着介绍爸爸认识她的新朋友。

谢丽尔向母亲介绍克里斯时,描述得含糊其辞;当时他们正站在母亲引以为豪的英国式花园里,女主人德鲁希拉·派克小心谨慎地欢迎这位年轻人。不过,男主人亨利·派克却立刻喜欢上他。男孩不时露出如电影明星般的笑容,于是更让男主人可以轻松应付妻子对于这位酷似意大利小伙子的怀疑态度。

那年圣诞节,派克让梅克提奇去他的露天采矿场打暑期工。尽管他年仅十七,工作内容却和成人相同:将洗矿槽放好、测量溶液的用量、驾驶运输车。

在那六个星期里,梅克提奇每天上工八小时。红土漫天漫地,他已不知白色为何物;所谓白色已不复存在。多年之后,细尘仍会从书本和信封里掉落出来,令他想起那段在矿区的时光。"下班后,我洗澡、吃饭、喝酒、打台球、睡觉、摆脱醉意、起床……如此这

---

① 西澳城镇,位于首府珀斯东北方向大约一千五百公里处,为附近畜产品和矿物出口港及商业中心。

般日复一日。"他写信给谢丽尔说,"而且从没停止过想念你。"

几乎每个周末,他都和谢丽尔的父亲共度。

"我教他最基本的地质学,还有矿物构造的岩石学。"派克在弗里曼特尔①海面的帆船上,声音低沉地说道,"我还告诉他怎样申请采矿权,才可以避免那些自以为是的探矿者和矿业公司从技术角度作梗,坏了好事。他欠了我太多。没有我,他连狗屎和黏土都分不出。"

一天下午,他们爬上一道岩石陡坡,走到一棵发育不良、顶端平整的树木前面。

"这是铁树。"派克说,手指摸索着树根,树根向下扭曲,钻入一块紧密的劣等赤铁矿。他敲下一小块矿土,仔细查看,"探矿时,如果你找到这种树,得把树的北边申请为采矿区。"然后,他像忽然想起来什么似的说道,"不过,你申请铁矿也没什么用处。"

"为什么?"

派克跟他解释联邦政府在1938年禁止了铁矿的出口:"等哪天政府解除禁令,你倒是可以来这里找块地试试看。但在那之前,这些铁矿一文不名。"

派克心中只有黄金。他到处勘察,不放过任何哪怕只有一丁点儿金子的土地,但对于就在鼻子下面的铁矿则不屑一顾。

他把那一小块赤铁矿石扔向地平线,"老齐格勒认为,"他指的是公司的一位地质学家,"这里是世界上最古老的土地。"

"什么人才可以在这里申请采矿权?"梅克提奇举目四望,十分好奇。

"只要文件齐全,谁都可以。"他显然忘记了这片土地上还有原住民。

梅克提奇举起手来挡住光线。在左方远处,一场暴风雨正在

---

① 西澳首府珀斯附近的城市。

肆虐,雷电交加。"有多少土地的开采权已经被申请了?"

"这块地吗?"派克眯眼俯视着和他脸部线条有些形似的辽阔红色大地,"矿场附近有一些,但再往远去就没人要了。"

"那一个人可以申请多少块采矿区啊?"他想到阿勒坡。想到铁的重要性。想到他的父亲曾经是个焊铁工。他还想起,熔炼技术其实始于叙利亚。

"多少都行,随你便。"派克说。他在裤子上擦了擦手,"难的是你得找到一块值得申请开采的土地,一块除了沙土还有点儿别的什么东西的土地。"

他下坡,向着自己的路虎越野车走去,但梅克提奇还在凝视着红色大地上空划过的一道道蓝色闪电,就像他父亲从前在焊接时全神贯注地凝视着蓝焰的尖端。

上学期间,派克雇梅克提奇每个周末去他位于珀斯水畔的家,为他修剪草坪;暑假时,则在马布尔巴驾驶运输车将矿石运到冶炼厂。在矿区,梅克提奇和工人们混得十分亲近,人缘极好——"亚美尼亚人都是修车高手。"不过他可没有透露自己是亚美尼亚人。他只告诉了谢丽尔。

谢丽尔并不算漂亮——她遗传了父亲的鼻子、母亲线条硬朗的下颚和宽宽的嘴巴——但梅克提奇认为她穿着洁净无瑕的黄色海马图案衬衫时无比迷人。

他与谢丽尔在新年夜舞会上跳了一个通宵的舞——这种疯狂事对他来说是头一次。跳完舞两人来到了考特斯洛海滩[①],他向谢丽尔聊起了自己的祖母和童年的故乡阿勒坡;不过对于如何来到澳大利亚的细节、在贺街的难民营和父母谋生的方式则避重就轻、潦草带过。谢丽尔非要他讲亚美尼亚语给她听,于是他用母语

---

① 珀斯西郊的海滩。

告诉她他爱她。之后,他不让她对任何人提起他的身世——反正他从何处来也并不重要,更何况都是往事而已了。有一天,他或许会写一本回忆录,但当下他就是澳大利亚人——"彻头彻尾的澳洲佬。"

"我绝对不会说出去的。"谢丽尔向他保证。虽然她并不真正明白这个秘密的意义,却很喜欢两人之间享有秘密的亲密感。她轻抚他的侧脸和他刚才将她揽入怀中时她的耳环印在他脸上的痕迹。至于梅克提奇,他爱着谢丽尔,更何况还从祖母身上遗传到永不食言的个性,因此相信谢丽尔会替他保守秘密。

"谢丽尔和克里克尔,他们交往到什么程度呢?"马拉尔说,"如果撒手放任他们,两人多半会以分手而告终。"

他们是青少年,就像所有你能想象的十八岁男女一样,爱得火热。谢丽尔亲吻他的方式,宛若这是她生存在人世间的唯一目的。她的亲吻拴住了克里克尔,使得他不由自主常常骑车到派克家在薄荷路上的房子前,脖子上还挂着一台爱克发双反相机,用硬绳系着,装在褐色小皮盒里。

如果他不用修剪草坪或是在矿区驾驶运输车,他会带着谢丽尔去海边,给她拍照片,有游泳的也有晒日光浴的,偶尔还有赤裸上身的,不过没有全裸照——虽然他十分想替她拍一些。在两人热恋的悠长一年中,他们却不曾做爱。"要知道,那可是上世纪五十年代。"

在珀斯高中的最后一年,谢丽尔的三幅画作获选参加学校的画展。似乎只有德鲁希拉·派克注意到,其中一幅画里的海棠树,就是她们自家前院的那棵,画得真实无比,仿佛是看着照片临摹出来。她第一个不祥预感是女儿已经长到危险的年纪,从此以后,每条通往她芳心的小路上,都应该安放一只训练有素的警犬牢牢看守才行。

谢丽尔的父亲十分乐于让克里斯担任矿场司机兼剪草园丁,

并已将他视为家中一员。但德鲁希拉·派克如果粗鲁、无礼起来，可是绝对豁得出去。

"把那根吃掉。"她会指着最烂的一根香蕉说，眼睛瞥向别处。

两人独处时，她傲慢专横。和他握手后，她会用肥皂洗手，洗去干掉的泥土和草屑；她会走出房子和他讲话，死也不愿让他进来；遇到丈夫每月回家的周末，她会在全家聚餐的时候悄悄消失。

"你也猜得到故事的结局。当克里克尔真的有可能成为家里的一分子，她家立刻天翻地覆。"

有天，德鲁希拉·派克与高尔夫俱乐部的球友海瑟·安德森在天鹅湖畔散步时，发现女儿趴在河岸上、泳装解开，一位熟悉至极的黝黑青年正跪着替她拍照。她顿时怒火中烧。之前，她就从女儿的一篇作文中，警觉地看出俩人有可能存在亲密关系，而谢丽尔或许已经献出了她十八岁的热烈芳心。德鲁希拉·派克看完作文，胆颤心惊。斯岱潘内尔老师或许相信作文出自谢丽尔·派克之手，但谢丽尔的母亲却绝不赞同。她女儿甚至连填写凯琳雅湖乡村高尔夫球俱乐部的入会卡都需要别人帮助，更别说写什么作文了。德鲁希拉是俱乐部的活跃分子，一直盘算着替谢丽尔找一个门当户对的夫婿，最好是海瑟·安德森的侄儿——皮尔巴拉①一名颇为富有的农场主。她的独生女可不能和满脑袋都是罗曼蒂克幻想、想做摄影师的穷困移民相爱，然后双双陷入忽然袭来的贫困泥沼。

德鲁希拉·派克对他们家的兼差园丁做了一番调查，其结果解释了为何克里斯总是一副无父无母的样子，为何他从不谈论自己，为何他不曾邀请谢丽尔穿过铁路的另一边，到他们福尔诺克斯公园路贫民窟般的铁皮简易房做客。德鲁希拉·派克有备而来。她查到一个地址，驾车驶过贺街南侧一间简陋的小蔬菜店，有个消

---

① 西澳北部的一个地区，铁矿储量很高。

瘦憔悴的女人站在柜台后面。她停下车,去店里买葱,向那个绷着脸数零钱的女人露出笑容。那女人的黑发在脑后梳成发髻,脚上是一双人造革拖鞋,身穿一件棉质连衣裙,上面的花朵图案一看就是清洁工最喜欢的样式。

"哦,不用找零钱了。告诉我,你是哪里人呀?"

"我是澳大利亚人。"梅克提奇的母亲固执地说。她有和儿子一模一样的褐色眼睛,但失去了它们原本的颜色。

德鲁希拉·派克收起微笑:"你的口音听起来可不像是澳大利亚人。"

那晚,她怒气冲冲地闯进女儿的房间,而谢丽尔就像那个年代所有的澳大利亚青少年一样,傻呵呵,口风不紧,立刻将一切都告诉了母亲,甚至还告诉她怎样用亚美尼亚语说"爱"字。

德鲁希拉·派克果断而坚定:"他或许算是聪明,亲爱的,但猫猫狗狗也很聪明啊。"说罢轻轻掩上女儿的房门。

接下来的第二个星期六傍晚,梅克提奇将小绵羊摩托车停在薄荷路上——他和谢丽尔早就约好要去斯旺伯恩的汽车电影院约会。他摘下安全帽,敲敲门,走了进去。没看到人。他出去,绕到后院的露台。正是一个炎热的夏夜,窗户都敞着。正要喊"谢丽尔"时,他听到厨房有争吵声。透过纱窗,可以看见谢丽尔的父亲,他说:"没那么严重,他们都是孩子。"

梅克提奇前一天下午才搭派克的车从马布尔巴回到珀斯。一直响彻耳畔的手提点钻机的刺耳声和选矿机链条的哐当声,才消失没多久。几秒钟后,他终于意识到派克是在谈论他。

一段静默之后,派克又说:"她没怀孕吧?"

"我是不会给她任何机会的。"然后德鲁希拉·派克痛苦地说,"意大利人还好;哪怕是犹太人也可以呀。"

"那你说……"

在大葱气味的包裹下,德鲁希拉·派克将一切打听得清清楚楚。

　　大多数的珀斯母亲或许会认为亚美尼亚人只是"怪怪的"而已,并将他们和希腊人与意大利人归为一类。但德鲁希拉·派克的祖父战死于加里波利。以她狭隘且模糊的宇宙演化观——虽然她根本不晓得亚美尼亚人来自何方,只知道他们浑身都是:洋葱味——她认定亚美尼亚人是天生的牺牲品,就像匈牙利人和澳大利亚土著人。他们必定都带有天晓得是什么的隐形疾病,更何况那些基因会害她的孙辈变得浑身黑乎乎的。而且身材矮小。

　　除此以外,她还略微挖了挖克里斯父亲,发现他不是别人,正是"卖花生的迪克叔叔",且经常出入赌马场,还欠下大把赌债。这更让决定做得不费吹灰之力。

　　当克里斯走到厨房门口找谢丽尔时,德鲁希拉·派克不正眼看他,只是盯着他抱在胸前的头盔,用冷冰冰的决绝口吻说道:"我很抱歉,克里斯。谢丽尔今天晚上不会见你。"之后塞给他几页手写的纸,"喏,我想这些是你的。"接着立刻请他出门。

　　她在他身后关上纱门,隔着纱网看着他说:"再见。"

　　接连几天里,他失魂落魄。他摇摇晃晃地来到海塘的小隘口——风吹不到那里;他知道谢丽尔不会来找他,却又期盼着她出现。他没算过自己在沙滩枯坐了多少小时,等待着她的手抚上自己的肩膀;一天早晨,他醒来,揉揉红通通眼睛里的沙砾,起身,离开。

　　他终于明了,头脑一热和虚妄兴奋,让他越过了界。

　　"他是个蠢货:他不该提起祖母,更不该讲亚美尼亚语。从此以后,他都将身世隐瞒得密不透风。"

　　那个假期,他没有再回马布尔巴。

4

"现在来讲讲他的父母。"

一月时,一场丛林大火横扫福尔诺克斯公园区。

天气炎热,北风阵阵,出了屋子简直无法呼吸。梅克提奇正在鼓捣他的小绵羊摩托车,他母亲跑出来说申顿路那边着火了。火焰从地平线迅速大肆席卷而来,看速度,他猜火势必定十分猛烈。酒吧屋顶上方出现不祥的黑烟,越积越多,之后厚重的灰烬在空中飘浮,慢慢落在他们周围的草地上,宛如黑色地毯。

他母亲开始把家当扔进车里,冲着梅克提奇大喊快去叫醒父亲。

他奔到后院,父亲正穿着泳裤趴在草地上晒太阳,半睡半醒,身边的收音机还在响——他在收听珀斯杯赛马战况。

"爸、爸,赶紧起来!"他摇着父亲,"妈在车上等你呢。"

"那些马……"他晕晕乎乎地说。

"我会把它们赶到安全的地方。"

他母亲叫着他们的名字。

梅克提奇说:"我到河边跟你们碰头。"

空气在瞬间变得干燥无比,他感觉只要搓搓手指,指尖都能迸出火花。

他飞快跑过草地,却又立刻僵住。隔壁的围场有一道火墙飞速咆哮着向他扑来。烟雾浓重,他几乎看不到马匹。他试图带着两匹马先走,但它们步步后退,还惊恐地跳了起来;他只得放手,敞开门,让四匹马自行逃命。

太阳隐匿在烟雾之中。他只能辨认出一轮红铜色的光亮。但仅限于此。他沿着小溪奔跑,来到河边,跑得快要窒息,大口喘着气。没看见他父母的车。他急得发疯。他清楚那辆车发动机不好,总是打不着火——车是用他母亲摆菜摊赚来的钱从兰尼·辛那里买过来的。几分钟后,他听到突突的喇叭声,接着从一片翻滚的黄雾中看到一辆摩利士①小汽车冲到他前方;可以看见车里父母的身影。他大喊,甚至拍了一下车后面滚烫的保险杠,但车没有停——他们没认出他。

在烟雾彻底将他吞没之前,他最后看到的是几道隐隐约约的骑马人影,徒劳地想要赶拢一群惊慌失措的牛。之后,嘶嘶声伴随着一声巨响传来,大火蔓延到河边。在他周围,火星如落雨一般,在接触到水面时嗞嗞作响。为了避免衣服沾上火星,他涉水走到河中心,一头扎进水里。

当他冒出头来,眼前是一番悲惨景象:酒吧老板的车驶进河里,直到再也开不动。在车周围,酒吧老板、他的老婆、两个女儿和一只小灵狗蜷缩着身子,抱在一起。慢慢地——仿佛过了一年半载——烟雾才终于消散。火势已去。

梅克提奇摇摇晃晃地向岸边走去。火焰所向披靡地持续横扫大地,远处熊熊燃烧的亚麻堆照亮了地平线。他搜寻着岸上的面孔,许多人都把湿手帕围在鼻子上。他没看到父母。

他在河里发现了被父母遗弃的摩利士车。平日无比清澈闪亮的河水,现在被灰烬染得漆黑一片。一辆牵引机用了一小时才将车子拉上岸。

梅克提奇将车留在路边,河水滴落在烧焦的草地上。他父母想必是搭便车回家了。他在渐浓的暮色中疲惫地往家走去。靴子

---

① 英国汽车厂 Morris Motor Company 生产的一款车型。

底下的石板热乎乎的。他踏过烤得焦黑的院子,经过已不复存在的菜园。仍在燃烧的树木和电线杆照亮他的归途,数以百计的绵羊尸体成堆,还冒着烟。

福尔诺克斯公园区,满眼尽是荒芜。居民早已逃难散去;受惊的牛儿要么在街上嘶吼着胡乱狂奔,要么站着发抖,鲜血从侧腹剥落的伤口淌下;男人搜寻着家人;女人则惊恐地抱成一团,坐在依旧冒着黑烟的自家残骸外,身边是成堆的家当。他家隔壁的邻居是一个寡妇,身披丈夫留下的空军大衣,沉默不语地坐着,旁边是一台缝纫机和一只鸟笼,两个年幼的孩子脸色惨白,却很镇静,正试图安抚母亲。大火袭来时她躲在一条小沟中,火舌从她上方卷过,因而保住了性命。至于她的简陋小屋,几乎荡然无存。

看到自己家完好如初,梅克提奇先是惊异,而后感到一阵宽慰。大火冲着小溪烧过来,却在屋后转了方向,使得房子没有葬身火海。

父母不在家。

他站在客厅里呼喊他们。屋里弥漫着燃气的臭鸡蛋味道,目之所及皆是漆黑一片:他的小绵羊摩托车、父亲的摇椅、祖母留下的装裱在相框中的亚拉拉特山①照片。只有他抽屉柜里的寥寥几件东西没有被烤黑。他匆匆检查了一番照片,将收藏在最底层抽屉里祖母的银手链和硬面包块塞进口袋,然后走出屋子。他心急如焚想找到父母,却不知从何找起。没有电灯,没有电话。之前他还镇定自若,但现在开始变得六神无主。

兰尼·辛走了过来。他看上去一团糟,汗水淌下,流过脸上的

---

① 亚拉拉特山坐落在土耳其厄德尔省的东北边界附近,为土耳其的最高峰,距伊朗国界仅十六公里,距亚美尼亚国界也仅三十二公里,甚至可眺望亚美尼亚的首都埃里温。因基督教的圣经《创世纪》一篇中记载,著名的诺亚方舟在大洪水后,最后停泊的地方就在亚拉拉特山上,因此也使得亚拉拉特山在欧洲、西亚的基督教世界远近驰名。

泥土。

"他们去找你了。"他颤抖着说,死死盯住自己的脚。一动不动。有人过来把他从梅克提奇身边拖走,挪到不知是谁抬到街上的木质扶手长沙发前。他弯腰坐上去,蒙住眼睛。

梅克提奇在他身边坐下,将兰尼的手从他脸上拿开。

"那他们人呢?"

兰尼说,他父母把车开进河里。他们到处都找不到梅克提奇,以为他去抓马了。

"我听见了你爸的声音。"

他还看到梅克提奇的父亲举起双手,用力挥舞,大声问兰尼有没有看到自己的儿子。

"他想找你。你妈也是。"

兰尼看着"迪克叔叔"从驾驶座窗户挤着爬出来,接着是他太太,随后他抱着她涉过强劲的水流回到岸上。兰尼的遗孀证实,直到临终前,兰尼还依旧记得梅克提奇父母的样子:他们的衣服在淌水,还嗞嗞冒着蒸汽,两人跟跟跄跄地穿过围场,迎向扑面而来的大火,大声呼喊着克里克尔的名字。

在之后的几天里,狂风怒号,刮走了黑色灰烬,留下光秃秃的烧焦的大地。总有传言说在起火点发现了可疑的碎布屑,但无人目睹真相。不久,围场和街道显露出锈蚀般的褐色。树木尤为阴森诡异:枝干光秃秃、黑乎乎,风吹过时发出哀嚎。

5

隔天傍晚安迪走进餐厅,马拉尔已经坐在桌前。

她抬头看他,眼神有些古怪、飘忽不定:"来,坐吧。"声调呆板,"说了这么多,我还没有提到唐·弗莱克斯莫。"

那是发生大火三年以后了。梅克提奇离开珀斯,在悉尼附近落脚,住在霍克斯伯里河的船屋上——这是同一块大陆上他所能找到的距离薄荷路最远的地方。

船屋由一艘丹麦快艇改装而成,拴在里奇满北边青草郁郁的河岸上。从甲板上,他看得到一片起伏不平的果园,摆渡船夫就住在下一个转弯处,他酿的苹果酒烈得直烧喉咙。有只粉红凤头鹦鹉时常停在船舷栏杆上,等着吃些面包屑。每次梅克提奇推开餐具室的门,首先都要看看它在不在。他会喂喂鸟,然后走过步桥,穿过一片苹果树去搭渡船。从对岸再步行十五分钟,就到了他位于布莱街的小店。

在里奇满,他开了一间小小的摄影棚,不过濒临倒闭。那是1959年,关于即将颁布的新《银行法》的传闻,令众多小本生意业主感到岌岌可危、生死未卜。梅克提奇的店铺生死悬于一线,他唯一的希望就在于领到父母房子的保险理赔金。他很快就提出了理赔申请,但法律纠纷拖了理赔进度的后腿;为了贴补房租,他在摄影棚的窗户上贴出了小广告,内容是出租船屋的一张空余床位。

几天之后,一个狭长脸型的年轻人走下不甚牢靠的码头,说自己名叫唐·弗莱克斯莫。他中等身材,有些细瘦,淡黄色的头发盖住耳朵和黑黑的睫毛。那是梅克提奇见过最黑的睫毛,并且它们将望向梅克提奇的那双眼睛衬托得更加幽蓝。

"我们是不是见过?"弗莱克斯莫说,伴随着一阵小男孩般的笑声。

"没有吧。"

"不知为啥,我觉得我们在哪儿见过。"他刚从新西兰回来,"哪天你要是去奥克兰①,只管开口,我可以帮你在最棒的旅馆弄到房间。"

梅克提奇说他会记得。

弗莱克斯莫随和的举止令人感到轻松惬意。他以小马般的自信步伐欢悦地踏上梯板,解释说自己需要暂时落脚的地方。梅克提奇带他去看房间,弗莱克斯莫压了压床垫,随后把背包扔了上去:"这儿不错。"

背包拉口处露出一个衣架钩。

弗莱克斯莫解开系带,拽出一套深蓝色西装,一本平装书掉在了地上。

梅克提奇捡起来。《精神疗法:现代心理健康学》,L. 罗恩·哈伯德②著。

"你应该看看的。"弗莱克斯莫边说边拿回书本。

梅克提奇继续带他四处转转,弗莱克斯莫问个不停。

"那里面是什么?"那是一扇关着的门。

"我房间。"

"为什么住船上?"

"找不到别的住处。"他隐瞒了是自己非要找船屋住的事实。他从小就向往能住在方舟上。

---

① 新西兰北岛城市,也是该地区的商业和工业中心,1865 年前曾是新西兰的首都。

② L. 罗恩·哈伯德(1911—1986),美国作家。

"树上结的是什么?"他从舷窗往外看。

枝桠静静倾听。

"苹果。"

弗莱克斯莫点点头,像是他打算这就跳上岸对着果树做一番自我介绍。

他们来到餐具室,梅克提奇煮了茶。

"你打哪儿来啊,克里斯?"弗莱克斯莫脱下亚麻外套。

"珀斯。"

他看看他:"我前一阵子才去过那里。我是说在那之前。"

"叙利亚。"

"更早呢?"他看着他浓密的黑发。

"土耳其。"他迟疑了一会儿,才说。

弗莱克斯莫露出笑容:"有难言之隐,对吧? 得往家族史的树根撒点除菌剂。"他拉起衬衫,扭动着身体,"你妈也是跳肚皮舞的?"

"我爸妈都死了。"

弗莱克斯莫僵住:"哦,对不起。"并将衣服拉了下来。之后,他的视线越过茶落在梅克提奇身上,"有时候,爸爸死了反而对一个小孩来说是件好事。"他大声啜了一口茶,"第一眼见到你,我还以为你是土著哩。"

起初,他们相处融洽。梅克提奇终于可以将精力分散开来,不用老想着自己的事。他独处太久,特别容易受到弗莱克斯莫的影响:他的迷人活力和处处都想要博取别人注意的孩子气。

从初步的闲谈,梅克提奇得知他十七岁前和寡母住在刚达盖①,便多少觉得对方跟自己一样是个独行侠。

---

① 澳大利亚新南威尔士州南部城镇。

"你知道刚达盖吗,克里斯?"他看着克里斯往面包上涂咸味酱。

"不知道。"克里斯回视他。已经不是第一次了,那双眼睛的蓝色总让梅克提奇想起在树下爬行的蜥蜴舌头。

"听说在刚达盖,每个人有权射死一个人。"他笑得轻松。

弗莱克斯莫的生平经历渐渐浮现。他没能当上警察,做了一阵子夜班保安员,之后在塔斯马尼亚的一家演艺学校进修。他喜欢模仿美国广播公司嗓音醇厚的英国广播员。美国演员格里高利·派克①和巴迪·霍利②也是他非常喜欢模仿的对象。搬过来住的第一个晚上,他起身使劲捶打船侧,唱起《哦,宝贝》,歌喉美妙得出人意料。他是巴迪·霍利的超级歌迷;他开玩笑说,除了此人,他唯一爱听的音乐是将人埋进地里的铲土声。

忽然唱腻了,他卷了根烟,用火柴点燃,大吸一口。他看着火柴慢慢变黑,一直快烧到他手指,才像甩温度计一样甩灭火星,躺回褪色的红色靠垫上,缓缓吐出气味香甜的烟雾。梅克提奇闻出那既非祖母的法国烟草也不是父亲的冠军红宝烟丝。那是大麻——这是他头一次听说这东西。弗莱克斯莫在里奇满向一家中医买的,还请梅克提奇一起抽,梅克提奇回绝了他。

梅克提奇最喜欢新房客的地方,在于他手脚勤快。隔天早晨,梅克提奇到餐具室时,发现弗莱克斯莫正跪着刷地板。"压根儿就没人擦过这地板,克里斯。"之后他承认完全受不了脏乱,"你需要我这种室友。"

梅克提奇不禁莞尔,问他有没有看到咸味酱。

弗莱克斯莫说:"你在水槽上面的柜子里找一下。第三层左边,在半满的美禄和英国酱汁中间——你把咸味酱摆在那里,好生

---

① 格里高利·派克(1916—2003),美国著名电影男演员。
② 巴迪·霍利(1936—1959),美国歌手、作曲人,亦为摇滚乐先驱。

奇怪。"

见到梅克提奇一脸惊奇,他说:"我有过目不忘的本事。"

这过目不忘的本事十分特殊而且叫人惊叹。弗莱克斯莫只消花上几秒看看河岸,便能在纸条上画出霍克斯伯里河上的所有船只;抑或是某一夜天空的星相;抑或是河岸上树木投射在地上交错纵横的影子。但这种记忆力却颇为畸形——它缺少某些元素。

接下来的星期日,天气热得出奇的午后,他们待在外面的甲板上。弗莱克斯莫习惯了在梅克提奇捉大龙虾时,伸直双腿躺着,抽他香甜的烟卷,百无聊赖地重读那本《精神疗法》。

忽然间,他从书本里抬起头。

梅克提奇站在栏杆边,也听到了刺耳的摩擦声。他还记得,在他们对话几天后,船周围的水面四处漂浮着橙色腹部的飞虫,翅膀与谢丽尔的耳环大小相仿。

"知了。"他说,"一定是天气太热的缘故。"

他一时兴起,开始转述邻居巴里·卡顿讲过的知识:幼蝉落地后,便挖洞钻入地下,靠吸食树根的汁液过活;它们待在那里,随着身体不断长大而一次又一次地蜕壳;五年、七年,总之一定是质数,最长可达十九年,它们始终沉寂无声,一动不动,直到最后一次发生在夜晚的蜕壳。之后,它们便依靠生物钟和在地底察觉的情形,开始蠕动着向上钻出地面,展开交配飞行,转变为成虫,最后只存活几天,找到伴侣完成繁衍。

"你好像我该死的生物老师。"

梅克提奇还没说完呢:"一旦完成交配,它们还得做一件事:产卵;之后它们就成了彻头彻尾的废物,只能沦为蓝舌头蜥蜴的食物或是垃圾。"

"嗯,不过它们嗓门还真是大。"弗莱克斯莫说,悠闲无比,挖了挖鼻孔,"十九年闷不吭声的结果。"

"换作是你,不大可能沉默那么久吧。"

弗莱克斯莫听出了他的嘲弄,笑了笑。

梅克提奇拉起用奶粉罐折弯做成的小捕虾笼:"巴里说霍克斯伯里河附近的知了,是世界上音量最大的昆虫之一。"

弗莱克斯莫注视着苹果树,沉浸在两人之间融洽的气氛当中。他一副若有所思的模样:"那你呢,克里斯?哦,我看你行。我猜你可以几十年不吭一声。"

他等着梅克提奇回答。但只有沉默。于是他接着说:"伙计,跟你说一件我从没告诉过别人的事。"然后他压低声音——其实河面一片空寂,方圆几百米只有巴里或许能够听到他们的交谈,不过他多半已经大半瓶苹果酒下肚了,"我说真的呢,克里斯,我没告诉过别人,一个都没有。"

知了发出刺耳的叫声。

梅克提奇继续钓着他们的晚餐。他会把小龙虾煮到变色便立刻起锅,那滋味他百吃不厌。

"我得拜托你别把我告诉你的事给捅出去。"弗莱克斯莫说。他放下书,以兴奋的口吻开始阐述一项他计划中"和房地产有关的生意"策略。

刚达盖的地方太小,容不下弗莱克斯莫的雄心壮志。澳大利亚亦如是。罗恩·哈伯德说得对:"想赚钱,要么创宗立教,要么种树。"

常规的思维尽是些愚蠢的投资策略。他的计划是在四处大批量种植桉树——桉树五年便能长到可移植的高度,更可活上四百年之久。他正在新西兰、乌拉圭和英国富人所属的土地上建立种植场;最终目的是将这些种植场的"股份"大量卖出。之后全靠老天爷帮忙了。

"你觉得如何?"弗莱克斯莫说。

梅克提奇可以感觉到蓝舌蜥蜴在弗莱克斯莫的眼里扭动,使劲探头出来,四下观察。

他思忖一番:"或许可行。"

弗莱克斯莫看着他拉起捕虾笼,放在甲板上,将手伸进去。"克里斯,问题是我的手头有点紧。计划启动不了。"

梅克提奇站起来,双手各拎一只淌着水扭来扭去的小龙虾。

"不知你有没有兴趣帮我一把。"他说得自自然然,不着痕迹。

就在前一天晚上,梅克提奇跟他提到自己在等待父母房子的保险理赔金。他收到了保险公司的信,说保证会在几天内给出结果。

弗莱克斯莫将叼着的烟头扔在了甲板上。

"利润很丰厚,你只赚不赔。"他搔搔左肩的暗蓝色胎记,"只要帮我挺过难关就行,伙计。"

梅克提奇提醒他,他得用这笔钱救回自己的摄影棚。不过,他猜可能会有一些余款。

弗莱克斯莫的神情古怪,不同平常。

"说话算数?"

"当然。有何不可?"

随后几天,弗莱克斯莫进进出出,神龙不见尾。梅克提奇出门上班时他还没起床,要等到三更半夜才回来;他总是在梅克提奇准备上床休息时现身,眼神闪烁不定。只要两人偶然碰到,他一定热切地扯东扯西。

一晚,梅克提奇躺在床上,弗莱克斯莫没敲门便不请自来,一头撞上低矮的门框。他揉着头环顾四周,一脸困惑。

"都是你拍的?"

"是啊。"

"想来也是。"他若有所思地打量着梅克提奇钉在房间墙壁上,甚至天花板上的无数张照片。

梅克提奇追寻着他的视线,从一张游移到另一张。

"不是我喜欢的类型。"弗莱克斯莫终于给出结论,但依旧盯着那金发女郎——照片全是她——他闪烁的眼睛露出一丝好奇的光芒,"从没见过你拿相机。"

"我不把工作带回家。"

"你最后一次见这小妞是什么时候?"

"三年前。"

梅克提奇对她的忠诚达到了让人费解的程度。

"兄弟,伤得不浅呐。"他的笑容扭曲、皱成一团,和他正从屁股口袋掏出的大麻烟卷一个样。

弗莱克斯莫点上烟,深吸一口,脸孔凑到一张谢丽尔在天鹅湖畔的照片前面。

"瞧瞧这大胸!"他的舌头从嘴角探出来,眼睛的颜色加深了许多,"这妞即便摔了跟头也撞不到鼻子,倒是可能被胸脯着地反弹回来伤了脑后勺。"

梅克提奇默不作声。对谢丽尔的思念仍令他辗转难眠。弗莱克斯莫必然察觉到谢丽尔对于梅克提奇的意义。这位金发女郎,是梅克提奇回忆里不可触及的危险区域,她那慵懒笑容和窈窕娇躯贴满他可悲的房间,宛如一座供奉她的神殿。

"假如你问我,我会说唐纯粹是出于嫉妒。"马拉尔说。嫉妒一切他无法感知、也永远无缘能够感知的东西。即使他再多活上几百年也不可能。"他对别人的弱点十分敏锐,就像警犬一般。"

梅克提奇曾将他比作是一股沙漠旋风:迂回的旋风将无数罐头卷到一起喀喀作响,同时被卷到空中的还有沙尘、纸张、碎条、鸡舍和屋顶。当它向你袭来,你绝对无处可逃。

"眼睛是你身体上最大的神经。"梅克提奇曾这样告诉马拉尔。

他失去眼睛的那一夜是1959年4月24日。他和弗莱克斯莫正在酒吧小酌。之前他进城到圣安德鲁教堂点了蜡烛,随后去赴一个女孩的约。他向弗莱克斯莫提过他们约在哪里见面。结果女孩没来,弗莱克斯莫却出现了。

"我们走吧。"梅克提奇说。

他们到街对面的餐馆吃东西,弗莱克斯莫聊起他原来喜欢的一个姑娘离开了他。

"她有点左右为难。她还希望回到我身边,但我不会改变心意。"

"她有什么不好?"

弗莱克斯莫耸耸肩:"有些呆头呆脑的。不知道你有什么喜好,但我可受不了笨女人。"

他们吃罢走人。梅克提奇用不着付饭钱,因为餐馆老板麦克还欠着他一些小龙虾的账。他们走下街道,来到福文特旅馆附设的酒吧,梅克提奇点了苏格兰威士忌。他没有酗酒的毛病,今晚却喝个不停:两杯啤酒和一杯苏格兰威士忌——今天是祖母的忌日,此外还有一些事情。

"我们在庆祝什么吗?"弗莱克斯莫的双唇露出狡诈的笑容,"和你住了三个星期,没见过你沾一点儿酒。"

"说不定是我的生日。"他目光涣散。

弗莱克斯莫一仰而尽,向侍者又要了一杯。"兄弟,那我得再来杯大的。刚才那杯酒少得可怜,还不够塞牙缝。"他对着梅克提奇眨眨眼,打了个嗝,"生日快乐,室友。我去趟厕所。"

梅克提奇没什么好事可庆祝。弗莱克斯莫回来后,他告诉他早上收到了保险公司的信。

弗莱克斯莫轻松得意的笑容不见踪影,发出几声干笑。

"兄弟,你说'无效'是个什么意思?"他嘴上称他"兄弟",眼神却骗不了人。那是野狗的凶光。

"他们说那场大火是天灾,所以不予理赔。"

听完他的话,弗莱克斯莫面色古怪,眼神立刻变得僵硬、呆滞。他用手摸摸嘴角,口吻令人感到厌恶:"所有保险公司都该死。"无论是谁发明了保险公司这玩意儿,他都会下地狱。他们应该被逮住,五马分尸。问题在于,这彻底坏了他的好事——他已经仗着梅克提奇的承诺,和别人签下了合约。

梅克提奇不发一言,静得像站在午后走廊上的父亲,沮丧、低落,垮下的肩膀泄露他一定是赌马又输了钱。

该死,他说,不过是冲着自己。

"你骗了我,克里斯。"梅克提奇仿佛听到父亲轻蔑的笑声,笑声中尽是看破红尘的无能为力,"混蛋,你骗了我。"

梅克提奇无法装作没听见。他脸孔涨红,如同当年母亲因她不肯替父亲拿拖鞋而被甩耳光那般红通通:"那我呢?我的生意呢?你有没有想过我的心情?"

但弗莱克斯莫充耳不闻,仿佛梅克提奇的话语来自头上的灯泡。他像个怒汉般故作从容地撑着桌面起身离去。他迟迟不归,梅克提奇才意识到他一定是已然离去。他付清两人的酒钱,走出去,看到弗莱克斯莫正站着和一个女孩大吵大闹。酒吧侍者和几个人出来,推了弗莱克斯莫一把。他喝的酒比梅克提奇还多,开始当街撒酒疯。

平时夜里,梅克提奇都会步行去搭摆渡船,但这晚弗莱克斯莫越闹越凶,于是他招了一辆出租车,弗莱克斯莫跟着跳上来。梅克提奇说出目的地,司机驶过桥,而弗莱克斯莫不停地大声唱着歌:"一想起那一百万……泪水就涌上双眼。"司机忍无可忍,便停车轰人。

梅克提奇付清车钱,两人下车。

夜雾弥漫。枝头没有叶子,树枝和草地上都覆着一层雨水。梅克提奇朝着河岸走去,弗莱克斯莫用手肘挤了一把。草地滑溜,他们双双向下滑去,弗莱克斯莫抓住梅克提奇的肩膀想稳住自己。梅克提奇向前走了两步,但因为肩膀被弗莱克斯莫抓着,于是摔了一跤。他伸出手想抓住什么,结果一根苹果树的枝杈直直插入眼窝。

梅克提奇感觉像是眼睛被刀刺中。树枝卡在眼窝里。他身体一缩,树枝往外抽出,切开了眼球,撕裂了角膜。

他倒在地上,抱着头。

弗莱克斯莫吓得半死:"混蛋!该死!你的眼睛掉到胸口了啊!我带你回船屋。"

"不!"梅克提奇厉声斥责,"你去拦车。"他试图寻找弗莱克斯莫的身影,想认出黑暗中他身在何处,然而能看到的只有漆黑。

一只眼睛活活被挖出来必然是一件无法言喻的惨痛经验。后来,每次梅克提奇听到有人受过这种苦楚,他都会双手掩面。

不过,他装了玻璃假眼后,人们不仔细看未必会察觉。

"是哪只眼睛?"马拉尔问过。这是在照料他六天后的事。

"左眼。"他摘下墨镜,她第一次目睹他的双眼:一只褐色的漂亮的大眼睛,但一动不动;一只犀利、灵活的小眼睛——较为浑浊,而且眼周永远挂着一圈疲倦之态,仿佛曾将这只眼用力地贴在望远镜上。

在医院时,他们给他套上手术服,注射镇静剂。他感觉到针扎进去,不敢移动头部。他们没能救回他的眼睛:细胞已经坏死,而且眼角膜充水得厉害。

没有受伤的那只眼睛看到的事物也是模糊一片,后来凝固消退,可以看到淡紫色的光芒,接着视觉开始恢复聚焦。

返回船屋那天早晨,鹦鹉没有来迎接他。在餐具室门口,他闻到有股香甜气味从下面的船舱里飘过来。

他打开自己的房门,看见弗莱克斯莫正躺在自己的床上,金发用发油梳得又滑又亮,一个半裸的女孩躺在他身边——就是梅克提奇之前约在酒吧见面的那个姑娘。她躺在那里,抬着赤条条的双腿,弗莱克斯莫吐了个烟圈,正在读着一份手稿里的句子。

"嘿,克里斯,没听见你回来。"他把那份稿子扔到一边。烟熄了,他划了火柴,重新点上。他对火焰的迷恋已经到了反常的地步。他继续以深沉的口吻说:"我刚刚在说这个观点还真不错:什么爱与正义都是盲目的。"

梅克提奇注视着他:"你从哪儿看来的?"

弗莱克斯莫捡起那份稿子:"在你床上看到的。《爱的界限》,谢丽尔·派克著。"他眨眨眼。

"我想,该是时候了,"梅克提奇说——发现承认自己有多恨他,反倒感觉好了很多,"你得走人了。"

弗莱克斯莫又吸了一大口烟。他的蓝眼睛向上移到天花板,看着金发女郎的脸:"我高兴的时候自会滚蛋的。"一天后,他离开了船屋。梅克提奇起床后,走进餐具室,发现一杯喝了一半的美禄仍有余温,但弗莱克斯莫已经不见踪影。他还欠着五个星期的房租。

两天后,一名警察找到船上来。这时梅克提奇才得知,他的房客所信奉的是寻找猎物和欺诈。在逃之夭夭以前,弗莱克斯莫已经接手了一家里奇满的小店,租下仓库用来当作他诈骗生意的门面,甚至还接了一根铜线到公共电话亭,借此疯狂大打免费长途。如果他得逞,所有靠贩卖幽灵桉树种植园"股份"所得的钱都会一分不剩地落进他的口袋,而投资人将血本无归。

"他只是小妓院的大混混。"警察说,他还听说弗莱克斯莫曾因为暴力欺凌同学而先后被两所学校开除,"你没借他钱实属万幸。"

6

随后的两年中，梅克提奇一直戴着从里奇满一家化装道具店买的眼罩。他觉得自己不堪入目，总是扭捏不安，像个在中国象征着阴间和死亡的地狱小鬼。他认定不会再有女人愿意看他一眼，也不会明白为人父的滋味。

他告诉马拉尔："只有一只眼睛，你无法再准确地判断物体的远近。你损失了三成的周边视觉，而且你总会低估物体的实际距离。但话说回来，你眼中的一切都变得格外重要。就像现在，我看什么东西，就百分之百用心观察。假如我双眼健全，是否还能发现我在那架飞机上看到的东西？——嗯，这还真难说。"

他在船屋又苦撑了五个月。他相貌丑陋，身无分文，一点点被世界排挤出去。银行没收了摄影店铺，他又找不到工作。九月时，船屋主人下了逐客令，梅克提奇只得离开霍克斯伯里。

搭公车时，乘客们一看到他的眼罩便立刻诚惶诚恐起来，没人愿意坐在他旁边。口袋空空后，他改搭便车。十月中旬，他一路沿着南边朝西前进。他靠着搭便车经过了堪培拉、墨尔本和阿德莱德①，再从奥尔巴尼②一路北上珀斯。距离目的地愈来愈近，他也愈来愈肯定尽管有些荒唐，但谢丽尔的父亲会做个救世主，在走投

---

① 南澳大利亚州的首府城市。
② 位于澳大利亚新南威尔士州和维多利亚州交界线的城市。

无路时拉自己一把。他到了珀斯,打算直接飞到马布尔巴,恳求亨利·派克重新给他一份活儿干。

十一月的一个清爽早晨,他在简达科特①机场搭上一架单引擎的奥斯特②小型飞机。飞行员是个喋喋不休的芬兰人,他还记得在某次假期即将结束时,梅克提奇就在从马布尔巴飞回珀斯的乘客当中,派克先生也在。今天,他要送一份重要的包裹给这老家伙:珀斯有传闻,据说联邦政府可能即将撤销铁矿出口的禁令。

梅克提奇是此次航行唯一的乘客。他坐在那里,回想着刚才飞行员在飞越铁皮屋顶上空时说过的关于撤销禁令的话。

房屋迅速远离视线,飞机下面变成麦田,之后变成灌木丛生的牧羊场;土地愈发贫瘠,最后,梅克提奇的眼中尽是红土,在无边无际的红色大地上,遍布着像麻子一般的白色旧矿井口。

飞机继续向北,一路顺着大北公路,掠过深邃狭窄的峡谷、圆锥形的小山和盐田,之后便是时而崎岖时而平坦的荒野。过了一会儿,他感觉自己像是沾染了那地貌的气息,变得倔强棘手、百毒不侵、自相矛盾。

刚过塔卡纳拉③,他们看到前方有暴风雨的征兆。天空中点缀着积云,地平线上则堆叠着大片乌云,彼此之间紧紧相连,密不透风。飞行员急着想赶到马布尔巴,于是决定冒险。他继续飞,希望云层会上升消散,然而每时每刻云层都变得体积更厚、颜色更深、位置更低,直到山峰都隐没在其中。

他们忽而在云边,忽而在云里;这才发现自己碰上了雷暴雨。他们即将看到的,是那一整年的雨水轰然集结、在十个小时以内一股脑浇在焦炙的荒野之上。

猛然间,小飞机颠簸起来。

---

① 西澳城市,建有机场和一些航空学校。
② 英国一家飞机制造商于1938至1961年生产的飞机。
③ 西澳中部城镇。

飞行员看了看地平仪，监视着飞行速度。他的脸色还算沉稳。他们其实不该飞进雷雨里的，但事已至此，他得尽快做一个一百八十度掉头以便逃命。

他试图调转飞机，但机身不听使唤，猛烈地抗拒着。前一秒还处于笔直方向，后一秒猛地偏向一侧。

"情况不妙啊！"他大声嚷道，奋力拉高飞行高度。他拍拍抖动的仪表盘。雷暴雨的方位在移动，风势将他们吹向西边，经过了哈迈斯理山脉①。能见度几乎为零。

"爬到云上面呢？"梅克提奇喊道。

"就这飞机？没戏。"

"能冲过去吗？"

飞行员打量前方："云太厚了。"而且也太广，无法绕行。"我们得下去，不然就死定了。"

他握住操纵杆，试图稳住，然后强迫压低飞机的高度。大雨像棒子一样敲在挡风玻璃上。

"该死！"他在冲出云层时大叫一声。他原本指望下面是没有矮树丛的黏土湖或道路——总之任何能降落的平坦地面。可事实上，他们正身陷峡谷区。

飞机继续下降，沿着愈发狭窄的沟壑飞行。飞行员正全神贯注尽力避开河谷，没空注意到梅克提奇那只仅存的摄影师之眼所捕捉到的景物。在机翼边缘左右不远处，陡峭的山壁在雨中闪烁着红通通的光亮。

梅克提奇立刻知道自己看到的是什么。他拍拍飞行员的肩膀："我们这是在哪儿？"

矿区里，派克的手下全部陷在及膝的泥泞当中。狐狸毛般的

---

① 西澳皮尔巴拉城镇附近的山脉，其中包括西澳大利亚的最高山峰。

褐色河水灌注到矿坑里,所有人都动弹不得。整整一天,派克都忙着试图将水流引向别处,设立障碍物并组织装载机挖泥运土。雨停后,他踱回办公室,看见一个戴着眼罩的年轻人坐在里面。

"这是给您的。"他递上飞行员要他转交的包裹。

派克招呼打得勉强。那双冷冰冰的蓝眼无甚反应。但当他听完梅克提奇解释来意之后,便松了口气。出于愧疚,派克不顾工头反对,决定雇佣梅克提奇开装载车。一个独眼、穷得叮当响的亚美尼亚人不至于威胁到谢丽尔什么。梅克提奇只问起过谢丽尔一次,派克说她很好,已经订婚,将在来年一月披上嫁衣。

"他是个英国佬,不过我们倒没太大意见啦。"

派克再工作不到一年便打算退休。帮女儿办完婚礼之后,他打算用剩余的退休金投资一艘十五米长的捕虾船,名字都取好了,叫做"达芙妮号"。

梅克提奇花了两个星期准备行囊。他帮一个波兰探勘师修好了配电器,靠着人情借来他的六分仪,用一个周末学会了如何使用。马布尔巴的二手车贩借给他一辆路虎越野车。他将所有的防护装备都放到车上,其中还包括从派克的钢琴上拿来的防水帆布,主要用来遮阳。尽管不太可能直接将车开到目的地中央,他还是希望能尽量靠近一点。

终于逮到机会,他整好行囊:一个指南针、一张地图、一支镐、一条测量链、一捆标识杆、四块放在轮胎下的棕垫,还有两周量的食物和水。接着他沿一条探险古道驶入荒地。烈日穿透挡风玻璃刺射下来,他面前被洪水冲蚀过的道路蜿蜒不绝,就像大地的一条肋骨。

那晚他睡在路虎的车顶上。一个寂静之夜,月亮高悬。第二天在太阳露脸前,他便继续赶路。

晌午后,他到达一座农庄:防白蚁的压土墙壁、一道很大的游廊、几只驯养的山羊。食料放在一只高架槽中。在铁皮屋顶上,一个水龙头滴着水。

工头不在,一位土著女孩为他煮了一杯茶。

他喝了茶,看着水从屋顶溅落在游廊上。

女孩没问他的去处,他也没主动透露。他知道不该独自行动,却不愿再冒遭人背叛的风险。他告诉女孩大概的返程时间,以防自己万一遭遇不测时有人相救。

他经过了一片高原,沿着古路向西北方行驶。轮胎嘎吱嘎吱辗过无脉相思树和中国芒草,热气涌动,扭曲了地平线。没路了,他便挑较为平坦的地段继续行进。车速极为缓慢——处处都是岩石,他担心车轴断裂所以不敢加速。两个小时以后,他差点陷进宽阔的河床。他停下车,出来试了试土地,知道如果继续行驶,越野车可能连方向盘都会陷进泥里。

为了找到方位,他爬上最高的岩屑堆,几度差点栽倒。他本以为能从岩屑堆上看到目的地,结果却一片茫然:四周都是不同的岩石露头,但从地面看过去的形状与从半空中俯瞰的效果截然不同。他暗自盘算了一番,如果猜得不错,此处距离目的地应该还有不到四十公里。

他回到车上,将必备品装进背包:有水、防水帆布和七天的干粮。他在地图上标出停车处,拔出车钥匙,往嘴里扔了一枚杏干,开始徒步穿行。

一条蛇盘扭到石缝中。天气酷热,令人窒息。四周一片荒芜,他两眼昏花。灌木油亮的叶片像小甲虫,群山泛着红色,覆着尘土,看上去如同肮脏的麂皮。

他的内心同样无精打采、干涸枯竭。不过他一旦要放弃,只需想想当年的祖母就会打消念头:她拖着已被磨出硬茧的双脚,跟在毛驴旁边,踉跄前行。

一天下来,他目睹着自己的影子愈缩愈短,直到消失在身后。第二天清晨,他转向南。再隔一天,他发现了他的那座山。

梅克提奇隐瞒住山的方位，直到自己围好整块地区。他谨遵派克的教诲，把要申请的地区按照大概一点五平方公里的面积分割成块，每块皆为平行四边形，并用三角标识杆标出边界，拍下照片。标识杆用完后，他改用一米二高的石堆和一道长约一米八的浅沟做标记。他最后用六分仪测好坐标，一一记录在案——他知道向当地政府申请采矿权时，需要提供具体方位数据。

"一旦你抢了大公司的油水，他们就会鸡蛋里挑骨头，想方设法找你的茬。"派克曾经告诉过他。

取得了归属权后，他去求见派克公司的地质学家，一个叫齐格勒的柏林人。

齐格勒一双灰眼，愤世嫉俗，是马布尔巴那群成天嚷嚷"就再干一年"的家伙之一。他对这个口出狂言的年轻人不以为然，于是想用不可行的地质报告打发他了事。

实际上，梅克提奇从样本袋拿出的赤铁矿石和磁铁矿石，其纯度甚至比美国方塔纳凯瑟钢铁公司和日本岩井株式会社的矿砂还高出百分之二。尽管如此，他依旧不能单单凭借这家伙的一面之词就确定结果。不过，齐格勒的态度多多少少还是从狐疑转为兴奋。在派克的牵线搭桥下，他随后和梅克提奇飞到那座山实地勘察——年轻人将山取名为"亚拉拉特山"。齐格勒对矿区赞叹不已，梅克提奇往后站，看着他将一块铁焊到了岩石上。接下来是一系列彻底的勘察和采样化验，完毕之后齐格勒终于可以确认，梅克提奇抢注下的铁矿，是澳大利亚大陆有史以来最高产的一块。

梅克提奇从父亲身上学到铁的知识，并且把握住了机会。他有着训练有素，懂得搜寻铀、铝土矿和钛等贵重金属的眼力。除非位于煤矿附近，否则没人看重铁矿。此外，澳大利亚禁止出口铁矿的法令已有二十二年之久，但日本工厂依然吵着嚷着要铁用。那次飞行员送交给派克的文件就是来自国家发展署,上面说联邦政府计划取消禁令。

梅克提奇仍有不少障碍要一一克服。州政府拒绝批准他的开采权,不准这位二十三岁的货车司机成为五万七千八百平方米矿区的合法所有人。但他和他的矿山一样顽固不化。1962年12月,梅克提奇取得了州政府赋予的采矿权;六个月后,他以保密金额将采矿权转售给力拓矿业①。他的那块"马拉什矿场"规模虽然不及朗·汉考克②在皮尔巴拉的铁矿,但梅克提奇从开采的每吨铁矿砂里抽取的分成却略胜一筹。在谈判间,梅克提奇拾回一度隐藏在自己身上的经商基因。他一次向《西澳人》的记者透露,他是以祖母在亚美尼亚的故乡命名矿场的。

"亚美尼亚?"

"你压根儿就不知道亚美尼亚吧?"他冷酷僵硬的语气把记者吓了一跳。

"我知道它不在美洲,也不在非洲。也许在欧洲的什么地方吧?"

于是,梅克提奇在这次空前绝后的采访中,向记者道出制铁工业其实始于亚美尼亚的赫梯③人;他还告诉记者,他的祖母相信"铁面人"④就是亚美尼亚人。采访到此为止。

---

① 成立于1873年的跨国矿产及资源集团。
② 朗·汉考克(1909—1992),西澳人,于1952年发现当时全球最大的矿区,从而成为当时的澳大利亚首富。
③ 赫梯(又译作西台)是一个位于安纳托利亚的亚洲古国。由赫梯人和公元前20世纪迁来的涅西特人共同创造。
④ 铁面人是在法国路易十四当政期间的一名神秘的囚犯,他曾先后被关押于皮内罗要塞(今意大利都灵省)、巴士底狱等监狱。由于此人的脸一直藏着一个由绒布制成的黑色面具,没有任何人见过他的面容,因此他的真实身份曾受到许多著名学者的关注和研究,并成为许多书籍的题材。

7

他的采访报导在《西澳人》刊出六周后,克里克尔·梅克提奇从此销声匿迹。

他不愿人们将他定义为"纯凭运气"的暴发户。梅克提奇离开暂居了十几年的澳大利亚,以克里斯托夫·马蒂根的名字迁居伦敦。在那里,就像祖母当年落脚在阿勒坡时一样,他学着融入新环境——就像假眼球取代了眼罩,从容自然。从表面看,他成为了地地道道的英国人,喜爱橡树和英国春天那如珠宝般的甜美。

马拉尔说,"他从没厌恶过英国人。有些人是这样,但不是克里克尔。"

他在荷兰公园区从苏格兰艺术家手中买下了一幢房子。他将砖塔改建为暗房,将自己封闭在摄影天地里,并藏起他的澳大利亚口音,如同十年前他抛弃叙利亚腔一样。他低调隐秘。"喷水的鲸鱼容易被捉到。"他告诉马拉尔。

他的财富之于他已是一个抽象概念;而不像许多人那样,变成心魔和痴迷。尽管他也染上百万富翁的通病——比如捐款给学校啦医院啦,但他却始终认为自己依旧是那个骑着小绵羊摩托车的年轻人,正要拐上薄荷路。

"他太过于专心融入环境,以至于没有留出剩余的空间去容纳自己,自己的本质。"马拉尔说,"更别说其他人了。"

除了管家以外,几乎所有人都对他知之甚少。他身边有一队人马为他效劳,包括律师、会计师和银行家,但他从不让这些人互通有无,当然他们也都各自保护着他的隐私。每星期有两三个上午,他会穿过公园,到杜克街的家族理财办公室开会——那里有一支五人组成的投资管理团队替他管理资产。领头的那位曾经在摩根建富证券公司担任首席投资经理人,他们将力拓矿业不断支付给梅克提奇的采矿权分红和从其他的采矿投资得到的收益进行再投资。梅克提奇将大部分利润都捐助给了一个儿童慈善基金会;然而,和他打交道的人没一个知道他的善举,也不知道克里斯托夫·马蒂根其实是亚美尼亚人,更不知道他那惊人的财富从何而来。他之所以选择移居伦敦,全因这里的隐秘和审慎。在所有城市当中,伦敦最善于帮你隐瞒姓名、背景、财富和爱人——至少,在这里,秘密可以藏得更久一点。

"梅克提奇告诉我,他选择伦敦是因为那是当年他父母首选的移民地。抑或是因为谢丽尔没有嫁给他而选择嫁给了一位英国人?这和他定居伦敦到底是否有所关联呢?"

8

九年一晃而过。尽管历尽沧桑,他青春依旧。晨间在荷兰公园里散步时,推着婴儿车的妈妈们见到他都会放慢脚步,停下来欣赏这位英俊的单身汉:三十出头、总戴着一副墨镜、帅气的皮鞋擦得发亮;虽然深色的头发不再像原来那么厚实,但眉毛却丝毫没变,反倒更加浓密。

其中一位妈妈斗胆主动上去与他攀谈,发现他是个摄影师;后来,有一天她局促不安地问他拍不拍儿童人物照。

"老实说,没拍过。"

"那费用会不会很高呢?"

他笑了:"你看着给就是了。"

看到他为自己女儿拍摄的照片,她十分欣喜。他亲自冲洗照片——悬挂起来的相纸活像洗碗机里的盘子;他的脸沉浸在暗房的绿光之中,在照片下缘写上女孩的名字。但那位妈妈始终鼓不起勇气询问他的个人背景。对于冲自己暗送秋波的女人,他总是兴趣索然。他的人就像他的笔迹:自制、工整、带有偏见。但他同时也有着宽宏的胸怀,慷慨又亲切。

简单来说,这些年轻妈妈们完全参不透他的底细。他从不邀请她们到家里做客;而那些约他的人,无一都在被婉拒三次后宣告放弃。

没人认为他是同性恋,倒是有一两位妈妈发现他很像电影

《受害者》①里俊朗的德克·博佳德②。坊间传言他是个鳏夫,到底坐拥多少身家难以估算,但某位年轻妈妈认为见过他从一辆布里斯托跑车③出来。事实上,那车是他律师的。马蒂根自己只有一辆大众高尔夫,而且还是偶尔才开一下。多数时间,他宁愿走路。

"假如你在我们特尔街④的鞋店里遇到他,你会觉得他生活富裕,但绝不奢华。"他的鞋匠说道。鞋匠上了年纪,身材消瘦,脸孔像只灰狗般皱皱巴巴的,"你不会知道他到底多有钱,只能从他的酒窖知一二——他总会在圣诞节送来一箱21年的法国高级红酒。还有他的鞋。"鞋匠拿出一本账簿,向前翻找,停在画着两张图样的那页,"他第一次到我们店里时,穿的是一双鹿皮软帮鞋。他坐下跟我说:'我什么鞋店都试过了,每个人都是看了看我的脚,然后说他们帮不上忙。'我替他量脚时,发现他的脚简直惨不忍睹:足弓下塌、足跟畸形、拇指囊肿,还有水疱——什么莫名其妙的问题都有。他说全赖一次在澳大利亚沙漠里的考察活动——是不是为了矿石呢?最后,我用山毛榉作鞋楦,以马皮当衬里,以便让他的脚能有活动的空间,不会磨出老茧。之后,他每年都要订上两双鞋——喏,就是这种:厚实的暗黄色烤花皮鞋——因为他常走路。号码是九号半。"

有一回午餐时间,他走进北肯星顿的一家酒吧,招待他的女侍者三十出头,身材丰满,金色短发,戴着一副澳宝⑤耳环。她递给

---

① 1961年上映的英国电影。
② 英国演员,也是小说家。
③ 英国老牌汽车工厂,创始于1945年,以产量极小和手工精益著称,平均年产量不足一百台。
④ 伦敦牛津区的一条街道,以历史悠久、穿过三所大学及教堂而闻名。
⑤ 澳宝也称为蛋白石,澳大利亚是出产这种矿石最多的国家,因此澳宝也被称为是澳大利亚的"国石"。

他找零,他出于习惯低头清点;正要抬头道谢时,却发现她盯着他看。

"克里斯?"

好一阵子,他都呆坐在那里,不发一言。有人从贩卖机取出香烟的声音和收银机开了又关的声音,让他想起那个炎热夜晚的薄荷路上,开了又关的纱门。纱门后面谢丽尔母亲的脸孔,仿佛与正在啤酒罐龙头后面看向他的女人脸孔重叠在一起。

"谢丽尔?"

"是我啊。"

"谢丽尔……"

这种重逢偶遇的机率有多大?他离开霍克斯伯里河上那艘"临时方舟"之前,做的最后一件事便是将她的所有照片揉成一团、塞进一只奶粉罐,然后连同脑中的回忆全部丢进河里,让小龙虾去啃噬干净。

她的脸颊较之前更加消瘦,圆脸变得细长了一些。目光变得浑浊。笑容少了慵懒,多了迟缓。她变了。他和她都变了。他们本应到此为止的。

她仍在打量着他:"你的眼睛。"

"没了。你呢?"

她浅笑一声:"我啊,是心没了。"他注意到她嘴角强撑出笑意。

他们聊了十分钟。他得知谢丽尔正在一个蚀刻版画夜校进修——"都是花草和树木之类的";她的英国签证即将到期;和父母断了联络;至今未婚。从来都没嫁过人。他对她所说的一切毫不怀疑:她把她的心——她父亲把他的积蓄——全都掏给了一位圆滑优雅、无懈可击的英-德商人。

梅克提奇时不时去酒吧看她。他们很难好好聊天,谈话时常被买火柴或薯片的顾客打断。一天晚上,他站在那里,兴奋异常,如同一匹热气腾腾的马儿,向她求婚。

"话说回来,谢丽尔也算是无可厚非。"马拉尔说,"她只是一个梅克提奇自以为依然爱着的女人而已。"

那人在澳新军团节①的游行中向谢丽尔搭讪。他身上的深蓝色西装剪裁服帖,操着优雅的英国口音,自称名叫卡尔－安德鲁,是个商人,祖上可以追溯到约翰王,领带上的条纹多得令人眼花,活像一个板球赛裁判。她当时正夹着一本《红与黑》。他说他对只会舞文弄墨的书呆子一点儿不感冒;懂得察言观色才最要紧。如果她想了解一派胡言的所谓真理,倒是可以看看书——反正书里废话连篇。他对两个外甥女关切倍至,和孩子打成一片,对于社区价值深信不疑。她立刻就喜欢上这位卡尔-安德鲁,以及他带有贵族气质的四射活力。他不到两个星期便引她上钩。"我还没参观过楼上呢。"言下之意是一踏进她的卧室,他便会立刻撕开她的衣服。"我父母去浪翠餐厅午餐去了。"言下之意是她会任他摆布。奇怪的是,当德鲁希拉·派克撞见二十二岁的女儿和卡尔-安德鲁在床上,却似乎并不介意。"噢,抱歉,亲爱的,我还以为你刚才叫我呢。"说罢轻掩上门离去。

谢丽尔接受了他的求婚没过多久,她的父母也双双陷入了他的"情网"。他们非常赞同这门婚事,尤其是德鲁希拉·派克。他有牛津学历,又彬彬有礼——"他在莫德林②念书,母亲出身伯德里家族——就是捐款给牛津大学图书馆③的那个伯德里家族。"她

---

① 澳大利亚最重要的节日之一。1915年4月25日,澳大利亚与新西兰的志愿者士兵联合在一起从地中海东部抵达了加利波利半岛,参加一次大战。从1916年开始,每年的4月25日就被澳大利亚和新西兰等英联邦国家定为Anzac纪念日。
② 牛津大学的附属学院之一,成立于1458年。
③ 此处是指牛津大学名为Bodleian Library的图书馆,该图书馆曾陷入危机,后因托马斯·伯德里爵士(1545—1613)出资才得以存在下去。

在凯琳雅乡村俱乐部的休息厅里,向安德森太太如此这般近乎哭嚎着惊叹道。之后绘声绘色地描述他那光洁的脸颊、金头发黑睫毛、笑到眼角都皱起的开怀笑容——那笑容令你信赖他、迷上他的自信风采和狂野计划;由此,你相信他的种种论调不仅纯良而且理智;相较而言,反而发现自己的想法是多么相形见绌。更何况,一旦你看进卡尔-安德鲁那双瞳孔如针尖般微小的湛蓝眼睛,再度盘算自己心里的想法时,坦白而言,你会愈发否定自己,甚至对自己的念头厌恶不已。因此德鲁希拉·派克折服于他,抛弃之前所有为谢丽尔安排婚事的计划——她原本一心让女儿嫁给安德森太太的侄儿——一个朴实、勤奋的富有牧场主。这下,她一想到女儿就要嫁入豪门,心里简直乐开了花;这位"豪门"的大名是卡尔-安德鲁·普塞尔(牛津大学和麻省理工学院工商管理的双料硕士)。结果,亨利·派克也没有买下自己梦想了将近三十年的捕虾船,反而在游说下,把全部退休金都砸在乌拉圭一片面积约为两平方公里的桉树种植园上(当然,派克好歹还留出了替女儿大办婚事的钱)。婚礼前五星期,卡尔-安德鲁邀请谢丽尔和她的父母到欧洲俱乐部享用午餐,他举起一杯奔富酒庄的葛兰许①葡萄酒,说今生今世都会像这样向全家敬酒;接着说他得出趟差,到一个叫索利斯的地方,视察亨利·派克"蓝筹投资"的落实情况(他喜欢这样称呼派克的投资项目)。只要一星期,最多十天,出差回来后,世间不会有人比卡尔-安德鲁更急着和谢丽尔一起走过圣玛丽教堂的走廊。婚礼上,谢丽尔将穿着德鲁希拉·派克请珀斯最好的裁缝珍珍手工缝制的绣花白缎嫁衣。那天之后,他人间蒸发。

几个月过去了,她母亲找来通讯录,邀请海瑟·安德森的侄儿共进晚餐。谢丽尔第二天着手计划离家出走。

---

① 澳大利亚知名酒庄酿制的高级葡萄酒,该酒庄出品的葡萄酒曾多次拍卖出全球最高价。

那时——二十世纪七十年代初,她在北肯星顿的酒吧与他重逢时,谢丽尔不再想念梅克提奇;他在她心中已经没什么分量。但梅克提奇则不然。他仍牢牢将遗失的一切铭刻心间。谢丽尔是他生命中最心爱的女人。在变数发生之前,她曾是他的生命。在他眼里,谢丽尔并没有变得愚钝、低落、身材近乎走形。与她重逢令他快乐得失去了理智。他本应有所疑虑,却对她再次毫无保留地献出一切。谢丽尔的模样始终在他心间,因此他任由自己执拗地留存住那已不复存在的初恋。

六星期后他们公证结婚。他的亚美尼亚身份不再是问题,况且德鲁希拉·派克也不再阻挠。他舒适的生活条件令谢丽尔忘却了那个昔日在珀斯穷困潦倒的他,也忘却了她母亲当初反对他们相爱的种种理由。她喜欢谢丽尔·马蒂根这个名字,还请人在她的袖口和枕套都绣上 C. M. 字母——她说,这个姓名的缩写对夫妻二人同样适用呐。

五年过去了,在两度流产之后,她生下一个七斤重的女婴。他们给她取名为珍——那是谢丽尔姑妈的名字。这时,她才向父母交代梅克提奇的事。

"她母亲前来探望女儿,住下就舍不得走了;她很快原谅了他——只因克里克尔现在腰缠万贯,再加上自己女儿也不再是一张白纸的黄花闺女。"

但德鲁希拉·派克见风使舵的灵活能耐并没有博取梅克提奇的一丝好感。他对她依旧冷淡而疏远,德鲁希拉·派克也因曾无礼对待过他而多少有些害怕这位新女婿。她帮谢丽尔照顾婴儿,待到圣诞节就回去了。

"这会儿该轮到我上场了。"马拉尔说。

9

对于梅克提奇来说,隐私是头等大事,因此他一向拒绝雇用住在家里的帮佣。一天傍晚,为了躲开岳母,他决定飞去维也纳参加慈善基金会奥地利分部的会议。在旅馆附近的街角,他瞥见成堆的马粪,继而又看到敞篷马车,马夫戴着高礼帽。接着,在走过哈布斯堡王宫①附近的拱廊时,一个蜷缩在地上、骨瘦如柴的年轻女子差点绊倒他。她的双腿横在人行道上,凹陷的眼睛出奇浑圆,裹着脏兮兮的头巾,扬起脸看了看梅克提奇,没有丝毫虚假或夸张的深情;而且,在那充满皮草大衣和金银财宝的城市中,她的脸上尽是绝望。她喃喃自语着什么,令他驻足,折返,弯下腰面对她。记忆中祖母口中的只言片语涌回脑海,当他说出那些异国词句,她点点头,坐了起来。她虽然身材矮小,却有着高挑女人常有的羞怯,但他能明白她所表达的意思。

她来自奥地利特莱斯克晨②人满为患的难民营。那里爆发了脑膜炎,她的小女儿不幸染病死去。

他询问她的姓名。她回答时,他闭上了眼睛。然后他扶她起身,将她带回饭店,替她放好洗澡水。她整整昏睡了两天,醒来后洗好头发,灌下一肚子面汤和炸肉排,之后他们到商业区采购物品。她选的都是便宜却得体的行头,包括一袭蓝色纱质连衣裙、两

---

① 位于奥地利的王宫,此家族是欧洲历史上最为显赫、统治地域最广的王室之一。
② 奥地利巴登区的城镇,在维也纳南部二十公里处。

件白衬衫、五件内裤、五双长筒袜,还有一件他坚持要买给她的负鼠厚皮长大衣。

历经沧桑后,一切对她来说都无足轻重。但站在那里身披大衣打量他时,她还是感到几分欣喜。他的一只眼睛似乎与她的疮痍疲惫交相辉映。

"他帮了我,但不是那种无条件的拯救。他的主要目的在于要我帮忙照顾女儿。我是个穷困潦倒、一无是处的难民,但我来自他的家乡。他一时昏了头,设想如果让我照顾他的小孩再好不过——因为我是亚美尼亚人,了解亚美尼亚文化,而且我女儿死了。那是傻里傻气、罗曼蒂克的冲动之心;没能持久。说起来很是奇怪:虽然我算是他与亚美尼亚的唯一联结,但在他带我回伦敦后,我们却对'亚美尼亚'只字不提,很多年来都如此。每个踏进他家的人,听他的言谈,都笃定他就是个英国人。再看看他的橡木家具、油画和成箱的红酒瓶,谁都会认定从塔楼到酒窖,这个家百分百属于一位英国绅士。"

他从澳大利亚随身带了几样物件到英国:原住民的斧头和一块熔铸过的铁矿石(他的律师觉得那石头像"亨利·摩尔①发挥较好时的作品"),并将它们放在客厅里高高的展示柜中。但毫无亚美尼亚的蛛丝马迹。

"他拒绝让东方风格的地毯入门。不听号角演奏的音乐。不看威廉姆·萨洛杨②的小说。不挂阿西尔·戈尔基③的画作。没有亚拉拉特山图案的挂毯。这些统统禁止。他说亚美尼亚就像进

---

① 亨利·摩尔(1898—1986),英国雕塑家,以大型铸铜雕塑和大理石雕塑而闻名,受到英国艺术圈的推崇,其创作为英国在现代主义艺术中占据了一席之地。
② 威廉姆·萨洛杨(1908—1981),亚美尼亚裔美国剧作家和作家。
③ 阿西尔·戈尔基(1904—1948),生于亚美尼亚的美国画家,擅长抽象表现主义画风。

早餐时头脑中拼凑出的恍惚梦境。事实上,他决心与自己的亚美尼亚血统宣战。任何人只要名字以'亚'结尾,他都避之不及。除了和我相遇的那次,他从不吐露半个字的亚美尼亚语。尽管如此,我想他未必不是在用亚美尼亚语进行思考。

"总而言之,我来到伦敦。谢丽尔不明白这个突然闯进她家的陌生女人是什么来头。她总是读错我的名字;没过多久,我便不再费神纠正她。也许她那样做也无可厚非。我会犯错;我有时很难相处;我一无所长,也不会读书。谢丽尔其实也不怎么爱读书。但我甚至不讲英语——因此,克里克尔把我送到菲兹罗伊广场①的贝尔语言学校学了六个月英文。下课后,我有时会去看场电影,或者和同学去酒吧喝上一杯。"

---

① 位于伦敦市中心的广场。

10

梅克提奇推着婴儿车穿过公园散步,向年轻妈妈们炫耀女儿。谢丽尔在他身旁,穿着白袜、帆布鞋、及膝的卡其短裤,看上去同他一样心满意足。英格兰的阳光不够猛烈,即便在八月的盛夏也冷得不敢去游泳;但每当梅克提奇搂着妻子的腰,手滑进她的普林格①针织衫,他可以说服自己相信,他指尖触碰到的背部肌肤的的确确属于那个在天鹅湖畔对着他搔首弄姿的十八岁女孩。直到珍已长到五六岁,他一想到命运之手再度将她母亲带回自己身边,都还会摇摇头,不敢置信却又无比欣喜。

梅克提奇做生意很慷慨大方,在家里,更是对谢丽尔的所有请求言听计从。他曾帮她捉刀写作文,如今他与她共同拥有姓名缩写、枕头套和一个女儿。他的一切都属于她。

为了让妻子能安心创作,他为谢丽尔在牛津花园附近买下一处安静隐蔽的工作室。一年夏天,就在珍三岁生日那个星期,谢丽尔以树木为主题的蚀刻版画作品在波多贝罗街的一家画廊展出。"她四处告诉大家,展出的画作销售一空。可她一直被蒙在鼓里:是克里克尔买下了所有的画。"

他给谢丽尔完全的自由。她随性而至,任意挥霍。由于她自称患有计算障碍症,他专门请了一位律师处理她的事务;尤其是她

---

① 全称为 Pringle of Scotland,著名的毛衣品牌,创立于 1815 年,持有英王室供货许可证。

在"知了基金会"的工作——这个基金会是他移居伦敦后不久便着手建立起来的儿童慈善组织,并一直都是基金会的匿名赞助人。他让谢丽尔担任审计委员会的理事,掌管邮寄名单事宜,并且有权开出最多十万镑的支票。

他的慷慨好施一直延伸到一万五千公里外、位于珀斯那个多年前曾将他扫地出门的家庭。在珍的卧室里,有块钉满照片的软木板,其中一张就是外祖父母在"达芙妮号"捕虾船上的拍立得照片。

珍五岁那年,马拉尔开始觉察到谢丽尔经常魂不守舍,眼神空洞。

原本还算是个贤妻良母,但后来谢丽尔开始习惯吩咐马拉尔送珍到巴塞特路的小学上学。尽管她的画室就在珍学校的转角处,但接珍放学的任务也落到了马拉尔头上。她开始浓妆艳抹起来。有时她从画室回家时,化妆品都遮掩不住她满眼血丝下的黑眼圈。

梅克提奇也有所觉察。不然就是律师们提醒他的。基金会的钱不翼而飞。金额虽不大却不断外流。谢丽尔所雇来帮她处理邮寄名单的一位顾问,负责定期向基金会递交发票,其中有一些来自一家位于泽西岛①、专门购买房地产的海外公司。他们所购买的并非伦敦房地产,而尽是世界各地一些最莫名其妙的地点。刚开始,梅克提奇选择不加以过问。如果他妻子的投资顾问决定购买摩洛哥的楼盘,那是他们的事。但金额逐渐增加,直到数目最后大到梅克提奇实在无法坐视不理。

第一次与谢丽尔谈及此事时,他故意装得不甚在意。他必须拐弯抹角;因为害怕一旦两人正面交锋,她可能会使出遗传自她母

---

① 英吉利海峡的海峡群岛中最大的英国岛。

亲的淡漠伎俩。他抚着妻子的手臂说:"你的脑袋里在打什么算盘吧?"她生硬地笑了一下:"你在说什么?"他提及基金会大笔流失的钱,她连声问道:"你怎么会有这样的怪念头?干吗这样问我?你被谁敲诈了吗?"她要么是开不了口,要么是故意瞒着他。

马拉尔说:"我早就想告诉珍这些,但还是跟你说吧。她父亲娶了一个女人——也就是珍的母亲——但那女人却心有别属。这种事稀松平常。在教堂前被卡尔-安德鲁抛弃,她始终心有余悸。因此,十年之后,在另一个国家,她再度偶遇初恋男友克里克尔,他带给她无尽往昔——但这往昔的主角却非克里克尔这个人,而是在她的命运发生变故之前的那段单纯岁月。当她继而发现当年被母亲赶出家门的克里克尔,这些年来不但没有忘记她、反而还爱着她时,她备感惊讶,我敢说甚至还颇为得意。况且,即便另外那个男人仍旧像是永远搔不到的痒般在她心中挥之不去,但她已心灰意冷,不再幻想着能与他重温鸳梦,于是才答应嫁给克里克尔。

"他的婚姻符合他的希望和预期吗?绝非如此。他可没蠢到当真笃信自己和谢丽尔能重拾旧情,白头到老。但他却总是禁不住幻想着她就是他的唯一。在她之后,他没有再谈过一次恋爱,也无法跟人建立任何关系。她是那只天鹅——不过我听克里克尔说澳大利亚的天鹅是黑色的。直到最后,他才恍悟原来用多少金钱也换不回她的心,以及她曾经对待他的方式。但一切为时已晚。其他人,那些略微知晓世事的人早就明白这个道理;他虽家财万贯,却不谙世故。他就是那么耿直的一个人。

"谢丽尔快乐吗?嗯,她不爱他,这我看得出。但我绝对没资格说三道四。就算她快乐,也好景不长。"

"好景不长?"安迪问道。

"抱歉,我讲得有些乱七八糟。都赖这酒。我的酒量一定不如我以为的那么好了。我们重新往前推……回到钱不翼而飞和黑眼圈之前。有一天,谢丽尔的老情人搜寻到她的踪迹。他还查清了谢丽尔的丈夫和她的住处。他甚至知道她什么时候独自一人。"

一天上午,梅克提奇去和律师碰面,马拉尔带珍上芭蕾舞课,这时门铃响起。谢丽尔直到后来才向梅克提奇坦白此事。

一个男人站在前门台阶上,身穿一件略微宽松的西装,但领带上的图案,和她最后一次见他时,他领带上的条纹一模一样。那天是在珀斯的欧洲俱乐部,而他正哼着小曲儿"我这一生,我所有的亲吻"——

"卡尔-安德鲁……"

"我回来了。"他从嘴角吐了吐舌头,蓝色眸子笑盈盈地看着谢丽尔,仿佛他刚下飞机,风尘仆仆从乌拉圭赶回来,为的只是顺路看看她,再次向她保证他这就要赶去圣玛丽教堂——而这么多年的流逝根本不存在。

她开始浑身哆嗦,好想紧紧抱住他:"你上哪儿去了?"

"在异国歌颂耶稣呀。"他面无表情、超然地说,之后伸出双臂。

"她舍不得他。情不自禁。我不知道这个一无是处、满口谎言的无赖是如何把她迷得神魂颠倒。见到他她心花怒放,愿意为他献出所有——也包括他那些该死的桉树种植园。这着实让人感到可悲。她甚至比他还相信他的树。"

他触碰她的脸,手指滑下她的脸颊。谢丽尔觉得他好像剥下她的皮肤。

"他问她能不能借他五千镑,仅此而已,下不为例;但其实那只是开端。很快她的口袋就会被他掏空。怎么向她丈夫交代呢?克里克尔不会有任何异议。她知道他会照开支票。他为人正直,只会将一切归咎于妻子的'计算障碍症'。直到克里克尔再也无法坐视不理,完全被逼到绝路。"

一个晚上,他走进卧房,谢丽尔正在梳头。他坐到她身边,看着镜中的她,然后放下酒杯问道:"'载姆股份'是家什么公司?"她放下梳子,眨眨眼,仿佛有根头发掉进眼里。随后两人同时开口。他说:"你不说也没关系,明天我会吩咐律师去查个清楚。"她则脱口而出道:"是一家我最近在投资的公司。"

"老板是谁?"

谢丽尔从镜中回望着他,他较小的那只眼睛像个兔子洞,在那深处,她看到一间珀斯的教室,老师正等着她作答,而克里克尔伸出手,手里握着一张小纸条,让她快快接下。快点啊,拿去。

她别开眼睛:"是我跟你提过的那个人。"然后,带着萎靡的笑容说,"我本来要嫁的那个人。"

"卡尔-安德鲁·普塞尔?"

她点头。

梅克提奇随即沉默。他还没准备好如何面对她。他知道:如果他再继续追问一个问题,他的婚姻便会土崩瓦解。他自欺欺人以为的幸福美满其实只是残酷的美好假象。他感到大事不妙,就像当年在马拉什,小狗因为预感到地震而狂叫不止,祖母立刻警觉,才得以在天花板垮下之前冲出屋子,保住性命。他的心因预见到决裂而开始哀号;黑暗一刻赫然降临。

他想要搭她的肩膀,她却缩了一下;他看得出她还以为他要动手打她。他起身,打翻了酒,亲吻她的头顶。她的头发上有种奇怪的味道。

她在用纸巾擦干红酒。

"你们两个打架了?"他看到她手腕上的许多瘀青,每块都是一颗葡萄的大小。

她拉下绣着姓名缩写的衣袖:"你不是之前说过提问的都是敌人么。"

梅克提奇面临危机。两个星期过去了。他对那次的对话只字不提。他听信妻子的保证,执拗得可以——如同当年在珀斯的父亲一样,永远都宣称自己来自于一个养马世家。但事已至此,没能就此打住。大难即将临头。

一切都源于他律师的无心快语:克里斯潘·班尼特有天随口提起,他刚和一位同事聊到基金会最近的一笔投资。

"我清清楚楚记得当时是怎么跟他说的。"班尼特说,他有着一张像鹬鸟的脸庞,七十来岁,嘴形略小,"我绝不相信那儿的土壤可以像企划书所担保的,能产出如此巨额的木料。他听了问我到底该死的在讲什么玩意儿,真相就此大白:'知了基金会'挥霍了两百万英镑,用来投资一家北爱尔兰公司,项目内容是种植二十万棵桉树。"

梅克提奇对数字固执又敏锐。他早尝过失去一切的滋味——当年,里奇满的财产管理人甚至连他照相机的皮套子都不放过,一一清光。但直到听见律师喃喃道出"桉树种植园"的那一刻,他才恍然将事情对上号。唐·弗莱克斯莫就像一块你以为已经彻底消失的肿瘤,此刻又潜回他的生命中。

这时,他终于发现自己的一只眼睛和谢丽尔的一颗心,都给了同一个人。也是直到此刻,他才突然明白,之前在妻子身间闻到的奇怪香气原来是大麻的味道——唐就是卡尔-安德鲁。就是他,让谢丽尔披着白色婚纱、挽着父亲,在柯林斯街圣玛丽教堂门口等他出现(珀斯市所有的大人物全部到齐,更不用提他们在座位上是如何不耐烦地扭来扭去,急着等婚礼开始)。父女二人紧紧盯着经过的每一辆车:一辆牛奶送货车,一辆被警车紧追、时速超过一百公里呼啸而过的福特跑车,甚至还有一位骑着自行车的老伯(他经过教堂时抬起手臂嚷着什么,一时失去平衡,继续骑着车远去);他们等了又等,等了又等,等着一位金发蓝眼黑睫毛的新郎,摘下牛奶送货员的棒球帽或骑自行车时的裤管夹,转过身来,说:

"嗨,是我。"

那天晚上,梅克提奇回家后,开了一瓶克拉雷斯红酒,缓步上楼找妻子对质。

"玛丽,是你吗?"她听见有人进来,眼睛没离开手中的杂志。

他放下酒杯,感到悲伤在心头积聚:"是他,对不对?"

"谁啊?"目光从《名人》杂志抬起。

"唐,卡尔-安德鲁……"眼前显现出一张在大麻烟雾中时隐时现的脸,"想赚钱,要么创宗立教,要么种树。"

她垂下头,脸上是秘密被揭穿的萎靡之情:"人是会变的。"

"一朝撒谎,终生撒谎。"

"你不了解他,克里斯。你以为你了解,其实不然。"

"他跟你说过吗?"他指着自己的眼睛。

"苹果树?那不是他的错,他是这么说的。"

她紧绷着脸,膝头在打颤,手臂无力垂落,让他心疼。但他让自己超然淡漠,就这么看着她,他青少年时代希冀的遗骸;再度想到她与她母亲是如此相似:头发塌了些,鼻子大了些,嘴巴永远太宽。

她把杂志扔到一边,抽出一张纸巾擤鼻子:"你从没问过我。"

"还用我主动开口吗?"在镜中,他觉得从未离她如此遥远,即使他在霍克斯伯里河畔的那些年也没有。

她的脸已然道出:两人缘分已尽。

"对不起,克里斯。我知道你觉得他是垃圾,也许他真是垃圾,而你比二十个他加起来还强。但我也只能讲句老掉牙的话:他适合我。"

他可以对着镜中的她说话。那是另一个世界。"好,你爱他,我明白了。我不会碍你的事。"

"他没有设法挽留她。"马拉尔说,"他把谢丽尔逐出他的人生。还有他女儿的人生。同时,为了珍,他不想撕破脸。他替谢丽尔买下一幢位于圣约翰伍德的房子——只因那是唐最喜欢的地段；此外，他还给了谢丽尔足够的金钱，以便他们俩能舒适地生活。谢丽尔答应了。"

"但有一个条件。"他说。

她身体一僵。担心他思前想后，决定出尔反尔，放弃刚才的允诺。

"你可以和唐在一起，但珍要留在我身边。你不能再见她。你明白吗？"

她迟疑了一下。然后耳语般地低声说："明白。"

但他要百分之百的确定。"一旦你走出这个家门，就不能再回来看珍。如果你或那个男人靠近我女儿半步……"

刚刚半晌才堆起一个笑容，随后她又转而饮泣。

"那我们怎么跟她说呢？"

"就说你回珀斯了。"他说。

"谢丽尔一口应允下来。她一心一意只想回到唐身边。"

11

谢丽尔第二天上午便动身离家。从那以后,梅克提奇不再有爱人之心。

"分手并不那么痛苦。毫无疑问,只要假以时日,他会忘记谢丽尔,而谢丽尔也自会如风散去——如果没有珍。

"你不会相信一个那么聪明那么有钱的人,居然会傻到不让谢丽尔见女儿。翻回头来想想后面所有的波折,都是因此而起……他当初承诺以供养他们两人为条件、只求自己和女儿落得平静时,其实只是盲目地冲向了暴风眼。但他实在无法原谅谢丽尔。他没考虑到,尽管她不算个称职的母亲,但珍到底是她的骨肉。当然,事情没那么简单。他不顾一切只为保护他的小女儿。他绝不会让那个男人靠近女儿一步。"

开始的日子很难熬。

"小孩子对于离异父母的苦苦拖曳十分令人为难。从珍呱呱坠地、睁开眼睛的那一刻起,父母两人就存在于她的世界中。她对两人的情谊同等轻重。母亲离去,就等于冒犯了她的那份情谊。小孩子相当坚守他们的情感。"

"妈妈什么时候从澳大利亚回来呀?"她时时询问父亲。

"还没呢。"

在等待母亲回家的日子里,珍找事做打发时间。她看书。她练习舞步。天气好的话,她会坐在草坪上,依照母亲的教导画院子里的那棵山毛榉。

"她内向安静,和其他小孩玩不到一块儿,有时候也会发发小脾气。比如,我问她'你怎么啦?'她不吭声;碰碰她,她就说'走开。'那段时间里,我没办法安慰她。"

珍觉得被分裂开来,十分无助。她怨恨母亲一手改变了她的世界。

"但她又能怎样——把自己切成两半吗?她曾问过母亲是不是去找上帝了。问得有点儿像'我是从哪里来的?'这种问题。我不记得我怎么回答的了。"

日子一天天过去,几个月,一年,依旧没有澳大利亚的只言片语;珍和马拉尔变得亲近起来。

"我带她去上学,帮她穿衣服,给她织毛衣和围巾,把她父亲替她拍的照片钉起来。她父亲经常出差处理基金会的事务,他不在时,都会给我留下几本书,让我在珍入睡前念给她听。我给她讲群山、高原和飞马骑士的故事。我不得不充当母亲的角色。当她终于恢复原样时,所有人都无比开心。她不再尿床;有一个可以一起玩通宵的好朋友。和普通的小女孩一样。"

女儿重拾快乐,梅克提奇也因此从崩溃的边缘重新振作起来——自从谢丽尔离开后,他就一直跟跟跄跄度日。他所有的爱都在珍身上。

"那女孩是他快乐的源泉;是他活下去的原因。如果没有女儿的话,我不晓得他会怎样。你真该看看他们共处时两人的脸庞。不管珍如今怎么说,她爱过他。她可能拼命跟你说相反的话,但我当时就在他们身边,见证过一切。"

父女度过了三年最为幸福快乐的时光。在那段时间里,珍的父母彻底断绝往来;谢丽尔也没有试着联络女儿。

12

"那是我们生命里最明亮的岁月。我们知道幸福不会永远地延续下去;但你总会期盼能再多一点时间、多一点勇气。"

如同所有暴虐,一切都始于一件平静的小事。

珍十岁生日那天上午,马拉尔在楼上坐着陪珍写假期日记,帮她回想前一天都做了什么事——她们去看了牙齿矫正医生,替有些往外撅的门牙配矫正牙套;马拉尔还建议珍画一些画来充实她的日记内容。之后,如果天气好,她们打算去荷兰公园散步。

十一点,她们正准备出门。马拉尔终于心软,答应珍庆生会上她可以不戴牙套。"但只限今天哦!"这时楼下传来急切的敲门声。

当时,马拉尔正在楼梯口,试图刷掉珍外套上的白色污渍;敲门声打断了她。梅克提奇不会那样敲门——他半小时前出了门,开车去拿女儿的生日礼物,顺便再买一些气球。

"在这儿等我。"

马拉尔走下楼梯,从镶有彩绘玻璃的玄关大门看出去,是个女人的轮廓。

"我一开门,脖子上的寒毛全竖起来了。"

海豚造型的澳宝耳环在来人的耳垂下摇来晃去。

谢丽尔的改变让马拉尔大吃一惊。表情凄楚、狂乱、痛苦——宛若失去了所有。

"马蒂根太太!"

那双备受摧残的眼睛。马拉尔仿佛看着当年在维也纳流浪的自己。她女儿染病时只有三个月大;马拉尔与上帝谈判,她愿意一命抵一命,只要知道该怎么做就行——"我说上帝啊求求你,把她的病传给我吧。"随后,女儿的病情开始好转,但接着又急转直下,襁褓里的小生命渐渐虚弱下去,喘个不停,身体愈发红涨,最终咳了一声,没了气息。她给女儿起的名字是塞塔。

"我可以看看她吗?"

"马蒂根太太,你知道不行的。"

"就一眼,我只要求这么多。"

"那太冒险了……"

"我整整四年没见她了。"

"我真的觉得你不应该来这里。"马拉尔无能为力地说。

"看一眼又能怎样?她是我女儿。"

"我努力做正确的事。我恨不得克里克尔立刻回家。然后谢丽尔抓住我的胳膊,看着我的眼睛说:'玛丽'——她都叫我玛丽,不像克里克尔叫我马拉尔;他的祖母也叫马拉尔——'让我看看她,求你了。看完我就走。'"

"马拉尔,你在跟谁说话呢?"马拉尔来不及阻止,珍已经从楼上走下来,边下台阶边穿着她的绿色外套,拨弄着衣领上马拉尔刚才刷掉鸽粪的地方。

"你来了!"谢丽尔笑着伸出双臂,"我还担心认不出你呢。生日快乐!"

珍看着戴着戒指的手伸向自己,为她扣上外套的纽扣,在潮湿的衣领流连,将领子放下又竖起来,拨拨她头发再抚平,又解开纽扣——两只手一只忙着破坏另一只在做的事。

"珍疑惑地看着我,又有些害羞,因为她不认得这个臃肿笨重的女人,不知道她为何跪在地上,亲遍了自己吓坏了的脸蛋。她扭了扭,想要脱身。"

"你的头发,颜色深了,也短了。好漂亮的发夹呀。噢,亲爱的,你真漂亮,好漂亮啊!"她就这么歇斯底里地和女儿说着话,"我的宝贝,你刚才在做什么呢?"

珍垂下头,闪躲这个令人难堪又纠缠不休的陌生人。她一边咕哝,一边试图让女人松开自己的手臂:"马拉尔在辅导我写作业。"

"玛丽辅导你写作业哦。太棒了!你知道爸爸以前都辅导我写作业吗?你在写什么作业啊,我的宝贝?"

"我在写假期日记。"

"那现在你已经写好了,你要做什么呢?"

"我们正准备去散步。"马拉尔说,决意尽快结束这场闹剧。

"我可以跟去吗?我不会碍事的。我知道他不允许,但是半个小时就好。去荷兰公园。今天是她生日。就三十分钟。"她碰碰腕上方形盘面的手表,拽了拽她的海豚耳环。

"我为何能理解她所受的折磨呢?因为我看得出一个母亲的本能。我想求她赶紧离开,却又盲目地想帮她。我答应她实在是太蠢了。

"珍不明白这是怎么一回事。我向她解释:'你妈妈要和我们去散步。'她抬起头,这才认出来人是谁。"

"你从澳大利亚回来了呀……"

谢丽尔的双手突然停了下来,流露出她的面孔无法表现的心意。

"我一看到珍的脸,立刻就后悔了。但话已出口,为时已晚。"

"我去把这个放好。"马拉尔放下手里的抹布,去拿外套。

"一个字都不可以跟爸爸说哦。"谢丽尔笑眯眯地说道。

"我跟自己说,反正只是半小时而已。换作是我,如果可以和塞塔见上半个小时,我什么代价都不在乎!况且,我会在旁边保护珍的,我这么说服自己。"

外面,阳光照在围栏上,仿佛努力装出夏天的样子。在她们身后,马拉尔锁好门,把钥匙装在口袋里。随后三人拐上街,向荷兰公园走去;珍在马拉尔和母亲中间踩着小碎步。到了公园,马拉尔坐在长椅上,看两个小孩玩橘色飞盘;谢丽尔和珍坐在另一张长椅上说话。

"我猜珍在跟她讲庆生会、她邀请来的朋友、大家的名字、矫正牙齿的新牙套。然后她们两人起身,走了过来。谢丽尔握着她的手。"

"她要去上厕所。她肚子不太舒服。别担心,我带她去就好了。"

马拉尔继续坐在那儿。她觉得没必要跟去。厕所在游乐场的另一端,是砖砌的小屋,有沥青屋顶。她看着谢丽尔带珍进去——马拉尔可以清楚看到公厕的门,所以她没担心——随后她接着看那对兄妹玩飞盘。赛塔如果还活着,就应该是小女孩的年纪。她觉得自己能在那儿一直坐着,看女孩接住飞盘又扔出去,看到今生将尽,直到世界末日降临。

一会儿,她看看手表。

"时间太久了。我想:真奇怪,她在家时肚子好好的呀。我决定不等她们出来,自己过去找她。厕所里没人。我喊珍的名字,但没人应声。当我看到厕所的窗户开着,便意识到珍不会出席自己的庆生会了。"

一点钟,梅克提奇听到钥匙转动门锁的声音。他停止抚摸身旁那只奶油色肚皮的小猫,皱起眉头:"我女儿呢?"

那天剩下的时间简直如同地狱。

后来,门铃响了,他们满怀希望,来人却是菲比的妈妈:她提早送菲比来参加庆生会。他们两人正处在一团烦乱之中,全然忘记要通知大家庆生会宣告取消。电话响起,是一个女警,她报告说找到马蒂根的女儿了,她整个下午都和母亲在一起,绝对安全。

那一夜是她唯一一次看到梅克提奇喝得烂醉。

"那瓶克拉雷斯呢?"安迪替自己斟酒,想了想也帮马拉尔倒了一些——"虽然我不配喝这酒。"

13

唐·弗莱克斯莫五个月前便抛弃谢丽尔远走高飞,然而她的骄傲始终不容她接受事实。她相信他会浪子回头。他将她压榨到再也榨不出半点油水,于是悄无声息地消失,再度背信弃义。

"他留下的钱甚至不够付电话费。"

离婚时,梅克提奇为谢丽尔买下一栋圣约翰伍德的六房大宅,外加一大笔赡养金,足够余生不愁吃喝,养尊处优。

"身为他的律师,我们却插不上手。"班尼特说,"他认为理所应当,却委实让我们扼腕。我们反对他开的条件,试图保护他。但他怎么可能听我们劝?"

马拉尔说:"开始时,不能见到女儿,谢丽尔也觉得无所谓。反正她有唐。她对这种烂人的爱意,实在令人为之惋惜。"

然而,只有与梅克提奇在一起的谢丽尔,对唐才有利用价值、才勾得起他的兴ား:她得靠住摇钱树,他才能财源滚滚。唐最怕的就是谢丽尔离开克拉伦登大街11号。他可没打算和她住在一起。那是他们在一起的第四年,一个早晨,她听到他在更衣室哼唱着一首叫做《狂欢结束》的歌,声音悦耳美妙。随后是一阵静默。几分钟后,他已跳出窗外,随手将一只帆布行李箱甩进出租车的后座。她疾步冲出去,质问他要去哪里,他回视着她,那双本可以很漂亮的眼睛,却如同澳大利亚野狗一般邪恶与凶残,说道:"我得去贾维斯湾①查看一块好地。别担

---

① 澳大利亚新南威尔士州的一个海湾自治领地,位于悉尼以南一百五十公里左右。

心,宝贝,我一个星期就回来,最多十天。"

她备受打击,不仅仅是因为她难以忍受被孤零零地抛弃。他离去前所吟唱的歌词在她脑海里回荡,字字句句宛如撞向窗户的苍蝇,嗡嗡鸣叫,一命呜呼;同时她不断想象唐和他为种桉树所挖下的树洞。他还挖了一个洞,让她陷落其中。她的真爱所留给她的,是比想念更加要命的心病。

她的心空了一块,寂寥被撕扯开来,无法填满——哪怕是一排又一排的蓝桉、多枝桉,甚至覆盖山坡和沙漠的整片桉树森林。直到一天早上她醒过来,在细长弯曲的暗色枝桠间,听到收音机报出日期:8月13日。于是她爬下床化妆,去找女儿,祝她生日快乐。然而,当她在荷兰公园的公厕窗户下面抱起珍时,便疯狂地决定要用全身每一块肌肉牢牢抓紧这个女孩,好似女儿是一根树干:只要抱住不放手,她便可以重见天日。

14

再也牵不到女儿的小手,梅克提奇期盼着把珍夺回来,但谢丽尔抵死留住女儿的决心丝毫不亚于他。

"谢丽尔请了一个名叫斯基林的律师,专打婚姻法官司。"

斯基林出手极快,立刻替谢丽尔提出要回抚养权的单方申请。梅克提奇则被警告说,只要他带回女儿,法警便会依照法官的命令将珍即刻交还给母亲。

晚上,梅克提奇和律师一边嚼着为庆生会准备的薯片,一边商讨对策。

"虽然我的客户对此十分不满,但我还是建议他谨慎行事。"班尼特说,"现如今小孩都被过度保护起来,又有'维护父权'[1]这样的组织;说来有些不可思议,但你要记得,在当时那年月,做父亲的往往没什么权利。"

"斯基林下手了得。"班尼特警告梅克提奇。他又厚又白的手指握住手工雕花酒杯,"我在剑桥读法学院时和他有过交情。他指出你在没有任何合法理由的情况下,禁止一个母亲探望女儿。但这只是盘开胃小菜而已。他的申辩理由是:当时母亲承受重大压力,现在她后悔了,但万恶的父亲居然以不准她见女儿为条件,为她提供数额合理的生活费资助。这不符合小孩的利益。更何况,即便是她曾屈从于花花公子的诱惑、做了错事,但

---

[1] 英国一个维护父亲权益的民间组织。

她已表示后悔,想与女儿再度相见。这么说我也很痛苦,克里斯托夫,但法官会站在她那边。所以今天晚上我来这里,以律师和朋友的双重身份给你建议:别跟她争监护权。争取探视权吧。"

"为了这个,克里克尔永远无法原谅班尼特先生。他付给这群人巨额钞票就是为了让他们出主意,他们却不能帮他夺回女儿。令他最受打击的,是他偶然间发现向谢丽尔推荐斯基林律师的,居然是班尼特律师事务所的大卫·布莱克斯沃斯——此人也是当初克里克尔请来帮助谢丽尔处理基金会事务的那个人。更别提他还要为这场冲着自己来的官司全盘买单。他从没和我谈过这件事。这对他来说太痛苦了:还要付大笔金钱给不让他见亲生女儿的律师!"

为了转移梅克提奇的注意力,也为了让他能静下心好好思量,班尼特给了他一份唐·弗莱克斯莫的档案。内容和先前查到的资料差不多:唐·弗莱克斯莫是化名,卡尔-安德鲁·普塞尔也一样。他的本名是克雷格·艾吉,父亲是达尔文①的电话工程师,在他幼年时离家出走。他声称是"侄女"的女孩,其实是与前妻生的女儿。他是双性恋、强奸嫌疑犯,尤其偏爱异性恋的年轻男子。他曾化名詹姆士·斯坦,在一家荷兰投资银行有过短暂的工作经历,因为被控串通投标而遭开除。之后便销声匿迹——这是他的拿手绝活。载姆控股公司不再有交易活动。"想必他又换了个新名字,去寻找新的受害者了。"班尼特说,"他简直是天生的恶棍。"

但珍是梅克提奇的头等大事,而非唐。他之所以遵循律师的劝告,并不是因为软弱胆怯或担心媒体报导;他是害怕激烈且旷日持久的监护权争夺战会伤害到珍的身心健康。

---

① 澳大利亚北领地首府城市。

"说白了,"班尼特说,接过另一杯香波-密斯妮①红酒,"照法律规定,除非谢丽尔肯放手,不然谁都没办法从她身边抢走珍。"

---

① 产于法国东部的上等红葡萄酒。

15

珍思念父亲。她夜不能寐,食不下咽。她想吃马拉尔做的肉桂吐司;想穿马拉尔亲手编织的毛衣。她向母亲哀求:"让我回家吧。"

谢丽尔理应在随后的星期五下午五点带珍去见梅克提奇,但从一开始,谢丽尔就没打算理会家事法庭的裁决:父亲拥有探视权。

梅克提奇在她初次爽约时打电话给她。

"恐怕女儿去不了。"谢丽尔说。

"让她跟我说话。"

"她不想理你。"

梅克提奇向法官求助。

"你女儿多大?"

"十岁。"

法官表示抱歉:他不能强迫珍和父亲交谈,更不能下令让珍和梅克提奇同住。

法官的无能激怒了梅克提奇:"你为何不自己去问问她呢?"

她年纪太小,还不到可以表达意见的岁数。法官告诉梅克提奇,她不能作为可靠的证人。

马拉尔说:"对于像珍那么大的小女孩,大家都会认为母亲比较适合拥有抚养权。但后来发现,谢丽尔没说实话。

"一天下午,珍打电话来;从电话亭打的。'我要回家和你们一起住。'她母亲那时不在她身边……然后硬币用完、电话挂断了。一个小孩能做如此重大的决定并不是件容易事,而她做到了。我找不到克里克尔,只得抓了车钥匙出门。但我很少开车,路也不熟,走了半天才发现走错了路。假如我没有迷路,假如我早点到塔利斯街——谁晓得结局会变成什么样?

"她坐在大门前的台阶上,行李都打包好了;这个小家伙戴着一顶墨西哥帽,抱着一只考拉毛绒公仔。她看到是我就一跃而起,都已经跑到大门了,这时另一辆车停下,谢丽尔跳下车,眼神疯狂,一把拽住珍,向我大声咆哮。我只能站在街道上,看着她把珍推进屋子里。我惊讶于谢丽尔看起来是那么的孤独和溃败,只有女儿可以排遣她的寂寞。

"那天晚上她从电话亭打电话给克里克尔,珍也在旁边。她说要和珍远走高飞……除非……除非克里克尔向她发誓,绝不再让类似的事情发生。"

"可是,谢丽尔,说要回家的人是她。"梅克提奇说。

"那我就带她走,让你永远也见不到她。"

"好,好,"梅克提奇说,"我发誓。"

"以你祖母的回忆发誓。"谢丽尔很阴险,知道如此一来他绝不会毁约。

"以我祖母的回忆发誓。"话从他的牙缝里缓缓挤出。他祖母无比重视守信,"但你要怎么跟她解释?"

她没回答,他能想象她站在电话亭里,低头看着他们的女儿。

然后,谢丽尔以绝非常人的冷静音调说:"我会告诉她这是你的决定。她肯定感到失落,但我想还是应该告诉她。"

"告诉我什么?"珍问,抬头看着母亲,擦着眼泪;她很清楚父母在谈论她的事。

"你父亲不要我们了。他要回澳大利亚去。"

16

下雨了。起初只是几滴似有若无的水珠,之后叶片都湿漉漉地滴滴答答。从她楼上房间的窗户看出去,外面一片灰褐,秋意甚浓。她听到那女人在叫她:"珍……?珍……?珍,你在做什么呢?"语气压根不像是在发问。

在那里站久了,她浑身僵硬。她转身,走下楼梯。

谢丽尔在楼梯口,向上张望。

"我给你煮了鸡蛋面。"

"我讨厌鸡蛋。"

"尝起来不像蛋,只是面条里加了蛋而已。很好吃的。"她伸手去拉女儿。

谢丽尔重新得到了女儿,不过却发现女儿也不好惹。她对珍说绝不会再让她离开。但当她发现珍想回到父亲身边的强烈愿望时,她的怒气和苦楚便全部爆发出来。

尽管饱受妻子伤害,梅克提奇却向来不在珍面前说谢丽尔的坏话。但谢丽尔可没有这么高尚大度。那天,她把珍推回屋里、当着马拉尔的面摔上门之后,便立即开始诋毁珍脑海里梅克提奇的形象。

遥想当年,当她和克里斯·梅克提奇在科特斯洛沙滩上亲吻时,谢丽尔是多么热情四射。海风吹拂她的礼服裙摆、撩动她的耳环。热恋的回忆比细沙更加炙热:他们在高尔夫俱乐部痴迷共舞,直到旭日初升,两人还在闪亮的白色桌面舞动——"亚美尼亚人也很会跳舞哦。"然而,自那以后,她的心渐渐化为灰烬。被弗莱克斯莫狠心抛弃,却无处发泄怨气;谢丽尔只得对准最容易的目标。

　　为了复仇,她在大脑里扭曲事实,颠倒是非。将所有往事渲染成错误的色彩。所有弗莱克斯莫的所作所为,她全部赖到珍的父亲头上。然而,她并没有将弗莱克斯莫彻底淡忘。她用黑白倒置的"魔法",用最恶毒的方式侮辱了丈夫的一生——她将弗莱克斯莫换成了梅克提奇。

　　"他从来都没爱过你。"

　　"你说爸爸?"珍低声道。

　　"你不记得了。我只得来照顾你。"

　　珍年纪虽小,脑中却有着愉快的回忆,美好的回忆。"不,不,不是那样的。"她记得母亲到克拉伦登大街闯入家门时,自己曾是如何惊慌失措;记得自己如何抗拒,不愿爬出厕所窗户;也记得那晚自己哭啊哭啊,想回家参加庆生会。

　　"庆生会是骗人的。"谢丽尔说,"根本没有什么庆生会。"

　　"可他要送我礼物的……我看到他开车出去了。"

　　"他那是去机场。"谢丽尔叹了口气,"他是要离开你,离开我们。他说:'我要去你们永远都找不到我的地方。'"

　　"这不是真的!"她不相信母亲的话。她跑上楼,钻进被窝,用枕头蒙住脸。直到许久以后,她才不会在夜夜啜泣中入睡。后来当她年纪大一点时,她会在别人家哭,避免在家里落泪。

　　但就像细嘴海燕,谢丽尔得在女儿学会飞翔前牢牢拴住她。

　　珍对父亲的记忆受到谢丽尔的猛烈攻击,而开始摇摇晃晃、支离破碎。她想不通一个如此邪恶的人,为何会在她心里激荡起温暖的感觉,也搞不懂如果父亲果真如此卑劣,那为何她和谢丽尔能够一直住在豪宅中,过着阔绰的日子。但母亲貌似可信的轻声细语听多了,一点一点,珍终究还是抹除了心底梅克提奇形象中温柔的那部分，取而代之的是母亲口中的奸诈版本，直到记忆中的父亲不再是那个曾呵护她、竭尽所能避免她受到一丁点儿伤害的慈爱男人，而是童话故事里的恐怖怪物。这个独眼怪物将她抛弃在黑暗的森林里，并且刻意用世上最浩瀚的海洋隔开两人。

在这段时日里，卡尔-安德鲁的名字从未出现。珍不知道卡尔-安德鲁（或唐·弗莱克斯莫）是谁、长什么样，也丝毫不晓得此人在父母各自的人生里扮演了怎样的角色。谢丽尔绝口不提他；因为那是她用来阻挡哀恸而筑起的大坝。

"别问我她为什么不对珍讲那人的事。也许是因为羞愧；也许她知道假如把他拉上记忆的河岸，他便会发出腐坏的恶臭，令她作呕；也许她被痛楚折磨得变了个人。又可能是她服用的那些药物的缘故吧。那时她病得很重，肝脏不好。抑或是其他什么原因。尽管她已然落得如此境地，却依旧病态地怀抱希望——就像我们小时候，对许下的愿望必须保密那样；我就做过类似的事。她幻想着只要绝口不提他，或许他还能回来她身边。毕竟，他上次不就回来了么？也许是这些原因全都有，混在了一起。"

17

  房子空空荡荡。只有他们两人,外加一只四处尿尿的小猫。她听到他在夜里喊叫。
  "什么都不能表达我在他脸上看到的那种悲恸。碰到这种事的人,会变成幽灵;他们活在另一个世界。我是指失去孩子。"
  珍,她的离去,影响了他们日常生活的方方面面、点点滴滴。
  "我两天前刚帮她剪过头发,他将垃圾桶倒空,在垃圾堆里翻翻找找,直到抓住几根头发才肯罢休;之后他把头发镶进相框中,摆在床边。"珍的衣服都交给了谢丽尔;还有她的牙套。他回想着和女儿手牵手经过荷兰公园时的情景,并沉溺其中。
  他想她想到全身作痛。有时候,一看就知道他在想念女儿:泪水滚落他的脸庞,流向他开始留起的胡子。
  "我不怪你,马拉尔。"他身上的黄色毛衣背后鼓起来一块,是之前吊在挂钩上留下的形状。他也不是没有责任。
  但马拉尔陷入自责。"日日夜夜,我都在懊悔不已。我无法入眠、浑身疼痛。都是因为我,他的女儿才被人抢走——没人比我更清楚那种滋味。我恨自己害他承受如此苦痛。"
  "都是我的错。"她跟他说,"珍不想让她跟着,如果当时我坚持不让谢丽尔跟我们一起去……"
  "别多想了。谢丽尔总会找到办法的。不是你的错,是我不对。我不该禁止她来探视珍。现在我明白了。我总算是明白了。"

他经常陷入幽深的静默。沉溺在自己的思绪里,脑袋打着转,试图避开这件事埋下的地雷:诸如抽屉最里面的一支橘色水彩笔;或是和珍背的小包包类似形状的什么东西。

有一次,他在穿过荷兰公园时,忽然朝着一个女孩疯跑过去,喊着珍的名字。那女孩转过头来,他只得道歉。

只有红酒倒入玻璃杯时的声响才能刺破他的静默。

"有时他会换个话题。他会说:'广播说天气要变暖和了。'我会回答:'那好呀。'然后他会看着地毯说:'那是新的污渍吗?'我会回答:'是猫弄的。'他会接着说:'那只猫啊。'随后摇摇头。

"就算那只猫有名字,我也不记得了;有一天猫忽然不见了。我不知道是他把猫送走的,还是猫自己跑掉了。我没过问。反正它绝不是因为被宠得受不了才离家出走的。"

一夜之间,幸福从那栋房子中悄然远去。

"凄惨。凄惨至极。有时候我实在无计可施,只好再帮他泡杯茶,端给他。惨不忍睹。"

18

他标记日期;像数珠子一样地数着日子。

三个月过去,梅克提奇再也无法忍受。在无比绝望的间隙,他写了一封信给她。写给谢丽尔,那个将女儿从他的世界抹除干净的女人。他请求她让珍和他共度一个假期。

谢丽尔的回函简短而粗暴:珍的精神状态过于敏感。再说了,她以为父亲身在澳大利亚。

他又写了一封请求信:如果不行,那一个上午或一个下午也好。他们可以跟她说,爸爸出差,回到了英国……没有回音。

之后,谢丽尔的律师发来一封信函。斯基林宣称那是他委托人的女儿出于自主意识写的:

爸爸,我再也不想去你家。我要和妈妈在一起。

19

"很难区分哪天是哪天。我跟你描述随便一天的情景,你就能了解我们是怎样过活的了。

"房子散发着和我们俩一样的气味:两个抛弃了祖国、用另一种语言交谈的中年亚美尼亚人。

"我替他做早餐:茶、两片吐司、橘子酱、一碗什锦麦片;冬天换成燕麦粥。我把早餐放在他房门外。他晚餐吃得很早,七点左右吧。我给他做菜:他喜欢西洋菜汤、烤牛肉、大黄奶酥派;我会把晚餐端到饭厅给他。"

他望向窗外,望过秋季,望过冬季。呆滞的双眼就像挂在客厅里画作上的眼睛,就像动物标本的眼睛。

"我不晓得这样过了多少个月。我们两个都失眠。"

以前,梅克提奇行事低调。避世的做派是他掩饰热情天性的西装和领带;现在,他完全退缩。他遁入地下,将所有情感推挤到最深处的内核中。潜入水中,等待时机。

"他坚守对谢丽尔许下的承诺,完全没有联络珍,十一年里一次都没有。这不仅仅是因为他立了誓言,更是因为他害怕谢丽尔真的会带珍远走高飞。他宁可让珍以为自己抛妻弃女,也绝不要让女儿永远消失。谢丽尔对他了如指掌。即使他见不到珍,但至少也算知道她生活安逸、受到良好的照顾,居住在圣约翰伍德的大房子里;他至少可以给她们充裕的金钱。如此这般,总强过一辈子不知道她的下落。更何况,女儿能够远离唐——这也算是一个告慰。

"不过眼下,他所能做的就是承认珍和她母亲的关系。"

谢丽尔将离婚赡养费挥霍一空后,他请律师按月汇钱给她,金额可供母女继续养尊处优的日子。"无论谢丽尔何时需要就医,他都会全额支付她的医药费用。女儿则从不要求什么。"

又是春天。他定定望着春光降临大地。花园里有麻雀在唱歌;山毛榉冒出紫黑色的嫩芽;番红花绽放,日晷表盘的指针黑影逐渐变暗。然而,他丝毫不觉得窗外的一切与自己有何关联。不论有没有珍在身边,世界依旧照常转动。

这让他心生厌恶,却无计可施,只能苦苦等待她二十一岁生日的到来——届时她便能领取他为她设立的信托基金。在班尼特的安排之下,信托基金的相关条款规定,珍成年后,便可收到五百万镑的财产。

马拉尔说:"克里克尔一心悬在期盼之上:假如他不打扰珍,她终会主动回到自己身边。"

正如同知了长年将自己埋入地下那般,他不愿放弃。他要守住信心。他要苦撑到女儿回家的那天。他的固执是他度日的动力。

20

　　七月将至,温度上扬。

　　生活不尽是苦难。他有一些小消遣。他买下一匹赛马的四分之一所有权,有时到爱普森姆看它训练,之后坐下和驯马师讨论一番。要么将大衣甩到肩上,走去圣詹姆斯的俱乐部,或是参加品酒会。要么和女朋友之一共进晚餐。

　　谢丽尔把珍带走后的那个夏天,他有阵子和一位瑞士外交官的夫人展开交往。一天清晨,马拉尔正要把早餐放在梅克提奇房间的门口,撞见一位胸部高耸的女人溜出来,身上只围了一块浴巾;她看看端着早餐托盘的马拉尔,表情好似一个参加葬礼的情妇,脸上挂着得意洋洋又有些尴尬的沉默。她回到卧房,马拉尔听到她压低声音说:"你都没提过她很漂亮呢。"其余的话语便湮没在嬉闹声当中了。

　　"之后他在旅游书店认识了另一个女人,关系也不持久。都是逢场作戏而已。他说他再也没有能力谈恋爱。他已年过五十了。"

　　有一次,收音机里正在播着查尔斯·阿兹纳夫演唱的歌,他随着音乐独舞,看见马拉尔进入起居室,便上前揽过她的肩膀,一手环住她的腰,望着她,欲言又止,呆住,之后摇摇头。

　　"他说我可以自由离开。我能上哪儿去?我应该离开的。我真后悔当时没离开。待在那幢房子里,令人感到压抑、颓唐;可是那时我都快四十五了。我替他难过;他陷入此番境地,我也有责任。"

不久她端上晚餐,他问:"你的毛衣在哪里买的?"

"我自己织的。"

"能否也帮我织一件?"

他请她搬把椅子过来,坐到他旁边。

"如果你要留下,我们得多了解彼此。"

在那之前,他和她一直维持主仆之间的距离;对于彼此的人生几乎毫无所知,他们宛若陌生人。

马拉尔说:"之前,我们不用专门坐下谈论,他也或多或少知道了我的过去。但现在他想再多了解一些。"

他详细追问,她道出自己的故事。他在维也纳遇到她时,她三十三岁,刚刚在无名氏公墓把孩子下葬。当时她神志昏迷,一位出租车司机送了她一程,她走到市中心,不愿回到特莱斯克晨难民营。医生的警告在她脑海里响起:"他们会遣返你。"

"到哪里?"

"你的祖国。"

她咯咯笑了:"我的祖国早就不存在了。"

她告诉梅克提奇,当她在施瓦茨霍夫拱廊看到他向她走过来时,第一反应是:他是来抓她的——直到她见到他自上而下俯视她时上下颠倒的脸庞。

"帮帮我。"她说。太过虚弱,因此说出口的是亚美尼亚语。

马拉尔用了几个晚上说完了自己的故事,之后轮到梅克提奇。"他看上去不大想开口,但有红酒喝,他的情绪渐渐高涨起来。他在澳大利亚时从不喝酒,是到了伦敦以后才开始喝的。他信任的只有酒——我猜还有我吧。他是这么说的。但他必然信得过我,否则也不会告诉我他祖母的故事,还有澳大利亚的往事。"

他们每星期共进晚餐两三次,吃着她做的菜,啜着他从酒窖拿的红酒,聊天。

"我们什么都聊。我有很多时间可以用来观察他。我不觉得他让人畏惧;反而有些羞怯。其实他可以交到很多朋友。他风趣又聪慧。"

她讲述自己在休达①的童年时光,她祖父在那里的公车转运站以削马铃薯皮为生;之后她藏在沙丁鱼船的底层偷渡到直布罗陀;在西班牙马略卡岛上的帕格艾拉②待了几年,替一位脾气古怪的聋子寡妇做清洁工;之后在奥地利的"西部咖啡馆"当女招待,在那里认识了一个乐手:他爱灌白兰地,所以眼睛经常浮肿着,在一支来自奥塔克林区③的民谣-摇滚双人巡演组合中负责民谣部分——永远不知道自己曾有过一个女儿。作为交换,梅克提奇则带她回溯到阿勒坡的露天市集,那里的院落如同牛津大学的校园一般;他坐改装过的冷藏船偷渡到澳大利亚,全家人被扣押在难民营,就在公共花园旁边的山丘上,以前是意大利战俘的收容所,四十个人挤在两间屋子里,因此总是嘈杂不堪;他最初是从一位拉脱维亚医生那里学的英文,那人彬彬有礼,曾是反战俱乐部的主席;在珀斯就读的第一所学校里,人人都取笑他,于是他成了小混混的头目,踹人、吐口水、打架、和其他团伙谈判;但在第二所学校里就改邪归正了。

"我这样知道了谢丽尔和黑天鹅;还有金矿、船屋和唐·弗莱克斯莫。"

弗莱克斯莫的阴影挥之不去,像浑浊河水里隐约的小龙虾轮廓。梅克提奇试图将他逐出脑海,但回忆却不肯就范。

每每提起他,悲伤便跃上他的脸。

---

① 西班牙在北非的属地,它位于马格里布的最北部,在直布罗陀海峡附近的地中海沿岸,与摩洛哥接壤。
② 马略卡是西班牙的巴利阿里群岛的最大岛屿,是著名的旅游地点;帕格艾拉是马略卡岛西南部的海滨度假胜地,因德国游客众多,也有"小德国"之称。
③ 奥地利维也纳西部的一个行政区。

"他苦苦思索,不明白为何命运会派这个人对他作恶——如此一个异于常人、丝毫没有善良之心的人。梅克提奇完全无法理解,并感到万分气馁。但好人总是不明白恶棍的逻辑。他们不知邪恶为何物;永远不知。"

十一月的一个夜晚,马拉尔提起弗莱克斯莫的名字,卸下了梅克提奇的某道心防;尽管他还在挣扎和抗拒,却被回忆拉扯到阿勒坡一个低矮的房间,回到那座名叫"童年"的可怕竞技场,回到父亲赌瘾失控的那一刻。

他缓慢却不失细节地娓娓道来和祖母、父母共同在阿勒坡度过的童年时光。

那年他九岁。在厨房倒水时,祖母的声音从隔壁屋子传来。她的怒火是如此之生猛、狂暴,就连不经意听到的梅克提奇都觉得仿佛是自己犯了错。他站在原地,抓着缓缓放低的水壶,抱在胸前,静静倾听。

"我不会让你卖掉它的,拿撒勒。看看,看它有多古老啊。你觉得有多少年头了?"

他父亲小声嘟囔出一个数字。

"不对,蠢货——比那还要早上几个世纪!"

他父亲开口还击,却被她猛然打断。她的语调从未如此激昂:"对你来说,这只是条银子,一个可以抵赌债的东西——不,听我说!"她的情绪像火柴一般燃烧起来,"你根本不懂我为什么戴它,对吧?你只知道阿勒坡。你不晓得我们来自何方;更别提我们在沙漠的先祖和我们的教派。没错,属于我们的教派,拿撒勒。你父亲或许是个土耳其佬,但是你,你是我的儿子——看着我,该死!——你是亚美尼亚人;我是把你当作亚美尼亚人拉扯长大的。对我们亚美尼亚人来说,我崇敬上帝和你爱好赌博同样自然而然。我戴这条手链,就是为了捍卫奥秘,也就是此时此刻你这么急着要我解释给你听的奥秘。我戴它,就是要提防你们这些人,你们尽会问一些诸如'什么是三位一体？圣父和圣子有着怎样的关系？其中发生了什么事？'的问题。这是不可以用语言来解释的，拿撒勒。你无法全盘接受的奥秘正是我们的本质所在。这条你准备拿去典当的手链，正是我与我们已然失去的信仰之间的联系！"她停了一下，他可以听到点烟的声音。然后，她的声音沉稳了一些，"你问我上帝是什么，我只能告诉你他不是什么。神不是燃烧的荆棘，不是天使，不是供成年人戏耍的圣诞老人。让我跟你讲清楚：当你不再试图为一切下定义时，就在那个定义的参差尽头处，存在着一个神秘空间的轮廓。那个轮廓就是上帝，拿撒勒；我们每一个人都是他存在的证明——即便你父亲也是。"

梅克提奇听祖母深深吸了一口她的香烟，思索着："或许这虚无的空间，也存在于撒旦的心里。"

21

"你了解唐·弗莱克斯莫吗?"一天,安迪在晚饭后问起马拉尔。

她嘴巴抿起来,凝神沉思。她绝非知识分子,但当她开口时所说的话——腔调继承了贝尔语言学校的风格,平白而干涩——却令他深感惊讶。

"你听过'极致之爱将恐惧驱散'的说法吗?我知道克里克尔的祖母相信这些。那么,把这话反过来是不是也成立呢?极致之恐惧将爱驱散。你要问我,我想这句话可以解释唐·弗莱克斯莫的所作所为。"

"为什么说是恐惧?"

她的头向前探出,脸上有愤怒也有痛苦:"恐惧能够控制一切,拉克汉姆先生,也与自私像孪生兄弟般相随。只消看看上瘾这种事就明白了。我不知道你有没有什么瘾,但如果你迷恋酒精、药物或权力,那瘾癖会叫你变得自私无比。我孩子的父亲即是如此。除了你自己、除了满足瘾癖,其他事都无足轻重。你将其他人隔绝在外,只专注于自己的需要,以致任何人都比不上这瘾癖;直到有一天你环顾四周,发现生命中只剩下绝望。这就是唐·弗莱克斯莫的写照。他永远像个需要哺乳的新生儿;他扮演自己世界里的太阳、月亮和星辰。这种没来由的需求或许可能有吸引力,但也让人恐惧。然而,当你年纪渐长,绝望便乘虚而入。恐惧走到最后,你被击垮,就只剩绝望。现在我听上去像个修女吧。"

"没有,没有,请继续说。"

她断然地摇摇头:"千万别以为我信仰虔诚。我说的这些观点很多来自克里克尔给我看的书和我们之间的交谈。在我看来——其实就算到现在,我也不确定自己究竟理解正确了没有——所谓上帝之爱的荣耀和创痛,在于我们可以无拘无束地加以拒绝。我这里说的上帝,是克里克尔祖母信仰的那个上帝;上帝赋予我们放弃所有美好的自由;也赋予我们靠瘾癖过活的可能。可问题在于,上帝即真理,他反过来被自己束缚。它不可使用魔鬼的那些力量。它不可背信欺骗。

"而魔鬼正相反,它是个谐星,拿手好戏是欺骗;并且总爱制造假象。如果说爱会让人释放、散布力量,那么欺骗则会让人偷窃、汲取力量。魔鬼的目的是将爱毁灭,让人们背弃上帝、并散布怀疑和绝望。它叫卖的貌似真理,而且永远盘旋在美好高尚事物的外围。它用人们所珍视的关系来引诱你——当然,世间确实有那种关系,比如少男和老先生的感情——如果他们真心相爱,这种关系当然很伟大;但如果他们之间的根基只是为了满足老人的自我需求,那么一切就另当别论了。不过,就算魔鬼大显其能,但在积极、美好与邪恶、毁灭性的事物之间,总存有如发丝般细微的一线之隔。一旦你越界,便如坠入无底洞;因为邪恶永不餍足。它会将你献出的一切狼吞虎咽、吃干抹净——这是克里克尔的体会。当你自欺欺人,你便由此与欺骗勾结在了一起。

"现在,请再帮我倒酒吧。"她推了推酒杯,随后抬起头,"你不把这些记下来吗?"

22

四月初,阳光从树枝间透下,根茎从草坪间突出来,就像梅克提奇手背上的骨头。他坐在山毛榉下的椅子上,膝上盖着格子毛毯,埋头看报。他看见她出来收拾托盘,目光从报纸上移开,抬头看着她。

"如果你坚持要留下,我们是不是得帮你找点事做呢?"

他开始让马拉尔接触她之前一无所知的生活内容。她的新职责包括造访书店、古董商人和图书馆,领取他订购的书籍。她剪下他在报纸上圈出的新闻报道,粘在大理石纹理的绿色剪贴簿里。

"在那之前,我几乎没怎么读过书。我的英文原本只到可以念童书给珍听的程度。这些书本成了我的教育素材;文章也是。克里克尔深谙如何鼓励人学习,他教我研读他画线的地方,凡是不懂的地方他都会为我解读——我想他当年也是这么辅导谢丽尔做功课的吧。就这样,我学了很多。不过呢,只除了马。我对马可不感兴趣。"

她的大部分工作依旧还是围绕着克拉伦登大街11号。她从不参与知了基金会或杜克街的家族理财办公室。

"他从不跟我谈论他的慈善机构、生意或是矿产投资项目,所以这件事我记得特别清楚。"

十二月的一个清晨,梅克提奇跑进厨房。

"亚美尼亚苏维埃发生地震了!"

"他看到照片:村庄化为瓦砾,一个老师将死去的女儿扛在肩头。最令他震撼的是种族之争：男孩用木棒痛打老太太，年轻的阿塞拜疆人将整壶汽油泼到女孩身上、放火焚烧她们。那是对我们文化的又一次打击；他需要一个倾吐的对象。

"我们研究地图。亚历山德普①一些地方的灾情最为惨重，苏联后来将那里重新命名为列宁纳坎②。一条条街道两边，公寓塌掉了一半，气温低于零下二十度，电力和煤气都被阿塞拜疆人切断。奇特的是，建于十世纪的教堂却依然完好。这些教堂都有两层墙，因此震动反而能强化地基。但后来盖起的公寓却倒塌无数，因为人们在水泥上偷工减料。"

她问他是否打算去那里。

"你能想象回到那里，得面对怎样的敌意吗？"反正，他去了也必定成为人家的负担：老鼠横行、没有干净的饮用水；他只会病倒而已。

"但他想帮忙。他在伦敦希思罗机场巨大的机库里，将补给品装上飞机。在那儿，他了解到状况有多凄惨，比他想象中的还要糟糕许多。于是，他试图通过基金会的名义租一架飞机运送粮食和药物。然而，苏维埃当局即刻回绝了他：一个英国人这么做有何动机？他们把他当作是英国人。根本原因是，他们不想破坏和苏维埃的良好关系——苏维埃当年出手将亚美尼亚人从土耳其人的残杀中解救出来，对此亚美尼亚苏维埃一直感激万分。多亏了他们的老大哥俄国！亚美尼亚人一想到世界最强大的军火库跟自己同一条战线，就涌上前所未有的安全感；于是他们用忠诚作为回报。但当克里克尔打算捐赠巨额款项的风声传出去后，一个当地大佬和他取得了联络：他们愿意接受他提供的支援，但有个条件，亦即他还需投资一个因地震而关闭的铜矿。克里克尔当然立刻点

---

① 亚美尼亚西北部城市。
② 即上文提到的亚历山德普，1991年苏联解体以后，该城市改名为久姆里。

头同意。在他看来,投资铜矿是一条捷径,可以用最快的速度帮助无家可归的灾民。他掏钱重开铜矿的唯一理由,是为了救助那些即将在饥寒交迫中死去的族人——很多人甚至连栖身的帐篷都没有。

"不久后,亚美尼亚苏维埃宣布独立①,铜矿打算招标出售。同一位官员找上克里克尔,他随即买下。不过克里克尔拥有那座铜矿的时间并不长;那是他买入卖出的几座金属矿之一。跟你说这些,是因为后续的事件和这些有关,但暂且先不谈那么远——还没轮到呢。

"我要说的是,地震后,我发现在我剪贴的文章里,越来越多地看到关于亚美尼亚的报导。显而易见,地震震开了他隐藏多年的情感。但他不和我谈论这些。有些事你张口欲问,话到嘴边,最后还是噤声为妙。"

马拉尔读了一遍粘在剪贴簿里的一篇文章,是拜伦传记的评论;拜伦曾在威尼斯花了几个星期学习亚美尼亚语。梅克提奇用笔画出了拜伦说的这句话:"我的老师帕斯奎尔·奥奇尔神父……向我担保说'伊甸园的实际位置绝对在亚美尼亚境内'——我去寻访它——天晓得在哪里——我找到它了吗?——哼!——偶尔吧——可以窥见一两分钟。"

她觉得他画出的这段话实在有些莫名其妙。

他不再在夜晚叫嚷。珍的痛苦幽灵褪去。生活照旧过下去。太阳、鸟儿、山毛榉皆与他无关;它们不能渗入他的情绪。他将自己的感情封存在一个信封中,直到与女儿重新团聚的那天,方可开启。

---

① 文中提到的地震发生在 1988 年 12 月,苏联于 1991 年解体,亚美尼亚苏维埃社会主义共和国于同年 9 月 23 日宣布从苏联独立而出,成为独立国家,并于同年 12 月 21 日宣布加入独联体。

23

珍·派克遇到他时,离她二十一岁生日还有六个星期。

在新邦德街边一栋时髦建筑的六楼,她正坐在办公桌前。这是她在环保组织"解救亚马逊"工作的第二年;她是组织仅有的两位员工之一。她刚转寄了一封电子邮件给老板亨利·贝尔——公司另外的半边天。

他们的两张桌子位于楼梯口,左右分别是厕所和电梯;对面宽敞的办公室都属于一位金融经纪人。泽维尔·拜登寇普和贝尔是同学,对于贝尔保护环境的热情有种负罪感般的赞赏,于是将公司里的豆腐块儿空地出租给他,好让他去拯救地球。贝尔不在,珍坚守岗位。防范企图破坏地球的野蛮人。

在这个阳光明媚的七月上午,接近正午时分,一个年纪与她父亲相仿的男士推开珍对面巨大的玻璃门,走出来,等待着电梯。珍对每个到这层楼的人都保持戒心,但他坚定的神情吸引了她的目光。他的脸皱成一团,一副若有所思的表情,似乎以天下为己任。他斜斜一瞥,看到她在审视自己。

然后他笑一笑,踱过来。

他体格粗壮,发色比胡须还要黄一些,身穿样式过时、有些紧的蓝色西装。

"这是什么公司?"他看着鲸鱼和北极熊的照片,以及以一排印第安人为主角的海报;他们站在丛林里,举着长矛摆出作战的姿势,身上画着原始部落图腾。

她说:"'解救亚马逊'的宗旨,在于为森林提供的生态环境服务,从而为森林创造价值。"

"怎么实现呢?"

她的口气冷静而专业:"政府太慢,慈善家太少,所以我们寻找支持这个理念的个人。"

"请继续。"

"做法是你将钱放入一支基金,一部分的获利用来救济住在森林里的人。也就是说,等于给他们钱,请他们不要砍树,同时也算是为森林提供给人类的服务买单。我们得让这些森林存在的价值,超过将它们被砍光后土地的价值。"

"你是指做棕榈油、养牛和种大豆?"

"没错。也就是说,这笔钱会落到森林真正的守护者手中。"

他点点头,更仔细地看着墙上海报里的印第安人:"对抗气候变化的前线战士……"

她看着他:"是的。现在我们正在圭亚那①尝试一个计划,详情请参考我们的网站。"

"真巧啊。"他说,拉长字音以增加戏剧化效果。

他就像梦境里一个并不认识的朋友。紧身西装和条纹领带。他的笑令她不自在。他的睫毛看上去就像刷了睫毛膏一样浓黑;她在猜他的头发是不是染过。还有,他是否戴了蓝色隐形眼镜。

"你眼前的这个人,"他用十指轮番敲着桌面,"碰巧就是永不妥协的环保战士。"

她忍住笑意。

为了让她相信,他叙述自己在加拉帕戈斯群岛②参与反对捕捞鲨鱼的行动,以及和新西兰绿色和平组织出海的经历。"哪天

---

① 位于南美洲北部的国家。
② 位于太平洋东部,属于厄瓜多尔管辖的火山群岛。

你要是去奥克兰,只管开口,我可以帮你在最棒的旅馆弄到房间。"

"我不住那种旅馆。"她以惯常的奚落口吻坦率回答。她依旧看不上任何进出泽维尔办公室的人——管他反不反对捕捞鲨鱼。

他原本希望能令她刮目相看,可是感受到她的不快。他建起戒备。

"喜欢这工作?"他向下看着她。眼睛是复写纸的颜色。

"薪水不高,但我喜欢。"

但他还是察觉到她有哪里不对劲。于是他凑上前去:"跟男朋友吵架吗?"

"我母亲刚刚过世。"

"真遗憾。"

"是啊,她已经病了挺长时间了。"

"你们亲不亲?"

"有些时候还不错。"

"你是哪里人?"他问。

"我在伦敦出生,但我母亲是澳大利亚人。"

"噢,"他意味深长地说,"怪不得哩。①"

大大的褐色眼睛眯起来看着他:"你说什么?"

"在澳大利亚,"他严肃地回答,"维多利亚州的库尔奈人②看到南极光时,他们会交换妻子一天,还会把死人的手切下来,丢向南极光,大嚷:'把它赶走!别让它烧死我们!'"

"没听说过。"她忍俊不禁。

"你让我想起南极光。"他说,"对了,我是凯斯。凯斯·维克菲尔德。"

---

① 原文为法语。
② 库尔奈人是原本生活在澳大利亚维多利亚州山区的土著民。

"珍。"她没报出姓氏。

"珍?"他沉下气来。蓝眼睛仔细端详她,不再草率,收起笑容,"你母亲该不会是珀斯人吧?"

"她是珀斯人。"

"家住薄荷路?"

"你怎么知道?"

他以奇特的目光研究她。那双眼睛似乎不是普通的属于人类的眼睛,而是由某种坚硬厚实的聚合物构成;它们观察她,激起了她的恐惧,就像一只年幼的小山羊走进洞穴深处舔舐盐巴,却忽而发现岩石洞变成了张牙舞爪、披着皮毛的怪兽。

"你母亲不会是谢丽尔·派克吧?"

"正是她……"

"噢,不会这么巧吧!"他一手拍拍头,"我是她朋友。"

"真的假的?"

"我们在珀斯高中念书。我还帮她写过作文。"

"你是澳大利亚人?"

起码到目前为止,从他的口音听来,他都很像那些在公立学校念过书的英国人,他们坐电梯上来六楼,乞求泽维尔分一点蝇头小子儿。

"很遗憾她死了。"他说,立刻换成澳大利亚腔,"你妈很优秀。相当了得。但这不用我说,你也知道。"

东印度俱乐部的餐厅在伦敦图书馆旁,占据着圣詹姆士广场边一栋乔治王朝时期建筑物的一层。

在他们等候带位的间隙,她环顾四周,打量着众人,不屑地将嘴唇抿起。

"我讨厌这种地方。"仿佛她刚在外面的街道上就想到这句话,无论如何也憋不住了,一定要说出来。

"是啊!"他讨好地应声道,"都是些烂人。不过这里很适合偷听敌人的谈话。"

和她想的一字不差!

这时,东方面孔的年轻服务员踩着小碎步过来。

"理查爵士!"他脸色一亮,"您好吗?"

"见到你更开心了,桑吉特。"他点了两杯血腥玛丽,特辣味,"记在别人账上哦。"他开着玩笑,然后领她来到餐厅正中央的一张桌子。

"理查爵士?"她扬起眉毛。

"是我俩之间的玩笑啦。桑吉特是文莱人。"文莱人和理查爵士有何关系?他却不想再做解释。

从她落座的那一刻起,凯斯·维克菲尔德便展现迷人风采,并大献殷勤,连珠炮地问她无数问题,一面听她回答,一面撕开面包,蘸着碟中的橄榄油慢慢咀嚼。

"你多大了?"

"下个月满二十一。"

"你看来可要成熟得多了。"他注视着她的丰唇和目光咄咄逼人的大眼睛。

品着血腥玛丽,他挖出更多资料。她三年前从圣保罗高中毕业,为绿色和平组织工作了一段时间,积极拯救鲸鱼。正准备接受培训成为足疗师时,她偶然在电视上看到一部戴安娜王妃造访安哥拉地雷区的纪录片。于是她改变计划,前往安哥拉的首都卢安达,在一家专门照料被地雷炸伤孩童的意大利慈善机构服务。"我的梦想很简单。"她曾告诉母亲,引述这个慈善机构的口号,"帮助一个成人,只是帮了一个人;帮助一个小孩,等于帮了一个国家。"

"安哥拉怎么样?"他问。

"让人难过。"

"我猜也是。"

从卢安达回来几天后,她结识了年轻的亨利·贝尔;他着迷于阿尔·戈尔①的环保理念:向地球上每个政府发出警告,使人们重视温室气体的影响。于是,珍决定和亨利并肩作战,担任他的秘书。

这时,一位年轻的马来服务生打断他们。

她以成年人的口吻说:"我要一份汤和菠菜素咖喱。"

维克菲尔德点了鲜蚝和亚伯丁香烤牛肉。

"是300号房间吗?"

"真是好记性!"

她看着服务生离开,注意到他双颊绯红,接着倾身向前,抱起手臂:"我就说到这儿吧。该你了。"

等待上菜时,维克菲尔德说他在牛津的莫德林念书——"所以我才有这条领带"——比泽维尔·拜登寇普早两届。

"你在牛津做什么?"

"哦,你知道啦,瞎混日子而已!"

"你不是比泽维尔大很多吗?"

"我念的是研究生呀。"他说。

他母亲出身伯德里家族——就是捐款给牛津大学图书馆的那个伯德里家族,父亲的祖上是德国人,后因政治原因移民澳大利亚。他自己则在阿根廷度过了青少年时期;说到这里他脸色一沉:那正是"肮脏战争"②期间。

他望着她,蓝眸的眼角皱起;她怀疑他是否想勾起她的同情。

---

① 美国前副总统,一直致力于环境保护活动。
② 1976年,阿根廷三军领导人发动军事政变,推翻了总统贝隆夫人领导的政府。为了镇压民主浪潮,军人政府发动了被称为"肮脏战争"的镇压行动。后来,阿根廷政府公布的报告称,在1976年至1983年军人执政期间,有一万五千多人被杀害,而国际人权组织则认为被屠杀的至少有三万多人。

但在随后的两小时中,她发现自己最初认为他巴结她的乐观态度,其实源自他的自卫机制。听到他描述姐姐在乌拉圭遭警方逮捕并备受折磨,珍的疑心开始消退。

"你离开南美洲后做了什么?"

"天啊,好多好多事啊。"

他在冰岛教授商业课程、担任汤加国王的私人秘书、在冷战时协助波兰人偷渡到西方,还是雅鲁泽尔斯基将军①女儿的情人之一。

听起来十分荒谬,再想想却又不然。

后来,他娶了一个捷克姑娘,想带她离开捷克斯洛伐克。时值1983年,他站在德国霍夫②的铁丝网后,看着新婚三个月的妻子奔向自己。然后捷克警方开火,她在他眼前倒在地上。

"看着心爱的人死去,"他声调模模糊糊地说,"就像从你身上切下一块永远无法取代的什么。"

他不曾再婚,浪迹天涯,投身他所谓的"任务"——妻子被残忍杀害,激起了他强烈的使命感。尽管这"任务"无法取代妻子,却是他纪念无私公正的妻子之方式。多亏这股使命感,如今他拥有的土地遍及塞拉利昂、摩洛哥、巴西、克罗地亚、新西兰、贾维斯湾、英属哥伦比亚、北爱尔兰和几内亚比绍。

她问他这些土地的用处。

他说他种树。

她以一贯严肃的表情看着维克菲尔德:"我们认为造林没什么用。"

"真的吗?"他的眼睛蓝得如游泳池水,瞳孔如针尖般细小。

"我们不反对种树,但种树成效甚微;一棵树得长上至少三十

---

① 波兰政治家,1989年7月19日至1990年12月22日任波兰总统。
② 德国巴伐利亚省中部的一座城市,与捷克接壤。

年,才能有效地帮助二氧化碳的封存和排放。"

"别担心,我也买了二氧化碳捕获与封存技术的科技股票。"

她依旧无动于衷:"买股票有什么用?地球本来就拥有能够免费实现这些的最精密机制——就是雨林!"

听到这里,维克菲尔德笑了:"喔喔,何不先听听我最新的计划。"

他详细描述了他正努力保护的一片雨林,地点在澳大利亚的塔斯马尼亚州,她终于有了些许兴致。维克菲尔德说了这么多,到目前为止这是最令她在意的事情。听到"原始雨林"几个字,她脑海中的他有了一百八十度的大转变:他终于成了一个有血有肉的真实的人。

那块土地位于兹翰①的东南方,面积可观,包含两座河谷,密密麻麻长着古老的桉树,有些看来仿佛与天地同寿。他充满敬畏地描述自己走在一片布满鲜绿色蕨类植物的树冠之下("那就像大教堂的扇形拱顶"),来到一棵硕大无比的塔斯马尼亚沼泽桉树前,它又叫王桉,是地球上最高的开花植物。"我站在那棵树下,将脸贴向树干,对自己说:'这棵大树从亚伯·塔斯曼②发现塔斯马尼亚时就矗立在这片土地上,天晓得它撑过了多少次火灾、干旱和暴风雨。'我抬头仰望——我得跟你说,珍,那感觉就像站在濒临绝种的鲸鱼脊柱底下看天空。一个人怎么可以砍下这样一棵树?他良心何在?我不明白。这和杀死一头鲸鱼没有分别。现在,那个地方即将修建一家大型纸浆厂,这些树会因此而全部被砍倒——为的是什么?为的是将树做成卫生纸去擦日本人的屁股,如此而已。反正,我要尽力阻止他们。"

---

① 澳大利亚塔斯马尼亚州西部沿海小镇,当地产业包括镍矿和锌矿。
② 亚伯·塔斯曼(1603—1659),荷兰探险家、诗人,在荷兰东印度公司的赞助下,进行了一系列探险活动,发现了塔斯马尼亚州、新西兰、汤加和斐济。

她望着他,表情像个小孩子般纯真,因为压抑着情感而睁大了双眼:"有趣,不过话说回来,我母亲很爱桉树呢。"

他笑着说:"是不是因为我,她才爱上桉树的?"

她听得心不在焉:"或许我对绿色环保运动的兴趣,都源于此吧。"

"你该不会是在说……"

"即将离世时,都是桉树——她只想画桉树。那些蚀刻画,画了一幅又一幅。"

"真想看看那些画。天啊,我好想念你母亲。"他满腔激情地说。

她点点头。

"告诉我,她是怎么死的?"

"我只知道是心脏病发作:她不小心把不同的药混在一起吞了下去。她有大把大把的药,应付各种病症。"

"真遗憾。"他把手覆在她手上。她动了动,想把手缩回来,但听到他话语中的真情,便默许了。

"她才五十九岁,但她的肝都坏掉了。"珍说,"无论她是死于意外还是蓄意,谁又在乎呢?以她的健康状况,其实都没差别。"

他轻捏了捏她的手指。

她左右张望,想找东西擦拭眼泪,他递出自己的餐巾。

"那卡尔-安德鲁呢?"他问,"你母亲提过他吗?"

"没有。"她擦着眼睛。

"唐·弗莱克斯莫呢?"

"没有。"

"詹姆士·斯坦?"

她摇摇头:"抱歉,没有。"

"路瑟·阿萨维多、威斯利·史提比、西蒙·宏纳,还有毕舒·曼德雷克呢?"

"毕舒？那是个什么怪名字？"

她皱起眉头，他将椅子拉得更近："都是些原来学校的同学啦。"

她盯着他："你也帮他们写作文吗？"

"只有几个。只有几个啦。"

"泽维尔怎么说？"

"泽维尔？"他松开她的手。

"你不是刚去见完他么。"

"哦，对的。我想请他赞助我的计划，拯救那些巨大的桉树。"

"他没兴趣？"

"他忽然想到有别的事要忙……然后你就进入了我的小世界。"

"没错！泽维尔就是那种人！亏你还是他在牛津的学长！"

他的眼睛呆板地追随推着奶酪车服务生的身影。

但她却自顾自沉思起来。"也许我应该投资你的计划。"

"你？"他将头转回来。

她开口，语气从容又严肃：再过不到六个星期，她就能从父亲的信托基金领到一笔可观的金额。她原本打算投资亨利首创的"森林债券"，但……

桌子对面，一根眉毛扬起。

同时，她说："我得先研究一下目前的法律规定，搞清森林的所有权。"

"这个没问题。森林属于原住民。"

"但你没有原住民血统。"

"哦，多好的姑娘；可我还真有呢。"

"你？"

"我祖母。"他说，严正且不容置疑，"她有一部分澳大利亚原住民血统。"

她注视着他,褐色的眼睛散发着新近翻整过土壤的颜色,无限温柔。

"给我讲讲你的父亲吧。"维克菲尔德边吃切达奶酪边说。

"我父亲?"她眉头再度深锁。

"你还没提到他。"

"干吗要提他?我从没见过他。"

他又挑了片饼干来配奶酪:"你上次见他是什么时候?"

"我十岁那年,他离开了我们。"

"之后就没再联络过?"

"他不想见我们。"

"真遗憾。"

"我母亲让我觉得,我父亲最不想做的事,就是让他唯一的孩子联络他。我连他住在哪里都不知道。大概在澳大利亚的什么地方吧。他只通过律师跟我们打交道。"

"哎,不对哦,我想他不在澳大利亚。"他拿起另一片奶酪,对她所言之事甚感满意。从她离开校园之后的兴趣便可轻易推测出,她喜欢将每个人理想化,并有一颗极易原谅他人的宽宏之心——唯独对自己的亲生父亲除外,"你可能会发现,他离家其实没那么远。"

"你说什么?你知道他在哪儿?"

"姑且说我略知一二吧。"

她猛然抬头。

他的面孔有如一位听人忏悔的神父:"假如我跟你说他就在这里呢?"

"在伦敦?"她深吸一口气。

"你想要的话,我可以给你他在荷兰公园区的住址。"

"这不可能。"她摇摇头,不容许自己继续想下去。

"再来点奶酪吗?你一定要尝尝这个。"他用刀子切下一块奶酪,放在她的盘子里;这可是用兰开夏郡①产的奶油奶酪做的,他告诉她,出自鼎鼎大名的巴特勒老店。他安然向后靠去,抚着八字胡和领带,"在仓促行事前,吃块奶酪永远是明智之举。"

喝罢咖啡、签单结账后,维克菲尔德带她去看楼上的小图书馆和一个房间,他说当年摄政王接到滑铁卢捷报时,就坐在这里。

高高的窗户外面是一个小阳台,他们在阳光下小站少顷。

"闻闻这空气,有没有闻到污染的味道?"他吸了口气,之后捶着胸口,使劲咳嗽,"这就是为什么我们得拯救那片森林。想想,假如这个广场种满那些古老的沼泽桉树,而不是这些……恶心的橡树,那空气会干净多少啊!"葡萄酒打开了他的话匣子,"为什么?因为它们会为英国每一位男女老少提供丰沛的新鲜空气。更何况对我的心绞痛也有好处。"

"你病了吗?"她碰碰他的手臂。

他又咳了咳:"我的确需要担心自己的身体。但我不能埋怨什么。和你父亲的其他受害者相比,我算是幸运的。"

"你说什么?"

他抓着阳台的灰泥围墙边缘,俯瞰圣詹姆士广场:"我不该跟你说这些的,毕竟你是他女儿。但他对待那些可怜的亚美尼亚人……实在一直让我如鲠在喉。"

"什么亚美尼亚人?"他们的对话气氛渐渐紧张起来。

他于是建议两人下楼去广场,随后他们坐在仿希腊神庙风格的长椅上,周围尽是吃三明治的办公室职员。他从头道来。

"我曾经和一家与你父亲有生意往来的加拿大矿产公司合作,"他又咳嗽,"我是他们的环保顾问。"

她心中既有愤怒,又有沮丧和疑惑,等待着他继续。他则以憾

---

① 英国西北部城镇。

恨的口气说了下去。

"距离现在几年前,这家公司买下你父亲的一座矿产,地点在亚美尼亚。惨不忍睹。"他摇摇头,继续说道,"每次我们要找他谈判,他都碰巧在缅甸的旅馆里;就连力拓矿产公司也不和那个政权做生意呐……但听你描述完你们母女的种种遭遇,就不难理解他对那些亚美尼亚人的所作所为了。你母亲一定很担心吧,假如他有机会接近你,不知又会对你做出什么事。"

"请继续说……"

她聆听他的话,这个陌生人只用了两个半小时便赢取了她的心,并且一一证实了她母亲对父亲的所有说法。

令珍惊讶的是,她对维克菲尔德的好感不断增加。他证明了他对环保的志向,两人也有着共同的忧虑,于是和他交谈时,她更加心无城府。她觉得可以信任他;他应该是个言行一致的人。

一个小时后,在国王街的转角,两人挥别。她拿着一张东印度俱乐部的信纸,上面是他之前写下的自己父亲的住址。她忍不住从他厚实的体格想起了另外那个男人,活像小时候童书里的食人魔鬼:眼睛漆黑,毫无光彩,仿佛有条虎蛇爬进了他的头骨里、躺在两只空洞的眼窝后面……

她最后挥了一下手,不情愿地扭头走上国王街。她还没来得及让维克菲尔德讲讲母亲的往事,讲讲母亲还是个小女孩时的样子。但来日方长。

24

那天的早晨冷得很。午后飘起细雨,之后太阳好不容易露了脸,虽然只有一个小时,却又暖得异乎寻常。

六点整,一个衣着素净的年轻女子打开吱呀作响的铁门,轻快地走上台阶。她眼帘低垂,直到走至门前,才抬起双眼。映入她眼帘的是镶嵌着黄道十二宫图案的彩绘玻璃,蓝色与红色,回忆涌上心头。

这是珍第一次重返孩提时代的家。由于些许迷信,再加上母亲的警告,她始终避开伦敦的这个角落。这栋房子触动她太多的思绪。

但现在,她一下认出门板上镶嵌着水波纹彩色玻璃。回忆像被关在狗舍太久的小狗一般,跳起来迎向她。马拉尔颤抖的双手;一件竖起衣领的绿色童装外套——她感觉到一阵湿意摩搓着自己的后颈,于是不由得缩起肩膀。她伸出手按电铃,叮咚的门铃声十分耳熟。

她睁大双眼。她已经演练过即将要说的话。

25

房子里,梅克提奇准备与十一年不曾打过照面的女儿相见。

他在书房里踱步,手帕捂着嘴,重读着珍的信。信很短,但他依旧欣喜地探察当中的蛛丝马迹。

"看啊,马拉尔,这看起来像个聪慧的姑娘写的,对吧?"

"她没写什么啊。"她谨慎地说,话里没能掩藏住重重忧心。

"胡说!"

梅克提奇可以从那两行句子解读出无限内容。他反复查看字迹,从而寻找性格的蛛丝马迹,或是类似果断、幽默、诚实的细小证据。他也原谅了女儿唯一的信竟如此简短。只言片语令他怅然若失,却又无限感动。

"要说的太多了。"

珍来信提醒他,几天之后她便年满二十一,这正是讨论她继承基金的适当时机。她提出将在下星期三傍晚六点前来拜访。信中全然没提到她母亲的死。

"她想见我。和我之前想的一样啊。我遵守谢丽尔的要求,现在女儿就要回来了。"

马拉尔奉命到埃尔金路的花店采购,要将家里处处插满百合、鸢尾和玫瑰。她在珍的房间里忙进忙出,铺上干净的新床单。星期二整整一天和星期三的大半天,她都把时间花在准备一顿能与久别重逢的女儿相匹配的晚餐上面。

梅克提奇希望能说服珍共进晚餐。他和马拉尔热烈地讨论菜色。九岁时,她偏爱肉桂吐司、柠檬汽水和甜菜根。

"我们可不能给她吃甜菜根!去里德盖特肉铺订牛排。"

"要是她吃素呢?"

"那就去波多贝罗买最新鲜的蔬菜!"

"喝什么哩?"

"我来准备酒。"

"她滴酒不沾的话怎么办?"

"那就咱们俩喝,女人!"

马拉尔的问题,除了凸显出他平时难得待客,也表现出他对女儿几乎一无所知。自从谢丽尔带走她,他没接到任何消息,没有照片、没有学校成绩单。什么也没有。

星期三悄然而至。

早上,他在她床上坐了一阵,翻看她的图画、她的书本。他重读她的假期日记,对着很像卡通画的插图傻笑:画中是一个装了金属假牙的小姑娘。他站起身,看着钉在对面墙壁软木板上的照片。虽然他不摆弄相机已有很多年,却一直在更换脑袋里的镜头。当他试图捕捉珍二十一岁的面容,想象力蹒跚停滞:他想象不出她十岁以后的样子。一旦试图想象超过十岁的女儿,他所能看到的只是当年在珀斯教室里初次邂逅的谢丽尔。

接着,他刮胡子——从十一年前那个恐怖日子开始,胡须一直遮住他的脸庞。六十岁的他,看上去和那个抱着小猫、拎着一袋气球匆匆走上前门台阶的男人全然不同。弗洛里斯刮胡膏令他的脸微微刺痛;他现在变得和自己的父亲一样,双颊凹陷,肤色暗淡。他紧紧抿着嘴,眼窝深陷,眼角有道道鱼尾纹。好一张可怕的脸:全然戒备、紧绷不放、毫无光彩。只有头发依旧乌黑,充满亮泽。是知了的颜色。

他用一只手指,将左眼睑下的皮肤塞好。

珍五岁时撞见他安装玻璃假眼。他没告诉女儿自己以前叫克里克尔·梅克提奇时的那段人生,当然更没提到亚美尼亚或土耳其血统——他始终在等待着她的归来。今夜,在餐桌上,他打算道出一切。他对镜子里的自己又重新诉说了一遍他渴盼跟珍说的漫长往事。他要告诉她,当他听说自己一生的挚爱,她的母亲过世时,他是多么的痛苦;他也要告诉她,在最为阴郁黯淡的日子里,与女儿团聚的指望是支撑他活下去的最大动力。当然,他们还要讨论她即将继承的财产——不止是信托基金,还有照看他产业的责任。要聊的东西太多了。

他既紧张又欢喜。马拉尔很多年没见过他如此开心。雨停了,暖阳穿透窗户,将光线洒进屋子。而他仍决定不了该穿什么衣服。

"哪件好呢?哪件好呢?"穿上一件又立刻换掉。

"他就像个少年,拿不准要穿哪件衬衫和外套去参加舞会。出于直觉,我劝他别指望太多,但他对我怒目而视,说我太'亚美尼亚'了。"

"跟我说说,马拉尔,你觉得她会怎么看我?"

"她会看到她的父亲。"

就在他轻拍外套、检视口袋时,门铃响起。

"马拉尔!她来了!"

26

他三步并作一步匆匆下楼,而马拉尔已经打开大门。

一位自信满满的年轻姑娘阔步从她身边走过,进了玄关,这时,梅克提奇刚好走下楼梯。

他紧握扶手,一来是为了稳住自己,以免按捺不住将她揽进怀里的冲动,二来也是为了抵挡令他想要退却的力量。两种想法势均力敌,在他心中交战。

她扫视玄关里的画作,有两幅西德尼·诺兰①所画的奈德·凯利②描摹作品、一幅伊恩·费尔韦瑟③的水粉画和一幅威廉·丹皮尔④的肖像;最后才将目光落在梅克提奇身上。

他望着她,惊讶不已。

他的女儿。

她表现得丝毫不像一个女儿。黑色眼线仿佛在为眼睛壮胆,深色头发中分开来,端庄的黑色大衣也似乎帮着表达她的悲伤与愤怒。

他松开扶手,快步走上前,迎向她:"亲爱的,我最亲爱的。"

---

① 西德尼·诺兰(1917—1992),澳大利亚最为著名的画家。
② 奈德·凯利(1854/1855—1880),爱尔兰裔澳大利亚人,一生极具传奇色彩,有人认为他是冷血杀手,也有人将他看作是反抗贵族统治的平民英雄。
③ 伊恩·费尔韦瑟(1891—1974),澳大利亚最重要的画家之一,出生于苏格兰,后定居墨尔本。
④ 威廉·丹皮尔(1651—1715),英国著名探险家、作家,是最早发现澳大利亚和新几内亚的人。

"看了真让人心疼。存封已久的爱在那一刻满溢出来,再邪恶的心也会动容。"

珍对他伸出的手臂置之不理,闪到一边,刺耳地说:"请不要这样!"

他听而不闻:"我们何不到楼上去——"后半句话还没出口:楼上比较舒服些。

她打断他:"我不久留。我来只是想把话说清楚。我要跟你断绝父女关系。我再也不会拿你一个子儿。"

他愣住,目瞪口呆。

她咄咄逼人:"我一直想跟你当面谈的。我还是不敢相信你果真一直都在这里。不敢相信你都不愿意联络我们一下。"

"那是你母亲的要求。"

"我母亲的要求。"她的眼睛流露出鄙视,"你知道她以前怎么跟我说的吗?'你要当心,不然他会毁掉你的人生,就像他毁掉我的人生一样。'"

"相信我,珍,我是最不希望发生那种事的人。"他真心实意地说。

但她话语里的愤怒真实无比;而恐惧和她母亲与凯斯灌入她脑袋里的种种,此刻混合成为一股恶意的怀疑,在她心头火上浇油。

"你是个骗子,梅克提奇先生。"

"珍,不是这样的!"马拉尔喊道。

"让我把话说完。"她推开马拉尔,转过身面对他,"你的钱没有一分是干净的。你在这个地球上,走到哪里都留下祸患。"

"你这是在说什么啊?"他一面惊诧女儿已成长为一个情感如此激烈的女子,一面却又惊恐于她对自己的蔑视和敌意。

"你把我们母女俩赶出家门时,是不是就像你赶跑那些村民一样?你居然都没有丝毫的迟疑吗?"

"什么村民?"

"你荼毒我们的生命,就像你荼毒那个湖。"

"什么湖?"

"你是不是曾经拥有赛凡湖①边的载姆露天铜矿?"

"赛凡湖?"他额头低垂,"我是在那里买过一座铜矿,的确如此;但名字不一样。"

"噢,就跟你一样有一堆假名吗?"她大笑,继而开始滔滔不绝地讲出她早已准备好的那番话。

"慢着慢着,"在珍的长篇大论完成后,他说道,"现在我知道你在讲什么了,但那些一定都是我卖掉矿场后的事情呀。"

"凯斯可不是这么说的。"

"凯斯?哪个凯斯?"

"凯斯·维克菲尔德。我在帮他筹建公司。我今晚来这里的原因,是要让你知道我打算怎样运用我信托基金的钱。"

"那么他是做什么的,这位凯斯·维克菲尔德?"

"和我一样是环保人士。我们都致力于阻止人们砍伐无比宝贵的树木。"

"你和凯斯准备救什么树?"

"桉树。"

他的理智比感情早一步缓过劲来。他看着她,带着几分呆滞而古怪的疏离,还有显而易见的平静;然后他的心开始狂跳。

"这个凯斯——你认识他很久了吗?"

"我想这不干你的事。"

他呼吸变得困难:"你什么时候认识他的?他长什么样子?"

"你关心过头了吧?你不觉得吗?十一年来不闻不问,现在忽然对我的私生活充满兴趣——"

---

① 亚美尼亚最大的湖泊,也是全世界海拔最高的湖泊之一。

"你看不出来吗？这不是场意外！他是专门冲着你来的。"

"我不知道干吗要跟你说这些，"她以过度成熟的口吻说道，试图表现出很有见识的样子，"但他请我搬去跟他一起住。"

"珍，千万不可以！"他面如死灰。

"我可能会，也可能不会。不过无论怎样都轮不到你说话。"

只要她还在他面前，一切都还有解释和挽回的余地。但她准备离开。

"等等！"他把手伸进口袋，掏出一个小包，伸出手递给她，"我一直收着这个……本来打算做你的生日礼物。"见到她有退缩之意，他又说："这是我祖母的。"

她踌躇起来。

"求你了——收下吧。"

她匆匆抓过小包，看着他说："多亏我来了。跟往事一刀两断的确是明智之举。对我来说，你已不在人世。"

他追上去说那都是谎言，所有的一切都是谎言，但她掉头就走，砰地摔上门。

许久许久之后，梅克提奇的手臂搭住马拉尔的肩膀。他站在那里，倚着她。

麻雀在外面啁啾。刚剪下的百合花散发着香气。还有一个六十岁男人在无声地啜泣。

马拉尔说："那一幕萦绕在我心间，始终无法抹去。"

在他吃过饭之前，她不肯放他回房休息。

餐桌上，他依旧泪眼婆娑。眼中的父爱之光被泪水彻底浇灭。他觉得自己不复存在；还有那为珍布置的房间，而马拉尔早已匆匆收起了那些装饰。他所拥有的，只剩下自己脱落的知了鞘翅。

第二天她没见到他的人影。他一直待在塔楼里。

夜半，她听到珍的房间传出怪声，于是前去查看。

门是开着的。

她停在房间中央,呆若木鸡。图画不在了,照片也不在了。空荡荡的墙壁瞪着她,散发着恐吓般的气氛。

"那时正是夏天,但我一度以为他打开了窗户,雪花飘了进来;随后我看到地毯上的白色小碎片不是雪花,而是碎纸屑。接着我听到那低寂却充满绝望的声音。他坐在床边,身体弯成一张弓,脸色惨白,像刚从冰天雪地回来。

"回忆这幕时我还是会打寒颤。这个生性慈爱、公正刚直的男人,亲眼看见最心爱的人却最看不起自己。他看着她的假期日记,停了下来,无以为继,之后撕下纸页,扯个粉碎。这时我才意识到珍的照片、所有的图画和书本,都已化作那片片雪花。我倒吸一口气,他听到了,转头看过来,仿佛他的眼睛已经陷进了脸颊。他以为我是来帮忙的,说他用不着我,这样的事他已经不是第一次做了,然后继续撕扯。"

第二天早晨,她去收拾早餐托盘和原封未动的报纸时,从半开的房门听到他在和班尼特通电话。"仔细听清楚,我需要你火速办好这件事。我要延后我女儿领取信托基金的日期。"

"在那之后,人们都对他敬而远之;大家不想看他那脸色。珍来过后,连上帝也没有什么好办法抚慰他。"

27

你是个骗子，梅克提奇先生。

女儿说得没错。他的人生就是一个谎言。他的身份就像一匹迷失的马儿，没有听见回家的哨音——为什么？这迷失并不是出于疏离自己的决心，而是源自他从小就缺乏召唤真实身份的勇气。

他在家踱来踱去，拿起东西又放下。他护照上的国籍是英国，但英国并不是他的祖国。他没有祖国。他的祖国是荒芜之中的一片群山高原，是一块他未曾涉足也永远无法抵达的嶙峋海角——那块地方早已从地图上消失，被土耳其人和苏联瓜分殆尽，而那些人的罪行也已被世人遗忘，无人在意。

珍的无情给他迎面一击。毫无来由，就像有人猝死，没有任何先兆。这将他抛向另一个象限，一个与他生活过的世界平行的象限。他渐渐明了这个象限叫做亚美尼亚。

那次见面的几天后，梅克提奇不自觉地来到昆斯盖特区的土耳其浴门外，然后走了进去。回家后，他迷上了亚美尼亚双簧管音乐，反复播放一张唱片。以前他对这种音乐根本无动于衷，甚至充满敌意。

星期天早晨，他走进艾弗纳花园中一座小小的亚美尼亚教堂，坐在后排，聆听白胡须牧师慷慨激昂的布道演讲。他努力揣测着布道的内容，尽管不是字字都懂，但有句话却涌进他脑海：如果失掉了自己的根，你要如何将自己的身份传承给下一代？他没留别人过来攀谈的机会，便悄悄离去。

春季时,他克服了沉默寡言的习惯。在四月二十三日下午,他和一群人在土耳其大使馆外静坐守灵,隔天还参加了圣萨基斯教堂的纪念安魂弥撒。

"说他在接受自己有些言过其实;应该说他在陡坡上攀爬,朝着曾被自己封存的那个地方缓缓前行。"

他夜夜都做关于祖母的梦,梦境鲜明:她在阿勒坡低矮的房子里慢慢移步,从旁边看过去宛若一只年长的海豹。他的眼前映出一个抽着法国香烟的半裸女人——他曾经吸过一口,感觉恶心。尘世的岁月,将她的双眼挤压成失去视力的两道隙缝。那张布满皱纹的憔悴脸孔,不仅在对着十岁的他喃喃言语,同时也是向她自己的心魔发问:"亚美尼亚人从没对土耳其人作恶;我们和他们对于上帝的信仰有所不同,仅此而已。然而土耳其人却要摧毁我们。我们为何如此被动消极?为何毫无置疑地软弱服从?我们的消极是源自我们的信仰吗?抑或是因为我们拼命想要融入环境?替我找到答案,克里克尔,好不好?但你得答应我一件事:我要的是答案,而不是复仇。一个人如要复仇,他挖下的必是两座坟墓。"

五十年逝去,他依旧没有答案。他父母避而不谈将他祖母和不计其数无辜百姓从家园驱逐的政府和国家;他们只给亚美尼亚人一个小时收拾家当,最后共有一百五十万人在这次的驱逐中失去了生命。在他父亲又一次自怜自艾地悲叹之后,母亲终于忍不住,对丈夫说道:"我们决不能遗忘过去,但你必须忘记。土耳其人不会承认他们的行径。没人会给你一个子儿。所以,除非你非要让这愤怒和怨恨充满内心,步你那可怜父亲的后尘,否则你最好还是别提往事。这是我的忠告。"他从母亲身上学到了不过问的性情。

但不被承认的往事像一颗胆结石,在他的血液里日渐肿胀。对于亚美尼亚的渴望休眠了太久,进而开始折磨他。

他曾认得祖母教授的亚美尼亚文字,忽然之间全都回忆起来,于是开始读书。他算是个自学者,而且格外投入,后来发现巴黎的王子先生路上有一间专门出售亚美尼亚作品的书店,便整柜整柜地订书回家。大厅里诺兰的名画让位给两幅阿西尔·戈尔基的画作;卧室里的克伦威尔橡木抽屉柜,被替换成圣托马斯门徒①那个时代的一只石质十字架;约翰·桑多书店寄来的英国探险家传记,也都改为亚美尼亚文的袖珍版《圣经》。

他请来一位砖瓦匠,在大门外面刻上祖母家乡村庄的名字。他买土耳其蜂蜜,开始习惯喝添加小豆蔻的咖啡。家里充满烤蔬菜的味道。他不再吃西洋菜汤和加了辣根的烤牛肉,而是要马拉尔帮他做茄子、羊肉菜叶包和考夫特肉饼。他还嘱咐马拉尔做饭时多多撒些辣椒粉和孜然粉——亚美尼亚就位于香料之路途中。还要猛加大葱才行。

"以前,他绝口不提自己亚美尼亚的背景。现在,那成了撕扯他心腹的狐狸。尽管知道为时已晚,但他开始与大半辈子都躲避的事物渐渐妥协。"

一天清晨,马拉尔让几位巴西建筑工人进屋,带他们爬上塔楼。他们搬走所有的摄影设备,包括 D-76 药水和显影盘;也搬走了谢丽尔画展的每一幅镶框蚀刻画——谢丽尔丝毫不晓得梅克提奇把画都藏在了这里。自从太太离开后,他就没有用过暗房。他得为亚美尼亚书籍腾出地方。

他健康的眼睛开始转而看向精神世界。他不再对英国感兴趣,像沙漠先祖一般遁世——遁入书房。亚美尼亚的种种令他着迷。它看似简单,其实却是异常庞大的世界;它是他的魂魄正在攀爬的那只隐形的棚架;它是世界上第一个基督教国家;它是亚当的故乡,人类由此得以繁衍生息;它是伊甸园的所在之地——但它也发生过难以言喻的可怕大屠杀和众多环境灾难。

---

① 耶稣的十二门徒之一。

"每次他去塔楼,我都可以看出他迷失在自我之中,进入他自己的亚美尼亚。他的心就像一块石头,他每每耗费力气想要将它推到山顶,但它总会一次又一次滚落下来。直到离开人世的那天,他都没有找到祖母要的答案。他不明白土耳其人为什么会做出那些行径,也搞不懂在他的人生中,怎么会有像弗莱克斯莫这样的人不断加害自己。"

被珍斥责后,他拒绝重温他们的相逢。他女儿尽管去找凯斯·维克菲尔德吧。他清楚自己没有犯下女儿指责的恶行。

马拉尔说:"在亚美尼亚,矿坑总是被人买来卖去。克里克尔不过是签署文件,卖掉矿场的采矿权而已。他当时并不知道维克菲尔德是其中一个买主。唐·弗莱克斯莫与凯斯·维克菲尔德之间的那段时日,他的名字是毕舒·曼德雷克。他对氰化物泄露的事件细节甚为了解不是没有原因的:灾难的罪魁祸首就是他,不是克里克尔。"

依顺祖母的遗愿,梅克提奇指示律师不要再继续追究那个将他人生毁于一旦的男人。这算是他对班尼特律师事务所的最后要求。至于珍,她尽可以把信托基金撒在注定的虚无之中,但必须等他咽气才行。他不会继续为她的痴迷付账。关于这点,他始终顽固不化:只要他还有一口气在,就不会让女儿拿到一毛钱。

"他卖掉赛马、关闭基金会,对我的态度就此大变。我们以前的关系不复存在,也不再相互谈论自己。他的听力衰退,这会将人隔绝。他会坐在那儿,抽着他的烟,我则絮絮叨叨地东说西说,他不发一言,最后才抬头看着我说:'你讲完没?'"

如果他们在楼梯碰到,他会郁郁地瞪她,仿佛是从镜子后面打量她,然后自顾自走他的路。他要么是去酒窖——他倒是一直没失去对酒的喜好——要么就是上塔楼。

"请别问我他在那里做什么。塔楼里有一张他喜欢的扶手椅;地上堆放着一摞破旧的平装书和一大沓纸。有时候我听到录音机里传出的礼拜仪式诵经声或亚美尼亚杜杜克笛所吹奏的音乐声。我情愿相信那些音乐,以他自己都从未想到的方式慰藉滋养着他的心灵。多半时间,房里悄然无声。我收拾杯子、清空纸篓,却从没见过他在写东西的迹象——除了《每日电讯报》的填字游戏。哦,还有瓦普卢先生寄给我的那篇文章。纸篓里全是烟头。在人生的最后几年,他开始抽烟;所以我得去圣詹姆士广场的烟草店帮他买法国香烟。抽烟最后要了他的命。"

派克夫妇打过电话,想让他邀请他们前来同住。

"他不见他们。他谁都不见。他心神极度涣散。外面的世界,他一概漠不关心:无论是在纽约撞上双子塔的飞机,还是在伦敦地铁里发动自杀性爆炸的恐怖分子。他只看报纸上的赛马版和商业版。除了这些,他都独自在书房里。"

就这样,七年的时光缓缓流淌。他的身材粗壮了一些,鼻子变宽了一些,但心情始终如昨。他活在世间,但只是像指甲和头发在人死后继续生长那般"活着"而已。

"我想……他的听天由命——对不起,我脑袋有些糊涂了。"

她向前倾身,用手支住下巴,手指顺着脸颊弯曲起来,努力聚精会神。之后重新开讲。

"也许事情是如此这般:他历经磨难,受够了一切。他并不傻。但他有个预感,那就是有朝一日终会有人还自己一个公道。"

之所以这么说,是因为一天接近晌午时分,梅克提奇慢吞吞地来到厨房,身上穿着他最喜欢的赫迪·亚曼①西装,里面是她织的黄毛衣。

她还等着他嚷"马拉尔,给我咖啡"或"请帮我剪下这篇文章"——因她看到他手里正拿着一份《每日电讯报》,在一篇文章下画了两个圆圈。事后她发现,那是一篇法律报告文章,内容与一

---

① 英国知名男装品牌。

家帮助盲人的慈善机构有关。

令她惊讶的是,他将手伸进外套口袋,拿出两件东西,一一放在桌上。

"看,"他说,因为吸烟过多,声音伴有很大的喘息声;他的头发也已花白,"你看这是什么?"

"一根树枝和一块泥。"

"再看看。"

"于是,我看到那根戳瞎他眼睛的苹果树枝桠,还有那块帮他祖母活着走出沙漠的又干又瘪的面包团。"

"我希望你收下这两件东西。现在去穿外套,我们要开车出去。"

"去哪儿?"

"伊灵大街。"

"你确定要我跟你一起去吗?"

"什么?"

"我说,你确定要我跟你一起去吗?"

他的粗暴脾气无处可抒发,于是因为她的语气而愈发突兀——在他听来,她的口吻充满了歉意。

"我得去立遗嘱。"他用他们的母语说道。

28

"还要酒吗?"安迪问。

"我已经喝得太多了。"马拉尔说,"不过还是再来一点吧!有何不可?我一个人住的时候都喝习惯了。我讲到哪儿了?"

"他的遗嘱。"

"那没什么好说的。他在四个月后过世。我找到珍写给他的卡片,拨了上面的电话,留言告诉她葬礼的时间和地点。仪式进行到一半,我听到门开了,回头时,看到蓝色西装和金发。那个惊恐的瞬间,我还以为唐·弗莱克斯莫来了。"

"但他至少得七十岁了。"

"那时我没戴眼镜,拉克汉姆先生。之后珍出现,我想跟她解释,但她不予理睬。后来看到你和她一道离去,我更认定你一定和唐或凯斯或管他叫什么名字的那个人有关系。在瓦普卢的办公室见到你时,我还是抱着同样的想法;直到——好吧,直到我们来这里后的某一刻。"

"遗嘱的条款有没有吓到你?"

"我简直不敢相信自己的耳朵。然而回首往事,却又不无道理。瓦普卢先生告诉我,他认为克里克尔的愿望是——他是怎么说的来着?——让他的运气留给运气。我有同感。"

外面天色渐黑。安迪站起身,拉上窗帘。收音机开着,远方有海潮的声音。

他回来坐下,将酒一口喝干,说:"但愿我能认识他。"

"你一定会喜欢他的,拉克汉姆先生。从某些方面看,他害羞、温柔;从某些方面看,他又是个心怀恐惧、支离破碎的人,离世之时都没能承认自己究竟是谁。一个悲伤的结局。他到最后谁都不爱,尤其不爱自己。但我爱他。我永远不会忘记的,是他和瓦普卢先生交谈之后,在他眼里看到的那丝平和——仿佛在那短暂的一刻,他甩掉了所有的烦扰。他的眼中再也没有暗藏痛苦。没有半丝痛苦。他身上有种终于放下一切的寂定,而那淡然之间存在着某种东西。虽然不能称其为希望,不过倒可以说是带有释怀的预感吧,就好像他明了尽管一切皆枉然,但终究会有个圆满的结局;而他的女儿终将明白他是怎样一个人。"

遗 产

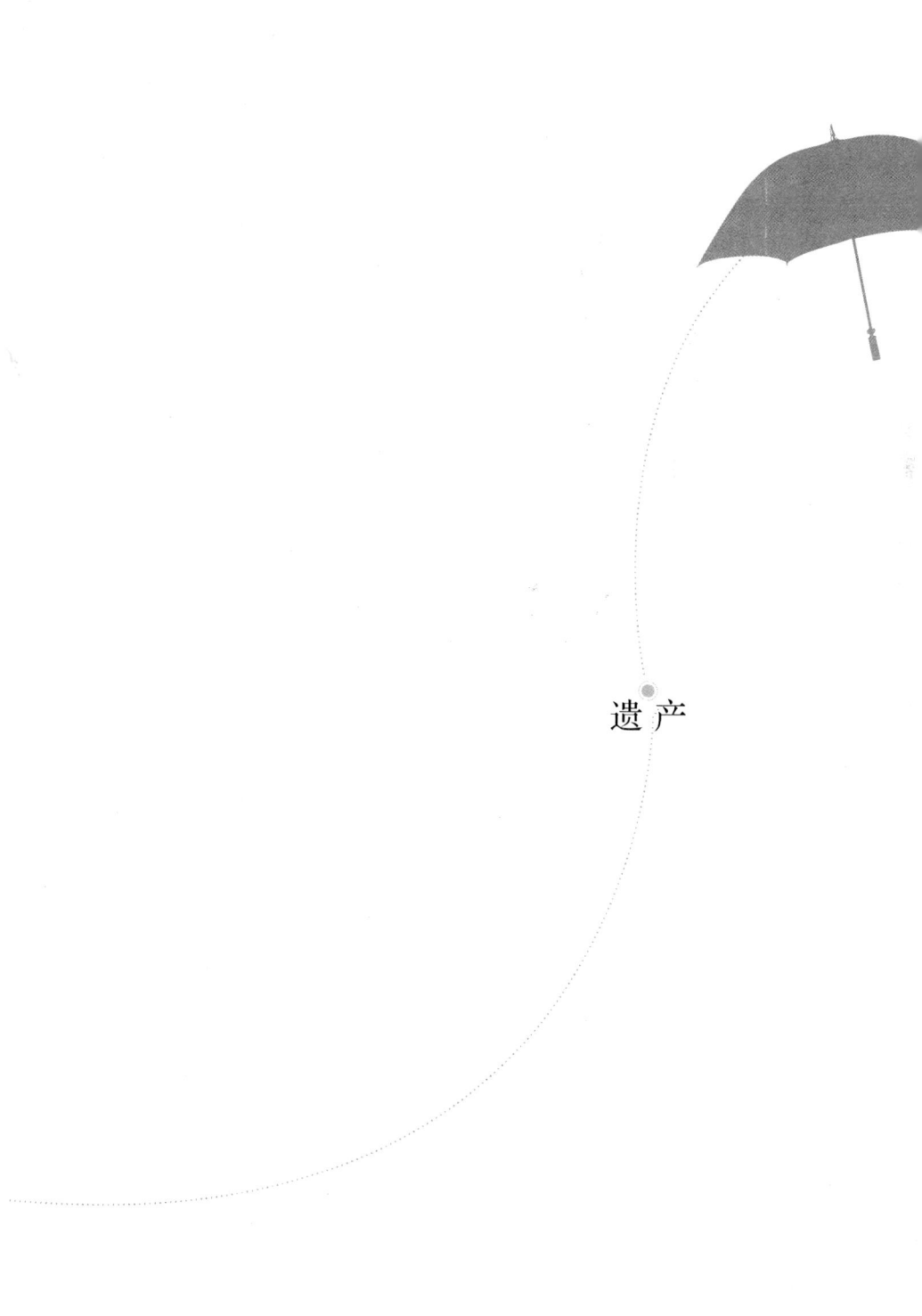

1

珍：

请原谅我冒昧打扰——马拉尔给了我你的地址。写信联络你，是因为我之前欺骗了你。

事情走到今天这一步实属意外。我并不认识令尊，只是阴差阳错地误闯他的葬礼。尽管如此，我还是以己之力特地查找关于他的故事。

经过一连串离奇事件之后，我觉得我对令尊的认识，甚至超过了我自己的父亲；而你恰恰是催我寻觅真相的原因所在。这样说或许有些牵强，但我相信我找到了一个向他表示敬重的方法，因此希望你同意和我见上一面。

假如你不愿意，我也能理解。但如果你有意多了解令尊，不如我们下星期三晚上七点半约在卡莫斯餐厅共进晚餐，我到时会向你一一解释清楚。你可以打信头的电话联络我。

安迪·拉克汉姆谨上

2

安迪始终摆脱不掉疑虑,老是觉得这张桌子就是那晚理查德佯装全神贯注看书的那一张。现在是圣诞节前一周的晚上七点半,他第一次见到卡莫斯餐厅如此热闹。

看见这里一如往常,安迪感到格外安心——唯一改变的似乎只有餐厅突然爆发的人气,以及餐厅中央陶土盆里的圣诞树;那棵冷杉和他差不多高,身上挂满电子烛光灯,红红绿绿地闪个不停。其他的东西没有两样:相同的脏兮兮纸质桌布,在前寒武纪时期这桌布总让苏菲深感不悦;相同的辛特拉风景照片;相同的沙哑、凄苦女中音唱着法朵。

瑞也还在,依旧拒绝卸下沮丧的脸色。安迪进来的时候,他哀怨地瞪了安迪一眼,似乎没认出他。之后跛着走过来,嘎啦嘎啦地拉开一张座椅。

顾客大多是住在本地的葡萄牙、西班牙人,有几个小朋友往安迪这边偷瞟,纳闷他在读什么,之后继续做手头的事——他们在桌布上画着涂鸦,细细描绘恶龙和眼睛圆鼓鼓的昆虫,而这些怪物的原型大概是他们的父母,或是安迪:一个高大的金发年轻人,不时看看表,接着视线再度回到下午刚刚打印出的纸页上,并习惯性地修改字句。

他到早了。现在是七点三十五分。

安迪忍不住猜度着珍看了他的信会作何感想。他终于向她道出事实,但此举会赶走她吗?还是她会接受他的道歉呢?不过有一点他很清楚:他不愿重蹈覆辙,带着误会和姑娘交往下去。

他瞥了一眼手表。她在电话答录机留下口信说会赴约。难不成她变卦了?

如果是迟到倒是无妨。碟子里还有几颗橄榄,外加一杯酒。再说他有阵子没机会理清思绪了:这两个半月以来,他醒着的时间几乎都献给了马蒂根(梅克提奇)。其实睡着的时候也一样。

3

　　蒙田相信世间最伟大的事，莫过于明白如何找到自己的一席之地。珍的父亲明白这点时已经太迟。这是安迪和马拉尔·伯恩哈德在康沃尔共度时光中所悟出的道理。

　　面对弗尼瓦尔的书稿，安迪始终一筹莫展，无从下手。然而，当马拉尔一点点将故事揭开，这种挫败感忽而在某个时刻悉数转化为一股强烈的愿望：他要帮珍消除对她父亲的误解。安迪始终相信，转折点即是他看到老师小屋的那刻——弗尼瓦尔当初就是在那间小屋里埋首撰写书稿。他自认为这个灵光一现的办法，既可以向珍澄清事实，又算是为两个人完成遗愿。计划有些异想天开，他打算从老师那里获取帮助，从而让被珍严重误解的人还原真实面貌。不仅如此，他还要向珍原原本本地呈现父亲对她的爱。

　　在离开康沃尔之前，安迪便预感到接下来的几个星期自己可有的忙了：他全情投入到克里克尔·梅克提奇的故事中。现在，在大卫的坚持和马拉尔的协助下，他终于能够做点力所能及之事了。

　　在圣伯彦小镇住了三个星期后，他开车把马拉尔送回伦敦克拉伦登大街的房子。他们分别打电话给瓦普卢，请他取消即将举行的拍卖，停止出售房子和内部财物。瓦普卢欣然照办，让他们二人继续共同拥有那幢房产。安迪对房子的看法大幅改观。草坪修剪过了，百叶窗全部打开，于是大白天下的克拉伦登大街11号显得十分漂亮；比他自己的家可爱得多。

　　时值十月中旬，他着手清理肯星顿的公寓：安迪·霍尔的作品、科比意沙发——这些物件都属于另一个人,那个自己打过一阵交道之后心生腻烦的一个朋友;他甚至连吵架都懒得跟他吵。安迪将东西都捐给了慈善机构。

旁边椅子上的小旅行袋里,是他回伦敦之后一直伏案撰写的书稿。

他搬到克拉伦登大街住。将书桌摆进塔楼,打开中央暖气,敞着窗户,驱散陈年的烟草气味。马拉尔就在同一屋檐下,可以回答他的问题,还能帮他煮咖啡。起初,他担心身处梅克提奇的空间里,自己会吓得够呛;但事实上恰恰相反。安迪虚度了一年的时光,并对此深怀愧疚,因此做起事来迸发出了前所未有的活力。

"还有什么事吗?"

"目前没有了。"瓦普卢说。

尽管如此,安迪仍能感觉得到电话另一头的律师似乎有些依依不舍。他不再将安迪的关切一股脑扫进自己漠不关心的簸箕里。

他等着瓦普卢开口。

"没什么要紧事,但我在想,"过了好一会儿瓦普卢才说,"不晓得你有没有再见过他的女儿?"

"我想读读他的书。"

"没问题呀。"

上次安迪没有前往卡莫斯餐厅赴约的原因之一,在于他一时鲁莽、向珍许下的冲动承诺。他后来一遍又一遍地自责:我为什么答应让她看她父亲的自传?

假如他十八个月前去餐厅见她,便得招认她父亲的生平故事并不存在,而他愚蠢地妄称编辑过书稿,也只是一个拙劣的计谋,目的在于趁她尚未怀疑他对自己父亲认知寥寥前,把她尽快送出家门。然而,他没什么可给她看的东西——除了一份关于一位哲学家的书稿,而这位哲学家已经仙逝好几个世纪了。自从他将马拉尔匆匆带到康沃尔之后,一切都变了。

"这是最后一瓶酒了吗?真是可惜。"

这是他们在家庭旅馆的最后一个早晨。状如鹰尾的云朵飘过树梢,一头年幼的狍子在田野的犁沟间探路,朝着特雷纪梵村镇的方向走去。

他提议去散步。两人穿上外套,他开车载着她行进在小路上,经过"欢乐少女石阵"①,在一处农场停好车子。他们走下通往海边的荒芜小径,清风拂面吹来。

接着他们经过了弗尼瓦尔的小屋。到达下一个悬崖顶端后,安迪停住脚步,直截了当地说:"我想和珍谈谈。"

布满皱纹的脸上涌上难得一见的红晕,她的双颊映出如干燥玫瑰花般的色彩。从马拉尔看他的眼神,安迪明白她的心事。他耸耸肩。

"我也想啊,拉克汉姆先生,我也想啊。"马拉尔的叹息来自她心灵的最深处,"她一听到我的声音就挂电话。我写信给她,一封又一封,但她连拆都不拆就直接退回来。"

"你没能跟她说过任何真相吗?"

"一个字都没机会说啊。"

马拉尔用一只斑斑点点的手擦拭着眼睛底下,别过脸:"我在清理克里克尔的房间时,找到一张他祖母的照片。简直像一个模子刻出来的。我把照片寄给珍。也许因为照片吓着她了,她才不肯理我。我们上次讲话,是她父亲葬礼后的一星期。她打电话来,说她刚得知自己不是遗产继承人,她还问你是谁——这是她唯一想知道的。我跟她说我以为你是唐·弗莱克斯莫。她说:'不可

---

① 位于康沃尔圣伯彦村附近的古代石阵。

能。'最后一次对话就是这样了。"

她答应给他写下珍的地址。

他们回到家庭旅馆,上楼收拾行李,但珍父亲的形象在安迪心里徘徊不去:一位老人坐在烟灰缸和侦探小说之间,终日只顾沉思。他想象着那个人藏在塔楼里,梳理自己的过去,寻找让人生毁于一旦的白蚁。他脑子里都在想些什么呢?他的塔楼时光只留下一件佐证——那便是对爱简短而苦涩的讽刺:爱之不可能。

另外的回忆也拍打着他:她眼睛里的怨恨、第一次触到一具尸体。他留下如垃圾堆般一团糟的往事,仿佛有群海鸥在那上空打转,嘶叫、啄食、撕抓。

他答应把克里斯托夫·马蒂根的故事与珍一一相告,只为换取她的妥协,放弃跟安迪打遗嘱官司的念头。但何必从一开始就假装认识她父亲呢?安迪没有告知一切的法律责任。难道他这么急于为自己辩护,是出于压抑许久的习惯吗?但金钱绝不是唯一的原因。

街上传来一阵嘈杂声,他扭过头去。一位下唇丰满的细瘦女孩哼着歌走过。

他的双眼尾随着她,直到她消失在视线中,但有个声音久久萦绕不去。他探身向前,脖子伸得老长。欧椋鸟在矮树丛间叽叽喳喳,麻雀在电线上歇脚。忽然间,他父亲在上楼梯时常常哼唱的民谣音符响彻脑海。

在往事当中挑挑拣拣并非易事。你得努力抽丝剥茧,就如同剥内托福德太太在早餐时间所奉上的水煮蛋一般,有时轻而易举,但有时一段回忆或一个画面会像附着在蛋壳上鲜嫩的蛋白,难以完整割离。

那可以算是他童年的最后一天。早晨,安迪沿着纳达尔河散步。他躺在河畔的青草地上,沐浴在夏日的阳光里,小心翼翼、不敢乱动。不时有鳟鱼浮到水面透气。他坐起来，两条大鱼悄然游走。

飞机十点降落。"我尽量赶在一点前到家。"父亲向他担保。还来得及吃午饭。

厨艺差强人意的母亲正在厨房里忙着做父亲最爱吃的羊腿。她剪了玫瑰，将最漂亮的一束插在花瓶里。但她不满意自己的发型——乱蓬蓬的头发像是她胀鼓鼓的愤怒和希望。他回来干吗？有什么"事情"非要面对面跟她谈？难不成他要将过去三年的岁月一并抹除，重新开始？这个念头像狗仔队记者一样纠缠着她，来了又去。

"他回来只是因为琳把他给甩了。"他姐姐尖刻地说。

"他没说过要留下来。"他母亲立刻反驳道。

"当然啦，他才不想留下呢。"姐姐极尽讽刺之能事。她站在楼梯间，身上穿着那件永远不变的绿色旧上衣，活像在一大缸洗澡水里晃来荡去，"他想要你原谅他。"

"话说回来，我还是觉得你应该打扮得漂亮点儿迎接你爸回家哦。"言下之意是：快去换上我买给你的连衣裙。

安迪从河边回来后梳了头、刷了牙、洗了手，只等父亲回家。听到车子的引擎声，他立刻一把打开大门。

"叫他蹭蹭鞋底！"他母亲嚷道，去厨房把烤箱里的小羊肉取出来。

他跑过前院的草坪。

一个戴着布帽子的清瘦男子正在付车钱给司机。然后转过身。

是浪子回头的父亲。

乔治·拉克汉姆看到安迪，笨拙地扬起手，接着把帽子扶正，拎起一个小皮箱，向他走过来。口袋鼓出一块，里面塞着父亲解下的领带。他动手解开外套扣子，这时跟跄一步。

他暗自骂了一句,脸色发白。而他的手——他的手在身侧紧紧攥起。大口呼吸夏末正午的空气。他看看双脚,似乎惊讶于自己居然还没倒下。一棵黄杉在茫然迷乱地摇曳。

"爸!"

安迪眼看父亲瘫倒在草地上,急急跑过去。他跪下,俯身面对父亲那张面如死灰的脸。他的眼里流露出憔悴和惊慌不安。那双眼睛望进虚空,眼神映出异乎寻常的痛楚。他双臂挤压着身下的青草,口水从嘴角淌下。

"爸!"他拍拍父亲,可以闻到他的气息中有股转瞬即逝的药味儿。

"乔治?"他母亲走出屋子,"乔治……"她飞奔过来,双手还戴着隔热手套,像一只孤零零的小天鹅般呼喊着,"乔治!"

楼上房间里的姐姐并不知道院子里正在发生的一切。她将新裙子套到头上,往下拉时却卡在中间,双臂举在半空中,脸被挤在弹性十足的棉布之间,像个鬼魂。

跪在草地上的安迪绝望地紧紧抱住父亲的头。除了父亲专门回家要说的话,其他一切都无关紧要。但他终究没能说一个字。

安迪从窗户边转回头,抄起床上的小旅行袋和行李箱,拎着下楼。他心里有什么在抗拒着克里克尔·梅克提奇遗留下来的荒凉真空。他拒绝相信珍的父亲除了抽着法国烟看完一柜又一柜的亚美尼亚书籍、瞪视脚趾间的地板、做《每日电讯报》的填字游戏之外,终究一无所成。安迪更愿相信梅克提奇像一位离群索居的先祖,终日沉思人生之奥秘——正如蒙田一般。如果说他最终得出的结论是"爱是覆水难收的廉价幻觉",那么安迪要倾尽全身每个粒子之力证明他是错的。

马拉尔在楼下等他。她站在温室里,望着窗外:"以后都看不到这东西了:鹿。"

他已和内太太结清了账单("这是啥?""开瓶费。"),正将两人的行李堆放到后座,这时弗尼瓦尔的书稿从安迪这段日子一直随身携带的小旅行袋中滑出。他把纸页塞回去,眼睛落在一句话上。每个人都承载着全人类的历史……慢着,等一下。假如……?此刻,他仿佛回到过去,变成了那个从父亲的直升机窗里向外探看的小男孩。他心中萌发出沉着笃定,那感觉和当年看着直升机的抓钩牢牢抓住一株"灰色幽灵"一模一样——"这么做没错"的信念像降落伞般稳稳落地。那个灵感降临的瞬间一直烙印在他心底:他得学习玛丽·德·古内,那位敬爱蒙田的年轻女子。弗尼瓦尔书稿的主要观点之一,是玛丽在导师过世后不久,便销毁了现已遗失的蒙田手稿,但在那之前,她早已通读过所有文稿,广泛摘录其内容,并加以编辑和大幅修改,最终编撰出如今受世人信赖的《蒙田随笔》。

回到伦敦后,安迪心意已决。尽管他不能让克里克尔·梅克提奇起死回生,但他或许能略尽绵薄之力,让他与女儿再度团聚。

安迪伏案足足两个月,试图将《遗失的蒙田》融进《克里斯托夫·马蒂根之磨炼》。他要将弗尼瓦尔书稿的哲学核心这一精髓,放进他所撰写的"自画像"当中,借此向老师致敬。这对他来说异常重要。另外同等重要的,还有他得尽量原汁原味地重现马拉尔讲述的故事。

安迪不会自称写下的所有内容与马拉尔所言一字不差、顺序相符。因为在叙事中他将各种资料缝合在一起,并动用业已生疏的编辑能力,按照自己心目中理想的编辑水准要求自己。下笔之间,一些想法也不时涌现。为了阐释蒙田,他在百花间摘取蜜粉,但最终目标只有一个:将所有"盗采"之物提炼成只属于梅克提奇的蜂蜜——不过实现这个愿望,他还必须审视自己的内心。因为,正如大卫曾经说过的,此事也关乎安迪本人。唯有写下这个故事,他才能重获自由。又是蒙田的哲言:"若我必须成为欺瞒的工具,那么至少也不可让我失去良知。"

原先,他心怀重重疑虑:他是不是在凭空捏造另一个人的人生和性格呢?不。他是在为珍揭开她父亲的真相,而这是他无法凭自己之力所能办到的。但如果借助弗尼瓦尔,他或许可以成功。

他的任务是扩充老师的书稿,对它加以修改,从而让书稿更加能够表现出弗尼瓦尔所独有的人道精神。最终,他只是运用了一点儿想象力和将上下文融会贯通的技巧而已。只有想象力才明了怎样将探究遗失的蒙田书稿,改造成一位无名亚美尼亚人的自传故事。

那个当初和马拉尔交谈时浮现于眼前的鲜明人影,在安迪脑中徘徊不去;在摸索着撰写故事的过程中,他不曾怀疑过一分一秒,那个人影就是故事的主角。

4

安迪将修改好的稿子搁到一旁,又看了看手表:八点整了。他抬头,她还没来。就在这时,他看到她:她正站在大门口——和瑞说着话。瑞接下她的外套,她穿着叶绿色的连衣裙,脖子上围着一条黄色围巾。

他的嘴发干,很想起身离开。外头应该还在下雪,树下相当阴暗,他可以藏身于街道中。他想跑过结冰的人行道,经过苏菲住的房子和他自己的旧公寓,一直跑到沙弗茨波瑞。在那里,他不会被几乎将他吞没的惊慌所压倒。他知道无论怎样母亲都会接受他,那么就现在吧;于是他霍然起身,稿子散落了一地。他俯身捡起稿子,匆匆塞进小旅行袋,之后转身,正好看到她在向他招手。褐眼,黑发,苍白。

"嗨。"她迟疑地伸出手。

"嗨。"他握住她的手。

他庆幸自己的手没有发抖。她戴着一条银手链。

她坐下,将黑色镶珠手包搁在膝盖上。

"那么,"安迪紧张得要死,她那双紧紧眯起的深色眼眸从似乎遥遥无际的桌子对面端详着安迪,"我们终于见面了。"

他把手披在屁股底下。听不见自己的声音,感觉不到自己坐在桌前。他有些魂不守舍,每句话都词不达意。他等着瑞收走橄榄核,说出的字字词词都呆滞迟钝。珍也差不多。细长玻璃杯里的那株薰衣草宛若一只麦克风,令两人都不敢妄言。无论他们说了些什么,无不生硬而别扭。

珍不久前刚和一船的科学家共同前往亚马逊。周末他将把奔驰卖给一位足球运动员。还有天气:在这个季节算是够冷的——还是热?不可能算热吧?他到卡莫斯餐厅时外面正下着雪呢。珍到的时候也是。"好多年没见过这么大的雪了,"她说,"起码没在圣诞节这个时候。"交谈渐渐殆尽,他们在悲哀茫然的沉默中对坐,等对方先开口。

他再度往椅子里缩了缩。他有无数的疑问,但每次挤出的话题总是不痛不痒,和他们碰面的主题毫无干系——那主题本应是她父亲。

这次她没接腔,面露悔色。

他清清喉咙。他不能再兜圈子了。早该直入主题的——他曾对自己发过誓,一定开门见山,在她坐下的那一刻就开口。然而复杂的情绪还是让他迟迟下不了决心。

他还没来得及出声,她脱口而出:"听着,我很抱歉。"

他一脸茫然地看着珍:"抱歉什么啊?"

她扬起手,宛如在揭开面纱。她的表情比那个正在画他的大眼睛小姑娘还要严肃。

"我为上次爽约而向你道歉。"

他眨眨眼,听她解释。

简言之,她接着说的话跟他原本铁了心要告诉她的,几乎相当:律师团指示她不要和安迪往来;她想打电话,却没有他的号码;她觉得劳烦瑞传话也不太合适。因此那晚她想象着安迪的处境:独自坐在这家葡萄牙餐厅里,等着一个不会现身的人云云——正和安迪那夜想象中的她一模一样。而他所描述的父亲,更令她的决心动摇,因此决定不打遗嘱官司了,让班尼特律师事务所十分震惊。

一股奇怪的感觉从他的骨头里嗡嗡渗出:"那天晚上我也没来。"

"你没来?"

"是啊。"

"你没坐在这里,暗自诅咒我?"她依旧充满戒备。

"没有啦。"他终于甩掉了束缚,舒展而自在。

他的眼睛找到她的双眼。两人彼此注视。

他对正走向厨房的瑞招招手——是安迪的幻觉,还是瑞不再跛脚了?珍点头同意后,他点了一瓶葡萄牙特产的绿酒。

艾美利亚在唱着《告别与死亡》——是安迪的幻觉,还是这位法朵歌后早已练就一副凡间根本不存在的天籁之音?

他环顾四周,密密麻麻的顾客脸孔如蜂巢一般,之后视线再度回到珍的身上。这段时日,他就像是在一只黑色垃圾袋里过活,时间久到他都不敢去计算;现在,他终于从那只垃圾袋里钻出头来。

她双臂环抱,若有所思地盯着他。

"这么说来,安迪·拉克汉姆,你并不认识我父亲。"

"没错。"

"他没写过书。"

"没错。"

"他没读过蒙田。"

"就我所知,没读过。"

"那么,你干吗要出席他的葬礼?"

他立刻如实相告,心中大石落地。

她自顾自点点头。真相大白。

他等她继续发问,但她垂眼盯着手腕,拨弄着手链。

"你之前说有事要告诉我。"他说。

她侧身过来。红红绿绿的灯光映衬在她的脸上。挑衅的表情回来了:"是的——是关于我父亲的钱。"她深吸一口气准备开讲,但他在小圆桌另一头举起手打断她。

"听我说,"他的声音充满活力,"我知道你为什么认为他的钱不干净,但事实并非如此。"再一次,他看进她的眼睛,"有件事我得告诉你:令尊不是你想象的那样。"

她以一贯的愤怒眼神反驳道:"这话你说了好多遍。"

"我是说真的。"

合着法朵的节拍,她的手在桌布上来回挪动。

她在想什么?安迪惊讶地发现当他提到她父亲时,她就像没听见一般。他开始讲述马拉尔,她的眼神露出几分恐惧。直觉告诉他,珍的母亲肯定教她永远不要相信"玛丽"说的任何一个字。

他没说多少,便被那个大眼睛女孩打断,她拉拉他的袖子,宽宽小脸儿上有一对酒窝;不知何故,她让他想起姐姐——姐姐前两天晚上刚打电话说她怀了身孕。

"我妈说你掉了这个。"

"谢谢。"他接过刚才漏掉的一张纸。

女孩回到座位,把胳膊压在桌布上,遮住了什么。

"那是什么?"珍疑惑地问。

他看了看女孩交还给他的纸。

"是令尊自传的倒数第二页。"

她冷静沉着,不为所动:"你写的?"

"没错。不是令尊本人所著,是我写的。"他将小旅行袋拎到桌上,拿出一沓书稿,"抱歉拖了这么久。"

她瞟了一眼标题页,半是漫不经心,半是几分好奇。

"《克里斯托夫·马蒂根之磨炼》。"她念道。

"其实也就是自我剖析吧。"

"为什么用'磨炼'这个词?"

"它其实是'随笔'这个词的最原本的词义,不过用来描述他的人生很是恰当——至少我个人认为如此。"安迪没想到谈论她父亲,竟会让自己感到如此舒坦。他拍拍那摞纸,动作如同父亲以前拍自己的头,"你看看写得怎样。"

她翻了一页。"谁是,"她想知道,"斯图尔特·弗尼瓦尔?"他与自己的父亲有何关系?

安迪解说来龙去脉。

她侧耳倾听。"那另一个人呢?"她指着第二个被提献的名字。

"我最好的朋友。要不是他帮忙,我永远也写不出这本书。"

她的脸上浮现出十分哀伤的表情:"我怎么晓得这才是真相?"

他还没来得及解释,瑞走过来,为他斟上加西亚葡萄酒,等他品尝。

"这要不要我们以后再讨论?"安迪说,"等你看完稿子再说?"

"也对,"她点点头,"我迟些再看。"她将书稿塞回小旅行袋,放在旁边的椅子上,然后把自己的手提包放了上去。

"真是美味,瑞。"安迪闻了闻冰凉的酸气泡酒,在杯中晃晃,啜了一口后说,"真是好喝。"

"可是,曼尼,你怎么把他画得像个姑娘啊!"隔壁桌大眼睛女孩的母亲看看桌布上的画作,嚷道。

5

他很想知道一件事:"为什么你不打遗嘱官司了?"

珍悠悠地喝着她的酒,诉说那天在霍顿斯大街安迪的旧公寓里,她所经历的心路历程。安迪孤注一掷,描述出一个体贴、正直和睿智的人,由此,他在她心中埋下的种子开始萌芽。就在安迪借用自己老师温和的形象一点点填补上她脑中的大片空白之际,一件不可思议的事情发生了:也许仅仅只有一秒钟,珍对于父亲的憎恨消失无踪。

"当然,这只是个开始,并不是一下就有这种感觉的。"

安迪对她父亲的敬意让她浮想联翩:他所描绘的父亲,与珍脑中根深蒂固的那个贪婪、放荡、残暴的逃犯,完全判若两人。她抨击并且质疑这个全新的人物,离开时内心充满了自我怀疑。安迪对于自己父亲的情感让她大感意外,但她还是被那情感所影响,进而开始思忖父亲或许真的有一位挚友。她从对父亲冰凉的厌恶灰烬中,抓住这块小小的温暖火炭,虽然过程缓慢而且充满痛苦,但未曾知晓的故事浮出水面,安迪口中的那个父亲落地生根,逐渐渗透甚至牵动她的心。结果,她决定顺从父亲的意愿——"或许,这是我第一次尊重他的决定。"她回忆道,一贯的讽刺挖苦荡然无存。

瑞再度斟满他们的酒杯,从红外套口袋里掏出个小本子,取下夹在耳后的铅笔,等待着。

"两位想吃点什么?"

安迪从未如此饥肠辘辘。

6

他与弗尼瓦尔的对话最为珍贵。

这些年来,老师说过的许多话语在他脑中冒着泡泡升腾,爆出当初不懂或忽略的迟来感悟。

"除非你做好被拖进河里的准备,否则钓不到大鱼。"

"哦,跑啊,加大拉的猪群①也很会跑啊——跑得可快了。"

"没错,拉克汉姆,跑得好。溜达着可打不了橄榄球。"

"做任何人都很辛苦。"

有次,一个念头偶然冒出,安迪便问老师:"你是在什么机缘下决定自己是谁?我是说,在哪个瞬间,你开始成为现在的你?在哪个瞬间背离了原来的自己?"

"这问题问得就不对。"

安迪不解:"怎么不对了?"

"你应该问:我要怎样才能做自己?找到答案,你就大功告成了。"

他不死心:"那如果你不想做自己,而想做别人呢?"

"那你就会大费周章,非把那个错误的人塞进自己的鞋里。"

安迪后来才慢慢明了关于自己的二三事——尤其清楚地知道了自己不是哪类人。当他豪情壮志地想要成为"那个别人"时所

---

① 此典故源于《圣经》,耶稣遇到一个被多个魔鬼附身的人,便要求魔鬼离开,魔鬼同意了,但条件是让耶稣将他们附身于附近农场里的两千头猪身上,耶稣答应了,于是那群被魔鬼附身的猪立刻奔至悬崖,坠海而亡。

抱有的阳光灿灿的妄想,全部大错特错。证据何在?证据就坐在桌子对面,以一双亮闪闪的深色眼眸盯着他。这时,一直深藏于内心最深的画面浮现在眼前:一对男女徜徉在无边无垠的海面上。

"法朵"——安迪想起在葡萄牙语中,意为"命运"。艾美利亚不停哼唱着苦情歌,珍跟随节拍轻轻摇着头,像是在试图记起一首歌的歌词。忽然之间,安迪察觉到自己终于悟清:这些歌所唱的,其实都是同一件事。

7

"看着我,安迪。别转开脸,看着我。"

他照办。

"也许我结论下得太草率也太苛刻了。"她的双眼活灵活现,别有深意,"第一次见面时我觉得你糟糕透顶。"那时的他看来年纪轻轻、未经世事、虚情假意、装模作样,"后来收到你的信,我想:终于啊,有人总算说实话了。"

她继续说着,但口吻与以前不尽相同:"我父亲的事先不急。那么你呢?"

"我?"他说了两遍,可怜兮兮地。

她笑了笑,他有些窘。那笑声的声波穿过他。

"你成家了吗?在哪儿长大的?有什么朋友?我对你一无所知。"是他的幻觉抑或她在用自己的眼神补充着:还有你的希望、恐惧、喜好和厌恶?

他正要开口作答,却顿了一下。突然间,他看见了真正的自己。清清楚楚。讲了几句话之后,他发现和她交谈令自己十分快乐。他兴致勃勃地畅谈——这种欣然的感觉许久未见了。字字句句都是他以往要表达却寻觅不着的;然而尽管千言万语,都比不上她坐在那儿,倾听自己说话。此时此刻,他不再艳羡做别人。这感觉棒极了。他只想做安迪·拉克汉姆。

珍听完他的话,没有打断他。她不再用毫无信任的虚空目光瞪视他。她的眼神开始流连;她的微笑也不再转瞬即逝。他感觉到她的褐色眸子扫过自己。

主菜上桌,给了安迪发问的机会。她谈论自己时,声线更加温暖,比他印象中的更有节奏。他想,这件事也令她成长,不再挑剔苛刻。他第一次见到晴空朗朗的她。尽管说不出原因,但他知道她句句实言。

主菜吃罢,不寻常的奇怪感觉涌上安迪心间——有种不曾经历过的温存情感正在成形,他说不上来,只能将其比喻为一种恐惧不复存在的舒心。这感觉来得有些荒唐,毕竟他才见过她四次,他也不明白个中原由,也没准都是酒精作祟。

他定定地望着她,有些害怕,同时又怀疑这感觉已从脸部扩散到胸膛,令他难以呼吸。此种滋味究竟如何?他不得而知。

瑞推来一只双层的甜点小车,夸起她的手链:"那是什么?"

她踌躇了一会儿,然后答道:"求好运的。"

好运?这可不只是好运而已。经过这番风风雨雨,她会坐在这里本身就是个奇迹——她肯和他说话也是个奇迹。但他如果想要将此刻在自己心中散发的神秘热度与光亮,维持得更久一点,并幻化成持久的关系,他需要更多的奇迹。赢得她的芳心,或许比得到一千七百万英镑还要难上加难——尤其他们两人的相识过程实在是混乱不堪。珍的经历充满创伤,单凭一席话就化解一切的想法自然荒唐。她与安迪的未来将会坎坷得多。她今天愿意赴约,只是漫漫长路的第一步。不过,安迪这回终于做回自己。结果诚然难料,这却是唯一值得认真投入的游戏。生平第一次,他全然敞开心扉。

珍或许要再过好几天,才会觉得自己够坚强来阅读父亲的生平故事,也准备好谈论她认识的凯斯·维克菲尔德,也就是她父亲认识的唐·弗莱克斯莫,或是她母亲认识的卡尔-安德鲁·普赛尔。"他和我父亲所描述的,完全一样。"她转开视线,他没有追问下去。过了一会儿,她说:"只有在即将做什么危险的事情之前,他才肯吻我。每次一个人想做爱时,另一个就会打退堂鼓。我曾经跟他说:'你一看到女人就懂得微笑,却从不懂得倾听。'我们的关系变得一塌糊涂,于是我拖着他去找一位能量治疗师。他清理我们的气场、将所有黑色物件丢进一桶盐水里,所以我们只剩下一堆要么蓝要么绿的衣服。治疗师宣称自己有透视眼,断定凯斯肩膀上有个幽灵,一个破坏一切、心怀嫉妒的女鬼——所有问题的根源都是因为她。但依我看,他肩膀上的那个女鬼,其实是另一个男人。"

在决定和父亲断绝关系之后,她和凯斯的关系始终没能复原。珍因此而无法在父亲过世前领到信托基金,凯斯竭力反对她的决定。"我当时不明所以。现在我想通了:凯斯要的不只是钱,他似乎认为他的生命里不能没有我父亲。"在珍过完二十一岁生日后的第二个月,凯斯给了珍一个告别吻——他得去趟西非,有事要办。"我没再接到过他的消息。"他的人一去不复返,他在交友网络里用来引诱少男少女的个人资料同样消失无踪。那些资料是她从他的笔记本电脑中发现的,内容包括:L. 罗恩·哈伯德语录、最喜爱的小说和食物、特别讨厌的(尼古拉斯·凯奇①、迈克尔·韦纳②、小龙虾)和特别喜欢的(崔尼·洛佩茨③、祖玛龙④香水以及他的两条金鱼:芬达和法奇那)。三年之后,她听说他在几内亚比绍附近的岛屿坠机丧生。"他的结局……或者说,我误以为的他的结局,其实是老段子了:他的塞斯纳飞机准备降落,结果被风吹

---

① 美国著名男演员,代表作有《我心狂野》、《逃离拉斯维加斯》、《天使之城》和《国家宝藏》等。
② 英国导演,代表作有《夜行人》、《死亡请求》等。
③ 美国歌手、吉他弹奏家和演员。
④ 英国知名香水品牌。

翻,他也烧成了灰。飞机上载着从哥伦比亚贩运来的可卡因。"

后来才有人怀疑他没有真的丧命。国际刑警派出最能干的卧底警察,彻底搜查了凯斯最后一架飞机的残骸。一个叫做乔瑟夫·斯克莱的英国人发现,那是发生在同一架塞斯纳飞机上的第四次一模一样的"坠机事故"——凯斯这些年都在靠骗取保险金过活。

"斯克莱后来的的确确抓到了他——在墨尔本。现在他待在墨尔本郊区戒备最为森严的监狱里。至少目前是的。"

8

餐厅已空空如也。侍者们撤下纸质桌布,为第二天早上的生意重新摆好餐具。瑞有些惊讶地发现安迪和珍还在聊。

瑞又让他们多坐了半个小时。他将收款台里的收据用橡皮筋绑好,朝他们走来,中途还扶正一把椅子。

"我们要打烊了,先生①。"并彬彬有礼、不着痕迹地回绝了安迪再要两杯咖啡的请求。

他们折好餐巾,起身走到餐厅前门。瑞拿着他们的外套在那儿恭候,帮安迪和珍一一穿好外套。

瑞解开红外套的纽扣,将它挂好。安迪看他关掉圣诞树上的闪灯,接着是餐厅的灯,最后才是法朵。

"晚安,瑞。"

"先生、小姐,晚安②。"

外面,雪花纷纷飘落到人行道上。一阵风吹过,片片雪花如同光之颗粒,转而向上飞起,仿佛想逃离地面。

空气凛冽,她冻得倒抽一口气。

"你现在想做什么?"她问。

就算记不起自己是怎么回答的,安迪仍真真切切地记得冬季的街道是如何的熙熙攘攘,和他们年龄相仿的青年男女穿梭来去;

---

①② 原文为葡萄牙语。

每个人都在朝着自己的方向前行,无论将会有怎样的黑暗笼罩下来,都要迎头面对。有些人会被欺骗,有些人会背信弃义,有些人会分手,有些人则会初次相逢。

鸣　谢

感谢默里·贝尔提供创意;帕克·布伦法律事务所的罗伯特·赛克斯提供法律咨询;维尔吉·古尔班基安帮助我了解亚美尼亚;罗伯·利比适时出现;麦克·里卡德-贝尔和比尔·豪罗伊德提供了在西澳皮尔巴拉地区的经历;唐·佛里斯特和朱迪斯·斯垂特提供了关于珀斯的回忆;已故的安吉拉·格拉提详述一场丛林大火的细节;吉伦·埃特金、尼可·汉森、奈杰尔·豪恩、克里斯多夫·麦理浩、夏洛特·梅特卡夫、尼克·罗宾森和蕾切尔·罗斯对文章的意见与建议。我还要感谢乔纳森·贝斯威克、皮尔斯·利特兰、罗尼·劳埃德、艾伦·奥哈立根、朱丽亚·佩尔格林、苏珊·理查兹、阿曼达·莎士比亚、戴维·威利斯和弗兰西斯卡·曾莱恩。我尤其感激彼得·华盛顿的红笔、妻子吉莉安的鼎力支持以及忠心耿耿的编辑詹姆斯·古尔伯特。

本书故事纯属虚构,所有角色并非真有其人。"及时行乐"出版社没有代指任何出版社。克里克尔·梅克提奇发现铁矿的故事,灵感源自对1952年朗·汉考克发现铁矿那次飞行的兴趣,那次飞行的故事登载于《铁人》(尼尔·菲利普森著)和《离群公牛:皮尔巴拉之王朗·汉考克故事》(理查德·达菲尔德著)。我也要感谢《亚拉拉特之行》(迈克尔·J.阿伦著)和《如何阅读蒙田》(特伦斯·凯夫著)。蒙田的引文来自"普通人的图书馆"出版的全集,译者为唐纳德·M.弗瑞姆。

a-4° carré bulle . . — Paul Gruet, Paris (430-3-24)

300 ex. in-4° carré bulle. — Paul Groot, Paris (430-3-24)